徳間文庫

洛中洛外画狂伝 狩野永徳

谷津矢車

徳間書店

目次

序

目の前の男を見下ろしながら、心の隅で呟く。

異形、よな。

下座に平伏する男のあり様で何より目を引くのは、その異装ぶりである。

その男は、右半身が白、左半身が黒の片身合わせでやってきた。左右の前身ごろの柄が違う片身合わせ自体はかぶき者が好む装束であるが、貴人との面会で着てよいものではない。それに、白と黒。これではまるで、弔い装束のようではないか。

目の前の男に面を上げるように伝える。

「その服は如何な趣向ぞ」

顔を上げた男は自分よりも若い。さすがに元服はしているだろうが、皺一つない顔は稚気さえも残しているものの、総身にまとわりついている陰のせいで、随分と老いさらばえているようにも見えた。

すくりと背筋を伸ばしている男は、着物の袖を取って薄く笑う。

「これを着れば、如何なうつけにとて拙者のことを覚えていただけるでしょう」

目の前に座っている自分のことを恐れている様子がない。憎々しい程に伸びやかな声で下座にある。

恐れられることに慣れているだけに、一片の疑問が湧き始める。

脇息に寄りかかり、何度もその男を睨みつける。しかし、その視線をものともせず、白黒の男は穏やかな表情のままそこにあった。

こういう手合いはたまにいる。例えば、叡山の荒法師ども。例えば、他の大名の使い。神仏や主君の権力を笠に着た狐のような連中である。しかし、目の前の男は違う。この男の背後には何の武力もなければ権威も存在しない。まるでこの世に敵がないかのごとく、涼やかに一人そこに座っている。

うつけか阿呆か若気の至りか。

身に覚えがある。かつてはうつけと呼ばれた身である。

ふふ。思わず、笑う。

「ふむ、見事ぞ。世間知らずの蛙というわけではあるまい？　わしが何者かを知りつつもやってきたのなら、それだけで褒めて遣わすぞ」

「さあ、あなた様が如何な方であれ、拙者は拙者としてここに座っていたことでしょうな。あなた様は一番天下に近いのですから」

「ほう?」

「仮に、あなた様が気に入らぬ茶坊主を斬って捨ててしまうようなお方であったとしても、拙者には関係ないこと」

揶揄(やゆ)か。それとも皮肉か。思いあぐねてみたものの、この男の考えは静かな表情に隠れてはっきりとしない。しかし、この言葉を発する意図はありありと分かった。

「——わしの嵩(かさ)を測っておるのか?」

こちらを試しているのであろうと断じた。

すると青年は悪びれもせずに応じた。

「然(しか)り」

脇に座る近侍(きんじ)が顔の色を変えたが、扇子(せんす)でなだめた。代わりに、あえて穏やかな言葉を投げつけてやる。

「この、織田信長(おだのぶなが)を試そうとはな。——難物よな」

「褒め言葉でございまするな。ありがたく頂戴いたしまする」

青年はしてやったりと言わんばかりに頰を緩めた。

この男が信長幕下に接触してきたのはひと月ほど前のことだ。足利将軍義昭を奉じ、京に上ってすぐのことである。このころの信長は京に力を持っていた大名・六角氏勢力を追討し、先将軍を支えていた三好氏勢力を屈服させているところであった。掌中に将軍があるとはいえ傍観を決め込んでいるのだろう、接触してきた者はさして多くはなかった。

しかし、この男は「信長公と引見したい」と現れた。

会うか会わぬか。悩んだなら会う。信長とはそういう男である。

とにかく、自分の判断が決して間違いではなかったということに、信長は独り満足していた。

「して——」信長は扇子を何度も開いては閉じた。「何の用であるか。貴様は名に聞こえているとはいえ絵師であろう。仕事でも乞いに来たか」

「いえ。当方、数多くの仕事を抱えております」

挑発に乗る様子はない。

信長は上座からかの男を見下ろす。肩をいからせ、眼光を鋭くして。しかし、この男に外連は通用しないらしい。実に涼しい顔をしている。と——。

「ふーむ」

目の前の若絵師はその細い顎に指を沿わせて小首を傾げ、嘆息して見せた。何ぞ？　そう訊くと、少々口を淀ませながらもきっぱりと答えた。

「後ろの屏風でございますが」

「おお、これか」

これは、信長が尾張一国を支配に置いてすぐ上洛した際に、京洛のある扇屋で買い求めた一双の虎図屏風だ。信長としてはいたく気に入っている逸品である。そこの主人も、『名の知れた絵師による筆』と述べていた。

「どうだ、貴様にも分かろう」

天下にそうとない名品であることが。そう言おうとした信長の機先を制して飛び出した絵師の言葉は、そんな信長の言葉の先を裏切った。

「これは、いけませんな」

「何だと？」

「おや、聞えませぬか。――この絵は不味い」

「何がいかんと」

右腕の白い袖を揺らし、左腕の黒い袖を払って、絵師はゆっくりと口を開いた。

「この絵には魂がありませぬ。これを褒める者の気が知れませぬな」

この瞬間、信長は眉をひそめた。しかし、次の瞬間に目の前の絵師は目を伏せた。

「とてつもない若作でお恥ずかしい限りにございます」

若作？　恥ずかしい？

ということは、まさか。

後ろに控える屛風と絵師の冷たい表情を見比べながら、信長は声を上げた。

「――この絵を描いたのは貴様か」

「こちらをお求めになったのは、京の扇屋でございましょう？」

「然り。扇の意匠と寸分違わぬ絵と注文し、その通りの品を出してきおった」

すると、若絵師は力なく笑った。皮肉っぽい笑い方だった。

「何分、同じ絵を描くのが当家のお家芸にございますれば」

「同じ絵を描くのが？　変な絵師もあったものだな」

「いえいえ、さして珍しいことでもございませぬ。我々は扇絵を糊口の一つに致しております。ゆえ、同じ絵を描くことには昔から秀でております」

口ぶりの割に、この若絵師の顔は冴えなかった。依頼通りに絵を作ることができるのは絵師一門にとっては誉れのはずであろう。

面妖な。目の前の絵師にがぜん興味が湧き始めた。

「何が気に食わぬか」

出会ったことのない人間、信長はこの若絵師のことをそう見た。信長は昔から自分の埒外に身を置いている人間のことが大好きだ。何がどう違うのかを掘り返してみたくなる衝動に駆られる。今まで多からずとはいえ見てきた『絵師』という枠に収まらないこの絵師、この男はどこに己の身を置いているのか。

しからば。絵師は答えた。

「この絵は、粉本を元に造った絵にござります」

「粉本？」

「平たく言えば見本にございます。過去の名人による絵を何度も何度も真似ることでその絵を自分で描けるようにするのです。虎の絵はこう描くべし、竹の絵はこう描くべし、花鳥風月はこう紙の上に落とし込んでいくべし……、そういった見本があるのでございます。あとは、その見本を屏風の上に配していけばそれなりの絵が出来上がる寸法なのです」

吐き捨てるように口にする絵師を前に、とかく信長は感心していた。

理にかなっている。絵を享受する側からすれば、職人や絵師たちの気分の問題で出来上がってくるものにむらがあるのではたまったものではない。その点、この絵師一門の粉本なる方式ならば、一定の基準に達した品が半永久的に出来上がる寸法である。自然信長の二の句は決まる。

「それの何が問題だ？」

絵師は目を見開いて上座の信長を強い視線で見据えた。しかし、さすがに無礼と気付いたのか、絵師はその視線を一瞬でひっこめて頭を振った。

「粉本で描かれた絵にはまるで魂がこもりませぬ。虎を描いたはずが、見る者が見れば虎の姿をした張りぼてにしか見えますまい」

「ほう、すると貴様の目は」信長は後ろの屏風の虎を扇子で指した。「この虎を張りぼてと映しておるのか」

「恐れながら、然り」

淀みのない、はっきりとした答えを発した。

しかし、信長にはその絵師の答えが到底信じられない。屏風の中で吠える虎は身震いさせるほどの迫真でもって迫ってくる。これが張りぼてというのならば、巷にあふれている虎の絵を何に譬えればよいのだろうか。

「分からんな」

信長は開いていた扇子を勢いよく閉じた。ばちん、と骨の音が広間に鳴り響く。閉じた扇子の先を虚空に遊ばせながら口を曲げる。

「なぜ貴様はここに来た。まさか、この虎の絵を返してくれなどと言うつもりではあるまい？　それとも、斬られにでも参ったか」

はっは、そう絵師は笑った。えくぼが深い人懐っこい笑い方だった。しかし、それが癪に障らないでもない。

「おや、家中の方にお伝えしたはずでございますが」

「すまぬな、忙しいゆえ、内容を忘れてしもうたわ」

絵師はカラカラと笑った。

「正直なお方ですな。さすがはうつけ殿」

一瞬、絵師の双眸が光ったような気がした。

信長の脳裏に、ある覚悟が過ぎった。もしかすると、この男を斬らねばならぬやも知れぬ、と。

信長はここにやってくるまで、いくつもの修羅場を越えてきた。地獄と見紛う景色の中駆け抜けた。尾張をまとめるために兄弟を殺し、一統した国を守るため東海一の弓取りを屠った。その道程において、あの目の光り方をする者たちを多く見てきた。その誰もが信長を殺しに来た者たちだった。勘が告げている。この男は危険であると。

短く嘆息した信長は、近侍に近く寄るように命じ、拝持させていた愛刀を受け取り、それを右脇に置いた。これは、かつて自分を殺しに来た茶坊主を手討ちにした、『圧し切り長谷部(はせべ)』である。

いかに鞘(さや)の内に収まっているとはいえ、圧し切り長谷部を前にしてすら、絵師の居ずまいは変わらない。それどころか、刀を前にしてかえって尊大に振る舞うくらいであった。

絵師は続ける。

「拙者、信長様に献上(けんじょう)に伺うとお伝えしていたのですが」

「献上？　ということは、やはり寄こすのは絵か」

「数年前にほぼ完成していたもの。拙者の絵としては出来作となりましょうな」

「ほう」

出来作、という言葉にがぜん興味がわいてきた。この絵師が褒める自作。それがいかなるものか。

「早く持って見せい」

しかし、絵師は首を横に振った。

「少し、お待ちいただけませぬか」

ここにきて、まさかの焦(じ)らしである。

「どういうことぞ。献上に来たくせに、献上品を見せぬとは」

「おや、これもお話ししたはずでございますが。献上品と一緒にさる物語もご披露すると」

「うむ？　遠い記憶の中、この絵師の言葉を取り次いだ者はそんなことを言っていたか。今一つあやふやだが、そんなことを言われた気がしないでもない。

しかし、別の意味で納得できないのは当然のことである。

「物語？　絵師はいつから物語を売る芸人になった？」

「今回献上させていただく絵が、極めて奇妙な成り行きで生まれ、今ここに存在することをご理解いただければ、というだけのことにございますよ。この絵の様は、尾張の田舎領主であったお方が、気付けばこうして天下に号令している様とも似ていましょう」

不遜。そして、信長は心中に熱い炎が燃えたぎり始めているのを自覚していた。怒りではない。この若い絵師は何を考え、どんな手を打ってくるのだろう、という興味が迫ってくる。この絵師は、天下の号令者である織田信長に、何かを挑もうとしている。

ならば、受けて立つのがわしであるか——。信長は肚を決めた。

「——聞いてやる。話してみい」

「ありがたき仕合わせ」

絵師が口を開こうというその刹那、信長は声を上げた。

「まだ貴様の名前を聞いておらぬが」

無論、既に聞いているが他人伝手にである。この絵師本人からは、まだ名乗りを聞いていない。

絵師はにこりと相好を崩して、声を張り上げた。

「申し遅れました。拙者、狩野家若惣領・狩野源四郎と申します。以後、お見知り置きのほどを」

後の世に狩野永徳と呼ばれるこの男は、信長に平伏して見せた。しかし、信長の眼には、まるで獲物を窺う虎が身をかがめているようにしか見えなかった。無言の威圧が、信長に迫ってくる。

身を起こした源四郎は、信長を見据えて、のんびりと口を開いた。

「さて、どこからお話ししたらよろしいでしょうか。いっそのこと、子供の時分からお話ししましょうか」

絵師・狩野源四郎の語り始めた言葉に、信長は身を沈めていった。

軍鶏

源四郎には、ことあるごとに思い出す光景がある。

父親に背負われて見た辻市の賑わいや、母親に手を引かれて見た紅葉の散りゆく様。きっと京を行き交う誰もが、そうやって子供の頃に見てきた些細でなんてことない出来事を、大事な宝物のように後生大事にして抱えているのだろう。

源四郎の思い出の中には、父親や母親の影はない。

色とりどりの扇が広げられている店。その一つ一つが極彩色で彩られている。町の雑音が耳に届く。でも、目から飛び込んでくる色の洪水の方がはるかにうるさくて、人々の賑わいは紛れてしまう。

扇子に描かれたものは多種多様だった。虎、鶴、亀、花、山、大河……。この世界中の天地が、花鳥風月が、この棚の上に撒き散らかされたようだった。

糊の甘い匂いにくらくらとしていると、頭の上からしわがれた声がかかる。

『お前はこの絵をどう思う』

源四郎は答えた。

『面白うありません』

何がだ、そう問われる。その声は決して源四郎のことを咎める風はない。興味があるから聞いている。そんな声音だった。

声に促されるようにして、源四郎は怖じずに続ける。

『ただ、きれいな色を並べただけのように思えます』

しわがれた声の主は、源四郎の頭を皺だらけでごつごつとした手のひらで撫でつけた。

ひどく固く、ところどころに筆だこがある。だが、温かい。

『そうか、ならば、お前がこの扇を、いつか面白う変えてみよ。そしてそれは、わしを超えることぞ。実に楽しみなことだのう、源四郎』

源四郎は思わず見上げる。

視線の先には、薄く微笑む老人の顔があった。

そう。源四郎の記憶に強く残っているのは、祖父との記憶。父親や母親の記憶では断じてない。

源四郎が六歳のこと――。

「源四郎！　源四郎はおらぬか！」

京洛の端っこにある絵師・狩野（かのう）家の工房の中で、野太い男の声が響き渡る。職人とはいえどあまり大きな音の出る商売ではない。特にここは、絵付けをする職人たちの工房だけに、誰しもが息をひそめて目の前の紙に朱や緑青（ろくしょう）を落としている。もともと大きな声だろうが、この場に漂う静寂の中では通りがあまりにいい。

源四郎はいつも、その声を聞くと背中に冷たいものが走る。絵付け職人たちの末席に座っていた源四郎は、おずおずと頭を上げた。

「はい、なんでしょう、父上」

いつの間にか、野太い声の主は源四郎の前に立っていた。絵師というよりは武士といったほうがしっくりくる筋骨をたたえ、大人しい色の小袖をまとって苛立（いらだ）ちを顔全体で浮かべているのが、父親である狩野松栄（しょうえい）だった。

「源四郎、この場では父上ではない。師匠と呼ぶように」

「はい、ちち……師匠」

「まずはよろしい」

松栄は難しい顔をして何度も頷（うなず）いた。しかし、本題があることを思い出したのだろう。

はたと表情を変えて、脇から紙を取り上げて源四郎の前に突き付けた。

「何だこれは」

分からないはずはない。なにせこれは。

「ちち……師匠の言いつけで描いた蝶にございます」

「わしが命じたのは斯様な絵ではない」

音を立てて源四郎の前に座った松栄は板敷きの床の上にその絵を広げて何度も手のひらで叩いた。数日前、がっぷり四つに組み合った絵に少し皺が寄った。

「この絵は何を見て描いた。申してみよ」

「紋白蝶を捕まえました」

この絵を描くために、源四郎は近くの畑に向かった。折は春。蝶など降り注ぐ陽光と同じくありふれている。そんな中から、羽休めに葉の上に降り立った紋白蝶を一匹捕まえ、虫籠の中に入れて持ち帰ったのである。三日三晩をかけて描き切ったあとには、虫籠の中の蝶は息絶えていた。

松栄はため息をついた。

「何度言ったら分かるのだ。我らが参考にするのは粉本だと」

ここから先の松栄のお小言は決まり切っている。

実物を見て描くは魔境に入る元ぞ。実物を見て描くことは勉強にもなろうし、のちに絵で一代を為すようになれば実物を見て描くこともあろう。しかし、実物を描くためには何より描く物の『かたち』が頭の中になくてはならぬ。基礎を欠いた技術はいつか破綻する。それをゆめゆめ忘れるな。

この日も判で押したように同じ小言だった。源四郎が五つになった頃にはそらんじることができるまでになっていたほどだ。いつもならば聞き流しているところだったのだが、この時の源四郎は反論を試みた。

「本当に、粉本を学ぶことがいい絵につながりましょうや？」

「何が言いたい？」

「そもそも、父上の御言葉がよう分かりませぬ」

六つの源四郎にとって、『かたち』なんて観念は分からなくて当然だ。しかし、狩野工房という場で生まれ、ずっとその場に居続けた源四郎にとっては、これが日常であり、この場での空気そのものだった。絵師の家に生まれた源四郎からすれば、絵に絡む話は既に理解しておかねばならないことであった。

「そのうちに分かる」

松栄は力強く頷いた。その目には一切の曇りなく、また己の言を疑う様子もない。

「本当に、本当にございましょうや？」

するとと、松栄は大きく頷いた。

「お前はまだ修業が足りぬゆえに見えてこぬだけよ。しかし、確かにその物をその物たらしむ『かたち』は存在する。粉本はそれを先人たちが絵にしたもの。先人たちの描いてきた『かたち』をなぞることで、我らは絵の内奥に迫っていくのだ」

いつものように納得顔を浮かべた松栄は何度も頷いて立ち上がり、自分の席にまで戻っていった。

源四郎は誰にも聞こえないようにため息をついて、居並んで紙の上に筆を落とす兄弟子たちの様子を見やる。ある者は鶴の目に黒眼を入れている。またある者は牛の尻尾をひと筆で描いている。またある者は、宙を舞う燕の軌跡を描いている。その誰もが、傍らに大福帳のような帳面を携えて、時折その中身――粉本と自分の絵とを見比べている。

ゆっくりと頭を振って源四郎は立ち上がると、部屋中の絵師たちが己の作業の手を止めて源四郎を見やってきた。上座にあって部屋中を見渡す松栄も同様だった。明らかにつまらなげな顔を浮かべて、「どうした」と聞いてきた。「いや、厠に」と短く答えると、源四郎は何も言葉を発さぬ絵師たちのいる広間をあとにした。次々にこみあげてくる吐き気をこらえながら。

厠に行くつもりなんてない。

色のまったくない部屋の中から飛び出すと、春先の柔らかい日の光は源四郎の肌をちくちくと優しくつついてくる。時折吹き寄せてくる風は、どこかで葉桜のみずみずしい青い匂いを運んでくる。遠くには気の早いヒバリたちが鳴いている。

源四郎は独りあくびを浮かべて伸びをした。

息を吐いた源四郎は、ゆっくりとした足取りで縁側を抜け、つかつかと奥へと歩を進めていった。途中、休憩中の絵師たちや職人たちとすれ違う。その度に彼らは居ずまいを正して源四郎に頭を下げる。中には揉み手をしながら声をかけてくる者さえある。だが、源四郎は答えず脇をすり抜ける。

やがて、離れに当たる建物の前に至った。黒く色の変わった壁、そして板葺の粗末な建物。炭小屋のようにも見える。屋根の一部を切り欠いてぽっかりと開く煙突から四六時中黒い煙がもうもうと湧き上がっており、辺りに立ち込める獣の巣のような臭いが源四郎の鼻を突く。誰もが顔をしかめる臭いだが、嫌いではない。

つっかけを履いて離れの戸を開くと、そこには果たして、会いたかった人が座っていた。

粗末なぼろをまとい、黄色い髪の毛を手拭いで隠し、腕や足がすすで汚れている。それもそのはず、ずっとじっと竈の火を見つめて、火が揺らめいた瞬間に脇に山積みになっている炭を手に取り火にくべている。時折、思い出したように火の上にかけられている釜の中身をひしゃくで掻き回す。その作業が終わるとまた、竈の前に腰をかける。そんな単純な動作を己の定めであるかのように繰り返していた。

「じいさん、おるか」

そう呼ばれた男はくるりとこちらに向いた。すすで汚れた顔をくしゃっと歪めて笑う。緩んだ唇の奥にはほとんど歯はなく、残った歯も黄色い。

「おお、ぼっちゃんではありませぬか。いけません、このようなところに来ては……」

「わしの勝手であろう」

「とは言ってもですな、若惣領様からきつく言われておるのです。ぼっちゃんをここに入れるなと」

おたおたと言い訳しながら、じいさんは悲しげな表情を浮かべた。

「なぜ父上はそんなことを言うのだろう」

「理由はわしごときには分かりかねまするが、やはり、ここは臭うございましょう?」

力なくじいさんは笑った。

ここが臭いのはじいさんのせいではない。この屋敷が絵師の狩野邸だからだ。この小屋は、絵具のつなぎであり紙への固着剤でもある膠を溶かすための小屋なのである。ここにいる絵師のほとんどは膠の獣じみた臭みを嫌い、膠を溶かす工程を下働きのじいさんに任せている。しかし、厄介事にもかかわらず、じいさんはまるで不服などない様子だった。

「そんなことより」その辺りに腰をかけた源四郎はじいさんに声をかける。「いつものように昔話を聞かせてくれろ」

「はあ、左様で。何を話しましょうかな」

じいさんのする話は面白い。遠き瀬戸内海でかつて暴れた海賊の話、船が難破して誰もいない島で一年間を暮らした男の話、都に出て盗賊をするようになった男の話、平凡な男の恋の話。そんな話は、未だ六つの源四郎にとってはどこか遠く、それでいて手が届きそうな世界の煌びやかさを持っていた。そして、つい話を聞きに、膠の臭いのする小屋へと足を運んでしまう。

じいさんが口を開こうとした、そのときだった。

戸が音を立てて開いた。

「やはり、ここにいたかえ」

開かれた戸の向こう側には、黒い着流し一丁の老人が立っていた。真っ白な髪の毛を後ろでまとめ、太い白眉をしかめながら立つその老人は、源四郎にとっては身内である。

慌てて頭を下げようとするじいさんのことを手で制しながら、この老人はかっか、と笑った。

「構わんよ福助。いつも言っているであろう？　二人きりの時に礼儀はいらん」

皆が『じいさん』と呼ぶ膠小屋の老人に対して、身なりのいい老人は名前で呼んだ。

「しかし惣領様、それでは――」

「構わんと言っておるよ」

膠小屋の中に歩を進めた老人は、その辺りに腰をかけている源四郎の頭を大きな手で包み込むようにして摑んだ。そして、力いっぱい、乱暴に撫でつけた。

「お前は本当に膠小屋が好きだのう。いや、いいことだ。絵師たるもの、本来は自分で膠を練るものよな」

絵具は岩を砕いて膠と混ぜることにより作る。本来絵師の仕事だ。しかし、狩野の工房では本来なら一人の絵師がやらねばならないことを様々な工程に分解し、様々な人の手を経て行なっている。じいさん一人で膠を溶かしているのなどはまさにその代表だ。

源四郎はその力強い手を振りほどき、唇を伸ばした。

「おじい様、痛い！」

源四郎のいやがる顔を見て楽しそうに笑うこの老人こそ、狩野派惣領、狩野越前元信である。

そんな元信は、優しげな眼を源四郎に注いだ。

「源四郎、そういえば、今日は暇かね」

「へ？　あ、いや」

今更、絵を書いていたのを放り出してきたことを思い出して、なんだかばつが悪かった。

しかし、そんな源四郎の心中を見てとっているのか、大仰に首を横に振って見せた。

「絵というのは、気が乗らん時に描いてもうまくいかんものよ。それに、お前の描いておる絵は誰かへ献上するものではあるまい？　ならば、別によい」

元信がそう言うなら間違いない。なにせ元信は、この狩野工房の惣元締なのだ。

「ならば、決まりだの。では、町に出るとするか」

元信は楽しげに笑った。

あれほど静かだった工房の門をくぐってしばらく歩くと、京という町は思いのほか喧騒にあふれているのだということに気付く。

色とりどりの小袖をまとい菅笠をかぶって顔を隠す女衆はさながら花畑を舞う蝶のように、ひらひらと袖を揺らしながら辻に立つ市や店先を飛び回っている。その女衆の肩にぶつかりそうになりながら、あきんど風の男が縫うようにして道を抜けていく。さらにその横には、どう引き抜いたらいいのかにわかには分からないほどの大きな刀を背負った武人が難しい顔をしてすたすたと歩いている。かと思えば、法師姿の男たちが数人で連れ立って何やら大声で叫んでいる。昼間だというのに酒を飲んでいるのかもしれない。さらには、狩衣姿の若者が、つまらなげな顔をして辻の奥へと消えていく。

見慣れた光景だが、源四郎は町が好きだ。色んな人たちが色んな格好をして、色んなことを考えながら行き交っている様は、自分の家にはない景色に他ならなかった。

「当世は実に安穏でいいのう」

歌うように前を歩く元信は口にする。

「昔はどうだったのですか」

「昔は、それはそれはひどいものだったよ。――これだけ賑わうようになったのは、ここ十年のことだろうねえ」

軍記に謳われた応仁の大乱。そして、天文法華一揆。二つの大乱は、かつての王城を完膚なきまでに焼いた。かつての賑わいが、この二つの乱を経て吹き飛んでしまったという。

天文一揆の戦火を目の当たりにしてきた元信には、恐らくこの町の闊達は奇跡にも映ったことだろう。しかし、元信は、熱気があふれてさながら大木のように立ち上る様を見やりながら、なぜか悲しげな目を浮かべた。

「しかしのう、源四郎。この町には足りないものがある。何か分かるかえ?」

ときどき、元信という人は捉えどころのない謎かけをしてくる。分からず口を開かずにいると、元信はその答えを焦らすこともなく口にした。

「この町には、絵がないのだ」

「絵、でございますか」

「うむ。先の大戦で、京にあったはずの絵の数々は悉く失われた。確かに町に賑わいは戻ってきた。されど、その賑わいに彩りを加える絵は未だない。——わしはな、この時代の絵師ほど恵まれた者はおらぬと思うぞ」

ぴたりと足を止めて、元信は言った。

「この天地は、さながら真っ白な紙そのものよ。この上に何を描いてもよいのだからな」

真っ白な紙。

源四郎は、祖父が語る言葉が大好きだった。色とりどりの服をまとう人々の往来は既に満ち足りているように見えるのに、元信がそう言うと、確かに足りないものがあるような気がしてきた。

「でも、じい様」

「なんぞ」

「果たして、この町の人々は絵を必要とするのでしょうか」

足りない。そう思うのは、自分が絵師だからなのではないか。そんな疑問が、幼い源四郎にも過ぎる。

「――源四郎、お前はいくつになったかの」

「六つにございまする」

「その歳でそこまで気付くことができるのなら、上々なのではないかな。――うむ、絵は確かになくてもよいものぞ。絵は絵師以外の人間の腹を膨らますわけでもなし、畑を広げる道具でもなし。さりとて戦場で将の首を取る道具にも非ず。まっこと、何の役にも立たぬ。清々しいほどにの。されど」

元信はきっぱりと言う。

「誰に望まれずとも、何も描いてない紙の上に絵を描きたくなるのが、絵師というものではないかのう」

「はい」

源四郎は頷いた。

と――。

辻の端っこの方で、なにやら人だかりができている。とはいっても、二十人ほどの小さなものだ。傀儡師（くぐつし）か田楽（でんがく）か。そう当たりをつけて覗（のぞ）き込んでみたものの、芸の見物とは肌合いが違うように見えた。

　傀儡や田楽を見る人たちは、老若男女を問わずといった雰囲気である。しかし、この黒山に集（つど）っているのはなぜか男ばかり、しかも頬（ほお）に刀傷があったり、目つきが鋭かったりという、一言で言えば柄の悪い連中ばかりだった。そして、中央に向けられる声も、声援というよりは怒号に近い。

　がぜん興味が湧いた。

「じい様。あれは何でございましょう」

「む？　ああ、あれはきっと賭け闘鶏（とうけい）であろうな」

元信によって担ぎ上げられると、小さい源四郎の視界が一気に開けた。

　人だかりの中央では、首に紐（ひも）をくりつけられた、白と茶色の鶏（にわとり）が向かい合っていた。その紐の端を持つ辛気臭い中年男は、見物客から金を集めて札を渡していた。

「見えるか。紐を持っているのが胴元よ。で、あの札は、どっちの鶏に賭けたかをはっきりさせるものぞ」

　そんなこと、あまり興味がなかった。

　源四郎の目を引きつけて止（や）まなかったのは、二本足で地面の上にどっかりと立つ二羽の鶏の姿だった。まるで相手を射殺そうかというほどの眼光。黄色く尖った嘴。真っ赤な鶏冠。複雑なうねりを見せる羽の一つ一つ。時折京の町で見かけることのある、はぐれ狼のような武者をふと思い起こさせる。

おお。

源四郎は心中で唸る。お前たちを描きたい、と。

「じ、じい様。紙と墨はお持ちですか」

「むー？　すまぬが懐紙しかないがの」

「一枚くだされ」

「構わぬが……」

懐紙を受け取ったはいいが墨がない。どうしたものか――。

ふと、源四郎の頭に、ある思い付きが浮かんだ。もっといいやり方があるのではないかと子供心には思ったものの、この一瞬を逃すのが惜しいという思いに押されるようにして、己の思い付きを形にした。

人差し指を鼻の中に突っ込んで、奥を爪でひっ掻いた。そうして出てきた赤黒い血を指になじませて、懐紙の上に躍らせた。

「じい様、もっと、もっと近寄れませぬか。もっと見たいのです」

肩車をしていて、まさか孫が鼻血を墨の代わりにしているなぞ思いもよらない元信は、孫の我儘に応え、どんどん闘鶏の場へと近づいていった。

源四郎は息を呑む。鶏の一羽が、こちらを向く。やはり、源四郎に対してすら敵意をむき出しにしている。しかし、それでこそ――。

源四郎が固い唾を飲み込んだ、そのときだった。

辻の人混みが左右に分かれた。怒号や悲鳴が響き渡る。思わず源四郎はその方を向いた。現れたのは、大の刀をいからせながらやってきた武士の一団であった。一目見ただけで、その武士たちがこの辻に不似合いな連中であることが分かる。その侍の一人一人が、仕立てのいい素襖（高位の侍がまとう直垂の一種）をまとっている。そんな者たちが十人かそこらで現れたのだ。

柄の悪い連中ですら脇に寄った。

突然現れた素襖姿の侍たちに、闘鶏の胴元は卑屈な笑みを浮かべ、こんなところにお侍さまが何の御用で、と頭を下げた。もう少し放っておけば手を揉みそうな気配すらある。すると、侍の一人が通りのいい声で、闘鶏を見物したい、よろしいか、と胴元に声をかけた。

よろしいか、も何もない。事実上の威嚇である。

胴元が小さく一つ頷くと、素襖の侍たちの囲いが割れて、中から小さな影が現れた。

少年だった。年の頃は恐らく源四郎とほとんど変わるまい。侍風の髷をこしらえ、白い直垂姿のその少年の腰には、侍たちの豪壮な作りの太刀が見劣りしてしまうほどに煌びやかな、金で縁取りされた小太刀がぶら下がっている。

何より、この少年の放つ気が周りを圧倒していた。この場の空気は数段に重くなった。たった一人の、年端の行かぬ少年の存在一つで。

少年は袖を揺らしながら、腰をかがめて鶏を見やっている。ほお、と時折感嘆の声を上げながら。

思わず、源四郎はうらやましい、そう思った。

あれほど近くであの鶏を見ることができるなんて。

足をばたつかせる源四郎を尻目に、その身なりのいい少年は胴元に声をかけた。

「早く見せい」

「へ？」

「決まっておろ、闘鶏よ」

「へへへ、へい」

素襖姿の侍たちに、ではない。目の前の少年一人の威圧に、胴元はすっかり気を抜かれていた。しかし、はたと正気を取り戻して、両手にそれぞれ持っている紐をぐいと引っ張った。すると、あれほどおとなしかったはずの二羽の鶏がくわっと目を見開いて動き始めた。

ぎゃあぎゃあとわめきながら、鶏二羽はお互いに距離を取ったものの、それは一時のことだった。茶色い鶏がその嘴を白い方に向ける。すると白い方はそれをかわして足の爪を振りかざした。茶色い方も負けてはいない。それを察知したのか、一羽分の距離を置いて仕切り直した。

辺りに嘆息が広がる。見ているものはただの鶏だというのに、この輪の中に足を止めている誰もが、二者の拮抗（きっこう）した戦いを見やっている。

源四郎はといえば、元信の肩の上に座り、人差し指に血をなじませながら紙の上に躍らせていた。

見える。

源四郎は双眸を見開きながら、薄く笑う。

わしには見えている。

何が？　源四郎にも分からない。だが、見えている。紙の上に何を描くべきなのか。今、自分が何をすべきなのか。鼻に人差し指を突っ込んでは紙の上に浮かび始めた鶏の像に描線を加えていく。

源四郎が描線を加えるうちに、鶏の戦いも終局に至りつつあった。

白い方に若干の弱気が見え始めた。拮抗が崩れ始めると、それまでは傍観に回っていた観客たちもその態度を決め始める。白い方をけなし始め、茶色い方を応援し始めるのである。男たちの熱狂にも似た応援を背中に受け、茶色い方が跳躍した。そして、両の足の爪を突き立ててんと迫った。

と――。

胴元が、紐を強く引いた。さっきまで強敵と対峙する剣豪のように気を放っていた鶏たちが、ごみきれのように宙を舞った。突然のことに虚を衝かれたのだろうか、それともそうしつけられているのだろうか、あれほど興奮していた鶏たちは地面に落ちるやぽかんとしてその場に座り込んでしまった。

「この勝負、茶の勝ちでござります」

胴元の宣告とともに、場では歓喜と哀嘆がつづら折りになってこだました。ちくしょう金返せ、という怒号から、前の負けの分を取り戻したぞ、という喜びの声まで。愉悦と怨嗟が混じり合った声が辺りに広がって、通り雨のように地面を打つ。

熱狂の中にあって、源四郎は独り、ぼけっとしていた。

と――。

「おい、そこな」

声がかかったことに気付いた源四郎がふと声の方に向くと、声の主が、一番前で闘鶏を見物していた貴人の少年だと分かった。その少年の横にいた素襖姿の侍の一人が、若殿、なりませぬ、と少年の言葉を制止したものの、少年はその言葉を聞き入れることなく侍の阻む手を振り切って、元信たちの前に立った。

元信は何も言わずに源四郎を地面に下ろした。

ようやく目線の合った源四郎と貴人の少年。

近くで見てようやく、年齢が分かった。元服するかしないか。まとう空気が明らかに源四郎のそれとは違う。若木のようなまっすぐさがにじみ出ている。

少年は源四郎を見やりながら、変な顔をした。

「とりあえず、その鼻血をどうにかしたらどうだ」

「え？」

声を上げたのは元信だった。さっきまで肩車をしていたこともあって、孫が鼻血を出しているということにようやく気付いた様子であった。

「これ源四郎、さっき与えた紙はどうした。それで拭けばよかろうが――」

と、源四郎の手にある懐紙に目を落とした元信は、思わず声を失くした。

ほう、と貴人の少年も声を上げた。いやに大人っぽい態度がなんとなく滑稽だった。

「絵、か」

源四郎の手にある紙の上には、血で描かれた鶏の姿があった。しかし――。

覗き込んできた町衆の一人が、その絵を見て吐き捨てた。

「なんだ、その落書きは」

鶏の絵としては、体を為していなかった。鶏の姿を鏡に映したような絵では決してない。鋭い眼光と爪が大きく描かれ、他の部位が小さく描かれている。全体の体配が崩れ切っている。落書きと言われても致し方ない絵だった。吐き捨てた町衆は、からからと笑って往来の波間に消えていった。

しかし、貴人の少年は、そんな町衆たちの反応とは全く違うことを述べた。

「いや、見事な絵ぞ」

源四郎はぽかんとしていた。

ただ描きたいものを紙の上に描きつけただけに過ぎない。それはまるで、紋白蝶を捕まえて紙の上に描いたあのときと全く同じことをしただけである。

この手の絵を褒めてもらったことは終ぞない。父親の松栄はこの絵を描くといつも怒った。

『粉本を見て勉強しろ』と怒鳴りつけてくる。きっと皆そうなのだろう。そう思って、祖父である元信にも、粉本を元に描いたもの以外の絵を見せたことがない。

源四郎は何も口に出来なかった。すると、貴人の少年はくすりと笑った。

「のう、お主に聞いてみたいことがある」

「は、はい」

「この闘鶏の勝ちは誰ぞ」

答えの見えた問いだ。

「茶色い方。そうでしょう」

貴人の少年は皮肉っぽく顔をしかめた。

「本当にそうか？　予はまったく別の感想を持っておるぞ。……もっとも、もしも予の答えが正しいとすれば」

「正しいとすれば？」

「なんと闘鶏とは空（むな）しいものであろうな」

少年はふわりと直垂の袖を揺らしてくるりと踵（きびす）を返した。しかし、思い出したことがあったかのようにまた振り返ると、そういえば、と声を上げた。

「まだ、お前の名前を聞いておらなんだ。教えてくれろ」

一つ頷いて、答えた。

「源四郎。狩野源四郎」

「そうか、覚えておこう」

含みのある笑みを浮かべた少年は、素襖の侍たちを引き連れて、この場を後にしてしまった。そうして残ったのは、あの少年が作り上げた緊張感と、辺りの人々に植え付けられたあの少年への畏怖にも似た思いだった。

「じい様」源四郎は元信の袖を引いた。「あれは一体何者にございましょう」

「あれは恐らく……いや、まさかそんなはずは」

頭を振った元信は、源四郎の手にある紙をひったくるようにして拾い上げた。

「じ、じい様」

源四郎は、怒られる、そう思った。穴があくほどに紙の上を見据える元信の顔は険しさを増していく。やがて、憤怒にも似た表情へと移ろっていく。

源四郎は怒られる覚悟を固めていた。

しかし、元信は、ゆっくりとその紙を源四郎に返し、懐から別の紙を取り出した。

「源四郎や、鼻を拭くとよい」

「は、はい」

慌てて懐紙を受け取った源四郎は、鼻かしらのあたりに懐紙をあてがった。それを見やりながら、元信はぽつりと言葉を放った。

「源四郎は、狩野を創るか。それとも、壊すか」

元信の言葉は誰にも届くことなく、京の風景の中に溶けていった。

それから数年後――。

源四郎は真っ白な扇を前にしてため息をついていた。何を描くべきかを考えながらぐむぐむと何度も唸っているのだが、どうも考えがまとまらない。しかし、何が思い浮かぶでもない。絵皿脇に置かれた絵皿の中にある緑青を掻き回す。

絵皿を小脇に置いた源四郎は、思わず仰向けに身を横たえた。

「見えぬなあ。駄目だ」

気付けば源四郎も十歳になっていた。あと五年もすれば元服する年齢である。

筆を握れば握るだけ、絵のことが分からなくなりつつある。

絵は好きなのだ。しかし――。

「何をしている」

苛立ちの混じった声が頭から浴びせかけられる。しかし、源四郎は居ずまいを正そうともしない。

「何か御用ですか」

つられて、冷えた声が口から飛び出す。気配の方に向くと、毅然としたまさに父親という立ち姿を崩さぬままにそこにいる、松栄の姿があった。

「源四郎、絵はどうした。頼んでおいた扇絵十枚。明日までの仕事であろう」

源四郎は頭を振った。

「まだ一枚も出来ておりません」

「何だと？　どういうことだ」

「考えがまとまらぬのです」

松栄はこれ以上なく顔をしかめた。

「考えなど不要と前から申しておろうが。なぜお前はいつもそうなのだ。粉本を見よ、先人たちの仕事を見よ。定石を踏め。さすれば何も思い煩うことなく扇絵の一つや二つ描けようぞ」

源四郎は上体を起こして松栄を見据えた。

「なんぞ、その目は。それが師匠に向ける目か」

睨んでいたのか。思わず、源四郎は頬を叩いて笑ってみたが、うまくいったかは分からない。

「いえ、眠いもので。目つきが悪いのはそのせいかなと思いまする」

「――ならよい。とにかく、明日までに絵を仕上げるように。……お前ももう兄になったのだ。そろそろ狩野絵師としての自覚を持ったらどうだ」

吐き捨てるように言い放ち、松栄は源四郎の脇を抜けて、絵師たちの侍る大広間の中へと消えた。

兄、か。松栄の背中を見送りながら、源四郎は心の隅で呟いた。

昨年、源四郎には弟が出来た。生まれてきた弟は愛嬌のある、丸顔の赤ん坊だった。あれだけ謹厳が服を着て筆を握っているかのような絵師・松栄ですら、この子を前にするとすっかり顔が緩む。これまではただ一人の子としてそれなりに可愛いがられてきたという自覚が多少なりともあったが、弟の誕生によって、皆の視線が少しだけ変わってきたようにも思えた。

目の前の白紙を前にして、源四郎がため息をついた、そのときだった。

「おお、源四郎ではないか。探したぞい」

現れたのは元信だった。庭から現れた元信は、つかつかと杖をついて源四郎の近くに立つや、なぜか楽しげに笑った。

「どうだ。絵の方は最近」

「いえ、あまり上手くいっておりませぬ」

「ほう、それは困ったのう。実は、お前に頼みたい仕事があったのだがね」

「し、仕事？」

源四郎は肚の内で、げえ、と声を上げた。扇の仕事でさえ既に持て余し気味なのに、さらに仕事を抱えさせられたらたまったものじゃない。

源四郎の心中を察したのか、元信はのんきに肩を震わせて笑った。

「安心せえ。この仕事はお前にしか出来ぬゆえ、お前が今抱えておる仕事は他の人間に引き継げばよかろう。――おい、松栄や。聞こえておるだろう？」

大広間の中に消えていた松栄が、戸を開いて現れた。不満の色がありありと見えるが、飛び出した言葉は控え目だった。

「ちちう……惣領、その話、まだ聞いておりませんでしたがどういうことです。わしの頭を飛び越えられては困るのですが」

「だから今言っておる」元信は松栄の非難の言葉を笑顔でかわした。「それに、お前だって分かっておるだろう？　わしがこうやって持ってきた話がどれほど大事なものであるか」

「だからこそ、でありましょう」松栄は片眉を吊り上げた。「まだ源四郎は十。惣領のお仕事を任せるには力不足でありましょう。まだ、基礎すら固まらぬ者に難しい仕事をこなせるとは到底思えませぬ。――源四郎の父であり師である私の見立てです」

「ふん、お前の見立てなど、この際どうでもよいのだ」

「どういうことです」

軽んじられたものと思ったのだろう、松栄は顔を真っ青にして唇をわななかせた。しかし、一方の元信はといえば、その松栄の反応を楽しんでいる風ですらあった。

「そうかっかするな。お前の悪い癖ぞ」

「いちいち癪に障ることを仰るからでしょう」

「――わしは別に、お前さんの見立てを云々言うつもりはないよ。仕方あるまいよ。何せ、源四郎を指定してきたのは先方様なのだからの」

「そ、そんな馬鹿な」

松栄は顔をしかめた。

当の源四郎すらも我が耳を疑った。

仕事を依頼してきたのが何者かなんてこの際どうでもいい。源四郎が指定されたということ自体が面妖極まりないのである。何せ、まだ源四郎は十。これまでに与えられている仕事も、誰が描いても同じような扇絵の仕事ばかりだ。そんな若造に、名指しの発注――？

「ありえませぬぞ、惣領。さては、源四郎のために花をご用意なさりましたな」

時折元信はそういうことをやる。自分から公達(きんだち)ややんごとなき方々に絵の制作を売り込んでおきながら、得た仕事を子供や弟子たちに譲ってしまうのである。

松栄の困惑はもっともだったが、元信はそんな松栄の言葉をも丸呑みにした。

「お前がそう言うのは無理からぬ。本来ならばわし自身か、あるいはお前が為すべき仕事ぞ」

「それほどのお方からの御依頼ということにござりまするか」

本来ならば狩野を代表する絵師二人が出張(でば)らねばならぬ仕事――。つまり、その仕事がやんごとなき方から降りてきたものだということを物語っている。

「いずれにせよ、先方様から源四郎にとの依頼。ならば、ここは源四郎に任せるが筋。――むろん、源四郎一人ではさすがに問題があろう。わしが後見につくゆえ、呑んでもらいたい」

下手には出ているが、実際にはほとんどこれで決まりのようだった。松栄もそれを察したのか、不承不承ながら頷いて見せた。

よし。頷いた元信は源四郎に向いた。

「源四郎、早う支度せえ」

「え、何をでございまするか」

「決まっておろう。これから謁見ぞ。斯様な服で参上したら怒られるぞ。少し時間をやる。よそ行き用の直垂に直して参れ」

源四郎は己の服の袖をつまんだ。ところどころほつれ、穴すら空いている薄汚れた直垂。作業用のものだ。

面倒だ。しかし、明日までに描きたくもない扇絵を十描くのとどっちがましだろう。そう考えてみると、はるかに直垂を着替えてどこぞの物好きのところに顔を出した方が楽そうだ。

頭の中で幼い損得勘定を終えた源四郎は、はい！　と応じた。

しまった。源四郎は自分の浅はかな考えを反省した。

やんごとなき方とは元信も言っていた。だが、源四郎の想像など遥かに超えている。京洛・室町武衛陣に建つその屋敷は、大寺社や禁裏などを抱える京にあってもなお大きい。

何せ、門前に立った時に全容が見えないほどの大きさなのである。そこらの公達の屋敷など裸足(はだし)で逃げ出すだろう。

「ほれ、行くぞ」

元信に促されるようにして、源四郎もその屋敷の門の前に立つ。

門前に立っていた侍がこちらに気付いた。長刀を携え腹巻を鎧(よろ)うがっしりとした侍は、長刀の切っ先を向けてこちらの姓名を聞いてきた。元信がそれに答えると、ようやく侍は長刀をひっこめ、通用口を開いた。

それにしても、すれ違う侍たちの視線が痛い。その視線はすべて元信と自分に向けられているらしいと気付いた瞬間、額から汗が浮かぶ。

「そう気にするほどのものでもあるまいよ」

「そうなのですか」

「まあ、致し方あるまいよ。ここに居(お)られる方々は、最近、ここに戻ってこられたのだからね」

奥にある大きな建物の入口で待っていた老武士を先導に磨き上げられた廊下を抜け、いくつもの部屋の脇を抜けていく。

通されたのは端が霞むほどに広い何十畳敷きの大広間だった。これだけ広い部屋を見たことのなかった源四郎は、思わずわあ、と声を上げてしまい、横の元信に肘でつつかれた。

慌てて元信を見やると、元信は皺だらけの顔をしかめた。

「これほどの表書院をお持ちの方が、お前を指名したのだ」

己の小ささが身にしみるようだった。

上座は一段高くなっており、中央に脇息と座布団が置かれている。これほどの広い間を睥睨する人物の姿をいくら想像しようとしても、今一つ上手くいかなかった。

元信はその場に座った。あわてて源四郎もそれに続く。

「しかしじい様。なぜ、そんな方がわしなんぞを」

「分からぬ。わしとてそのお方にお会いしたことはないのでな」

と――。

声もなく上座の戸が開き、そこから青い素襖姿の貴人が現れた。脇には刀を捧持する近侍の姿もある。

慌てて源四郎は頭を下げた。

ゆるゆると歩を進めている気配がある。用意されていた座の上に腰をかける音がわずかに聞こえる。その後には何も音がない。向こうの息遣いまで聞こえてきそうなほどの無音の中、頭を下げている源四郎はひたすら上座に座った男の言葉を待っていた。

上座の男は声を上げた。思いのほか、若々しい声だった。

「久しいのう、源四郎。息災にしておったか」

え？

源四郎は思わず顔を上げようとしたが、頭の隅にあった礼儀作法がそれを許さなかった。

ああ。合点するかのような声を上げるや、上座の貴人は源四郎たちに声をかけた。

「面を上げよ。狩野越前に、源四郎」

ゆっくりと平伏を解いていくに従い、上座に座る貴人の姿が明らかになっていく。

貴人は脇息に肘をつき、残った手で扇をもてあそんでいた。興味深げに源四郎のことを見下ろしながら不敵に破顔して、その場に腰をかけていた。既に元服はしているのだろう。ひげを生やしておらず、その表情は若々しい。

しかし――。

まるで源四郎に覚えのない顔だった。

貴人はくすくすと笑い声を上げた。

「お前は嘘がつけぬのう、源四郎。尤も、お前と会ったのは一度きり、しかも数年前のことぞ。致し方なしといえば致し方なし」

思わず頬を叩いた源四郎の横で、はて、と元信が首をかしげた。

「畏れながら申し上げまする。当家の源四郎をご存じとはまこと畏れ多いことにございますが、はて、いずこでお目にかかりましたものか……」

若き貴人は扇の先を元信へと向けた。

「お前にも会ったことがあるぞ、越前。もっとも、お前とは殆ど言葉を交しておらぬがな」

「は、ははあ」

平伏する元信。恐縮しているというより、慌てて己の記憶を探っているのだろう。扇を閉じた貴人は近侍に何事かを命じる。奥から三方を持たせると、その上に手に握る扇を乗せて、源四郎の前にまで運ばせた。

「源四郎、命ず。絵を描け」

「絵、でございますか？」

「ああ。この扇、扇師に作らせたが、うっかり絵を描かせるのを忘れてしもうたのだ。お前には、この扇の絵を任せたい」

貴人は、開け、とだけ言った。何を開くのか暫く分からずにぼけっとしていた源四郎だったが、目の前に置かれた扇だということに気付き、慌てて三方からその扇を取り上げ、両手でゆっくりと開く。

これは――。

既に真っ白な紙が貼られている。しかし、広げてみた時に手に感じる骨の粘りと戻り、その重さや姿の均衡、少し離れて眺めた時に立ち現れる気品。この扇の骨を作り上げた職人は相当の手練だろう、ということが、源四郎にであっても容易に想像がついた。

手の中にある扇は、さながら奇跡のようなものだ。体配の美しさと、扇としての機能を高く両立している。

「ただし、この絵を描くに当たり、条件がある」

「条件？」

「うむ。まずは、張られている扇面の取り換えはならぬ。あくまでこの紙の上に絵を描くように。あと、これほどの品ぞ、扇面を外しただけで骨が狂ってしまおう。骨から外してもならん」

源四郎は思わず元信の顔を覗き込んだ。元信も同じところで引っかかるものがあったのか、怪訝な顔を浮かべて源四郎を見返した。

そんなこと、出来るはずがない。

普通、扇に描かれた絵は、骨を通す前に描くものである。もし既に扇面が張られていたのなら、一度取り外してから描き直すしかない。取り外す、というのも難しい。扇面がぶ厚ければうまくいくが、薄手のものだったりすると取り外す時に傷めてしまう。かといって、外さずに絵を描くのは至難である。蛇腹状に折り畳まれている扇面に絵を描くとなれば、当然描線は歪む。

手伝い程度とはいえ、扇絵を描いてきた源四郎とて分かることだ。

そして。

「あともう一つ。描いて欲しいものは決まっておる」貴人は空を差した。「日輪。日輪を描いて見せよ」

横で元信はほっとため息をついた。

「受けて、くれるか」

貴人は問うた。

応じたのは、源四郎ではなく元信だった。

「申し訳ございませぬが、一つだけお願い申し上げたき儀が。〝扇面を外さずに絵を描け〟とのお言葉ですが、逆に扇の骨を傷めてしまう恐れもございましょう。見たところ、骨と比して扇面はさして上等な紙にも思えませぬ。当方で上等な紙に替えますゆえ、なにとぞ扇面の交換だけはお許し――」

「ならぬ」貴人はにべもなかった。

「張り替えせずにやって見せよと言うておる」

「しかしそれでは——」

「勘違いするな元信。わしはお前に命じておるわけではない。わしが仕事を任せようというのは」

貴人はいつしかその目を源四郎へと向けていた。日輪のように輝く目は、源四郎に何かを問うているようでもあり、源四郎のことをけしかけているようでもあった。

「どうする、源四郎」

この無理難題に返事が出来るのは、広い天地を見渡してもただ一人しかいない。

源四郎は口を開いた。

「やります」

「ほう。やってくれるか」

貴人の口角が少し緩んだ。面白いことになってきたという高揚感をにじませているように見える。

高揚感は源四郎も感じていた。

試されている。だが、そうやって嵩を測られているということのみが、源四郎の心を震わせているわけではない。もっと別の何か、もっと深いところでくすぶっている何かが源四郎を突き動かそうとしている。

こうも思っている。この場から逃げてはならぬ、と。

とにかく絵が描きたくて仕方がなかった。いつもは億劫（おっくう）で仕方がないというのに。

胸の高鳴りの中で、源四郎は元信を差し置いて頷いた。

「何がなんでもやります」と。

参ったものだ。そう口にしたのは不機嫌な顔を浮かべる松栄だった。

「無理難題を押し付けられたものだな。これ以上なく」

狩野工房には既に弟子たちは残っていなかった。採光窓から差し込む西日がすっかり片づいた工房を赤く照らす。それに遅れて、寒々と冷え込んだ空気が風と共に部屋の中に入り込んでくる。そんな部屋の中にいるのは、松栄と元信、そして源四郎だけだった。

「父上、なぜこの依頼を断ってこなかったのです」

松栄の言葉を元信が笑う。

「断れると思うのか。直々（じきじき）の御命令ぞ。それに、断ってみろ。狩野の名に傷が付く」

狩野家は最初こそ仏画などの制作を請け負っていた普通の絵師集団だったが、元信の代になってから、町衆向けの扇絵制作に手を染めるようになった。一期これ一品の作品請負とは違い、単価の安い扇絵は大量に作り大量に売り払うことで利鞘を得るしかない。この仕事を始めるようになってから、狩野の工房は大量生産に応える形で以前よりもはるかに大きくなった。安定した品質を実現するために、粉本を造り弟子たちに徹底させることで現在の地位を得た。

狩野工房にとって扇絵は得意とするところである。もしこの仕事を仕損じればどうなるか――。えてしてやんごとなき方々は口が軽い。狩野の扇絵は碌なものではなかったなどと流言が飛べば、その評が町衆たちに広がるのもさして時間はかかるまい。

「ここは、源四郎の返事が一番正しかろう」

「しかし、勝算のない約束など、しないほうがはるかにましでございましょう」

その目を元信から源四郎に向けた松栄は目を剝いた。

「源四郎！　まさかお主、何も考えなしにこの仕事を受けたのではあるまいな。せめて、何がしかの策は浮かんでおろうな」

策。そう言われてしまえば――。

「ありはしませぬ」

そう答えるしかない。

「なんと！　お前と言う奴は」

しかし、源四郎は松栄の言葉を阻んだ。

「でも、やります」

もしかしたら。あの貴人の前から辞去してしばらく経って落ち着いたころ、源四郎は自問していた。さっきまで自分を蝕んでいた感覚は、負けん気でしかなかったのではないかと。無理を吹っかけてこちらを困らせようとしている奴の鼻頭を折ってみたい、そんな後ろ暗い心持ちで請けたのではないのか。

いや、違う。源四郎は絵が描きたかった。それだけは譲れない。

「師匠、お願いがございまする。どんなものでも結構にございます。まっさらな扇面の扇子をいくつか下さいませ」

「うむ、そんなものを何に」

「決まっておりましょう、練習にございます」

あ、ああ。少し困惑の色を浮かべながらも松栄は応じた。そしてすぐ立ち上がり、

「では、扇屋に相談してやろう」

とだけ言い残して部屋を後にした。

律動の定まらぬ松栄の足音が遠ざかっていくのを聞きながら、元信と源四郎は二人して顔を見合わせた。そして、元信は何度も頬を掻いて肩をすくめた。

「あ奴は肝が据わっておらぬのう。もっとも、それゆえに狩野工房の主たることができるか」

「狩野の、主？」

「うむ。せせこましいところがあるが、あ奴のもとならば狩野は大きくなろう。あ奴は守成向きぞ」

話がずれたか。そう前置きした元信はふっとため息をついた。

「しかし、よかったのう、描くものが日輪で」

「え？」

「だってそうであろう。日輪など、粉本の最初に載っておるわ」

扇に描く日輪の場合は特に細則が決まっている。扇の中には『軍扇』と呼ばれるものがあって、形式に定めがある。黒塗りの骨に金色の扇面、真っ赤な日輪を真ん中に描くのが約束だ。

「先方様は武士ぞ。恐らく、軍扇をご所望であろう。ならば、その形式に則った物を造りさえすればよい。真ん丸な円を描くのが難儀かもしれぬが、そこさえ越えてしまえば終わる仕事よ」

しかし、源四郎は頭を振った。何度も何度も。

どうした？　そう元信が聞くと、源四郎は続けた。

「本当にそうでありましょうや。じい様はこれを軍扇だとおっしゃいます。されど、かの扇の骨は黒塗りされておりませぬ。それに、軍扇の骨は鉄で作られると聞いております」

「うむう」

源四郎は貴人から預かった扇を目の前に掲げた。このように華奢で緻密なものは、どう考えても戦場には似合わない。屋敷の中で人の手に触れる運命にある扇だろう。

「それに、あのお方が、斯様なものをお望みでしょうか」

「と、いうと？」

「あのお方の肚のうちは分かりませぬ。確かに、わしを試そうとしているようにも見えまする。されど、わしを困らせようとしているようにはとても見えませなんだ。むしろあれは――」

「あれは、何ぞ」

「新しいものを見てみたい。斯様な顔をしておいででした」

腕を組んだ元信は諦めの混じる、ひどく深くため息をついた。

「――お前がそう見たのであれば、それが答えなのだろうの」

やけにつっけんどんなことを述べると、ぬらりと立ち上がった元信は頭を振った。

「突き離すような物言いになってしまうがの、あのお方はお前を指名してきたのだ。わしはただ、お前のお目付けとして共に参上しただけのことよ。あのお方とお前の間には、何の壁もありはしない。あのお方が何を欲しがり、どういったものを望んでいるのかはお前が考えることぞ」

頷くと、元信は満足げに頷き返して部屋を後にした。

独り部屋に残された源四郎は、がらんどうの部屋の中を見渡した。

夕方から夜へと移り変わろうとするほんの一瞬。潮が満ちたその瞬間。月が地に沈んでいくその一瞬。絵として切り取るその一瞬のために、絵師は筆を執る。かつて、そう元信は言っていた。ならば、どの一瞬を切り取ればよいのだろう。

わしは、どの一瞬を描くのだろう？

疑問が、源四郎の頭の上でぐるぐると円を描く。頭の中に張り巡らされている糸がこんがらがってくる。しかし――。こんな瞬間こそが、一番好きなときであるような、そんな気もした。

次の日、源四郎は狩野工房の縁側にいた。

胡坐を組み右肘を腿について、その手に顎を乗っけてずっと唸っている。工房の者が声をかけても答えやしない。中にはあからさまに『若様は云々』という風の悪口を言う者の声も聞こえたが、相手をしていては、懐に今にも飛び込んできそうなものが逃げてしまいそうだった。

顎を支える手を外して脇に置いた筆を握る。そして、半紙に向かい思い付くままを描く。いくら描いても思い通りのものは出来上がらない。半紙の上に描かれた大きな丸は、源四郎の想定する軌跡を決して描かない。半紙を丸めてその辺に投げ捨てた。かくして、源四郎の後ろには、書き損じの半紙の山が出来上がっている。

そしてまた、肘をついて何度も唸る。

幾度となくそんなことを繰り返していると――。

「おお、源四郎、ここにおったか。探したぞ」

「父上」

最初、その声が松栄のものだとはとても信じられなかった。いついかなる場面でも不機嫌そうで、ふつふつと苛立ちをにじませているのに、この時の松栄の声は弾んでいた。そんな松栄は籠造りの大箱を抱えるようにして運んできて、源四郎の横に下ろした。

これは何です？　そう訊くと、松栄は鼻の下を何度も指で撫でた。

「昨日、お前が所望（しょもう）した物ぞ。当家抱えの扇師どもに頼み込んで作ってもろうたわ」

箱の中を覗き込むと、真っ白な扇面の扇が幾重にも折り重なって入っていた。手に取ってみる。さすがにかの貴人から預かったものと比べれば造りは粗いが、ぱちぱちと何度も開いたり閉じたりをしてもへたる様子がない。

「まあ、真っ白な扇などないと言われたゆえ、大急ぎで作らせたのだがな」

「そ、そうだったのですか」

「それはそうだろう。真っ白な扇など売れんだろうに」

もっともだ。

狩野工房が安値の扇を売り出すようになってから、町衆の持つ扇は一気に華やかになった。今時、何の装飾もない扇など売れるはずもない。そして、そんな無駄な物を職人は作らない。

扇一つの重みを噛み締めていると、ふいに松栄は声を上げた。

「ところで源四郎、こんなところで何をしている。なぜ工房の中に入らない」

源四郎は頭を振った。

「日輪を描けとのご所望。ならば、実際に日輪のもとで描くのがよいと思いました」

源四郎は庇(ひさし)の向こう側に隠れる日輪を覗き込んだ。焼きつけるような光が目に飛び込んでくる。その痛みまでも形にできないものか、と願わせるほどに、強い存在感を持っている。

「それはよい。で、源四郎、粉本はどうした」

「この度、用いないことにしました」

「何だと？」

ご機嫌だったはずの松栄の顔が一気に曇った。

頭を振った松栄は、はは、と笑った。

「そうか、思えば今回お前が描くのは日輪か。ならば、粉本を見るほどのものでもあるまいな。朱で丸を描いてやればそれで済む。それくらい、粉本を見ずとも描けような」

どうやら松栄は勘違いをしているらしい。

源四郎は首を横に振った。

「粉本に描かれた日輪を描くつもりはありませぬ」

「な、お前はまだ斯様なことを言うておるのか！」

お前という奴は！　顔を真っ赤にした松栄は怒鳴り上げるようにしていつもの小言を重ねた。

「粉本というのは、お前のじい様である狩野越前や師匠であるわしが作り上げた絵の王道。狩野の家に生まれたお前はその道を歩まねばならん。お前は何を言っておるのだ。お前の言は我儘でしかあるまいぞ」

我儘。そうかもしれない。しかし。

「ちちう——、師匠」

「何だ」

「わしは、恐らく変なのです」

「どういうことぞ」

「わしだって、本当ならば粉本で絵が描ければなんと幸せなことでありましょうや。師匠とこうして不毛な言い争いをしなくて済むのですから」

「では、何がお前をこうも——」

松栄の問いに対して、源四郎は首を横に振った。

「それが分からないのです」

「分からん、だと」

どんなに怖い顔で凄まれても、源四郎の胸の中に浮かんでいるこの感覚だけは譲れない。

分からない。なぜ自分がこうも粉本で絵を描くのが本当に嫌なのか。だが、分かることが一つだけある。自分は、粉本を使って絵を描くのが嫌なのだ。

「師匠は、絵を描くとき、心が躍ることはありませぬか」

はありませぬか」

「心が、躍る？」

「ええ。真っ白な紙の上に筆を下ろす時。その一瞬、世の中の陰陽が交わるような感覚にいつも襲われます。そして、この紙の上に何を描いてやろうか、と愉快な思いになること

ふん。松栄は何も答えず、鼻を鳴らして立ち上がると、くるりと踵を返してしまった。が、思い出したことがあったかのように振り返り、ぼそりと答えた。

「もしかしたら、昔はそんな思いもあったかもしれぬ。が、今はもうない。そして、その思いは魔境であることを、わしは知っておる」

そうして、ふらふらとした足取りの松栄は廊下の奥の影に消えていった。

魔境――。

わしは、魔境にいるのだろうか。

源四郎の自問が止まらない。いつしか筆を硯（すずり）の脇に置いて、一人、苦しげに唸ってばかりで日がな一日過ごしてしまった。

源四郎がはっと気付いた時には、いつのまにか日輪はすっかり沈みかかり、工房の囲いの縁にまで傾いていた。真っ赤な夕焼けが手を振っている。

「しまった」

辺りを見渡すと、既に工房には人の気配がない。ぽかぽかと暖かかった縁側の空気はすっかり入れ替わり、既に肌を刺すような冷たさだけが辺りに佇んでいた。その冷たい空気はまるで刃物のように鋭くて、触れるたびに全身の産毛が逆立つ。

今日も結局、収穫なし、か。

源四郎がその辺りの絵道具をしまおうと手を伸ばした、そのときだった。

「おや、若様ではございませぬか。いかがなされましたか、斯様な寒いところで」

「お前こそこんなところで何をしておるのだ」

「はは、ようやく今日の仕事を終えましてなあ。これから、夕餉の支度でもしようかと思っておりました」

しわがれた声。どこか温かみと優しさが滲むこの声は。源四郎の想像通り、膠小屋のじいさんだった。いつものように炭で顔を真っ黒にしているじいさんは、ふらふらとした足取りで庭の隅から源四郎の前にやってきて、その場にうずくまった。じいさん流の、敬意の示し方だった。

「じいさん、いいから」

「いや、これは挨拶のようなものにございまするる故」

顔を上げたじいさんは、額のあたりに巻いているぼろをほどいて、黄色い髪の毛を少し掻いた。まるでそれは、ばつの悪いところを見られた、と言わんばかりの仕草だった。じいさんは、狩野家の人間に対して働く以外の姿を見せるのを潔しとしないところがある。馬鹿正直とけなしたらいいのか、それとも勤勉と褒めたらいいのか、源四郎には分からない。

「で、若様はここで何を？」

ああ。源四郎は答えようとしたが、じいさんが居ずまいを崩そうとしないことに気付いた。

「じいさん、わしの横に座ったらどうだ」

じいさんは滅相もない、と両手を振った。

「いや、斯様に身が汚れた者が御殿に上るなどと」

「なら」

よ、という掛け声とともに、源四郎は裸足のままで縁側から庭に下り立った。足底に感じる土の感触は柔らかくひどく冷たい。

「わ、若様！」

「これで同じ目線で話ができるだろう。――なあ、じいさん。聞きたいことがある」

「へ、へえ。わしなんぞで分かることがあるのならなんなりと」

ひどく恐縮するじいさんを尻目に、源四郎は遠慮なしに訊く。

「じいさんは、日輪を見たことがあるか」

「日輪、でございまするか」

「ああ。今日一日、日輪を描こうと目を凝らして見ていたんだ。しかし、いくら目を細めて見てみても、日輪の姿をとどめることがどうしてもできなかった。じいさんなら、日輪を見たことがあるのではないかと思ったのだけど」

すると、じいさんはううむ、と唸って見せた。

「日輪でございますか。毎日拝んでいるはずのものでございまするが、いかにも――。む、そういえば」

じいさんに何か思い当たるものがあったらしい。何度も頷いて源四郎に向いた。

「最近、京界隈に、評判の陰陽師が居りましてのう」

陰陽師というと、かつては暦や星の運行をつかさどる役職だ。もっとも、陰陽師の元締であった土御門家が応仁の乱を受けて越前に落ちてしまってからというもの、京にいる陰陽師は勝手に名乗っている者ばかりだという。

「その陰陽師曰く、近く、蝕が起こるらしいのでございます」

蝕。日蝕だ。

「でもなあ。陰陽師だろ？　大丈夫かな、その人」

子供ですら、陰陽師の言うことは信じるな、という警句は知っている。いろんな陰陽師が気ままに自説をがなりたて、他の陰陽師とああでもないこうでもない、お前の計算は稚拙だのお前の暦は間違いだのとやり合って、結局両方が予想を外すなんてこともしばしばだ。

「いや、しかしながら、他の陰陽師も、この十二月に蝕が起こるだろう、と言っておりますよ」

公卿の屋敷は今頃大騒ぎだろう。蝕は決していい兆候ではない。天変地異の前触れ、天下の激震、疫病の流行……。天地がひっくり返るほどのことが起こる、とされている。蝕を直に見ることさえ憚られているくらいなのだ。

がぜん興味が湧いてきた。じいさんの肩を摑んだ源四郎は、にたりと笑ってじいさんの半ば怯えた顔を見上げた。

「聞きたいことがもう一つある」

「は、はあ、何にございましょう」

「決まってる。その陰陽師はどこに住まいを持っている？」

次の日、源四郎は件の陰陽師の家の前までやってきていた。

そこは、京の華やかなる一帯から遠く外れた貧民街の端っこにあった。天文法華一揆どころか応仁の大乱の瓦礫さえ残していそうなほど年季の入った廃墟の上に築かれたあばら屋たちに取り囲まれるようにして、その家はあった。本当にこんなところに噂の陰陽師がいるのだろうか——？

じいさんに訊いた話だと、その噂の陰陽師は公卿たちのもとに出入りすることなく、もっぱら町衆たちと交わって生活しているのだという。それがゆえ、家も貧民街にある——。

変な話だ。陰陽師の仕事は本来宮廷にある。どういうことだろう？

小屋の前で首をかしげていると、ふいに小屋の出入り口に掛けられていたボロがたくし上げられて、中から人影が出てきた。すっかりやせ細り、襟から覗く胸板にすっかりアバラの浮いている老翁だった。その老翁は時折肺腑の奥までしこっているかのような重苦しい咳をしながら、小屋の奥にいる誰かに何度も頭を下げていた。その老翁と入れ違いになるようにして、源四郎は小屋の中に入った。

と——。

「おやおや、お客が多いことだ。どうなすった？　怪我か？　病気か？　それとも物の怪憑きか？　それとも——、ってなんだ、まだ子供じゃないか」

小屋の奥に座っていたのは、まだ若そうな男だった。青っぽい色をした水干に烏帽子姿はまさしく陰陽師の姿だったが、いかにせんその衣装は汚れていて、火事場から焼け出された貧乏公家、といった風情だった。そして、この男の物腰はどうも、陰陽師、という職業者の持つ雰囲気ではない。よく見ればぼさぼさの髪の毛、何となく薄汚れた肌。この貧民街でよく見る人々の雛形そのものだ。

「ええと……あなたが最近蝕を予報したっていう――」

「おう。そうだ。日乗と名乗ってる。以後よろしくな」

じいさんの言っていた名前とも一致する。しかし――。

変な顔をしている源四郎のことを、日乗を名乗る陰陽師が咎めた。

「何ぞ？　何か文句のありそうな顔をしておるな」

「いや、だって」源四郎は顔をしかめた。「人気の陰陽師だっていうから、もっとこう、いかにも陰陽師、みたいな雰囲気の人だとばかり思っていたから……」

源四郎の言に、日乗は黄色い歯を見せた。

「そりゃ当り前だ小僧」

「どういうことですか」

「俺が陰陽師になったのはごくごく最近のことだからな」

「は？」

「いや、たまたま、辻市で本を見つけてのう。見れば、どこぞの陰陽家の蔵から出た秘伝の書物。それを二束三文で買い付けて勉強しただけのことよ」

師匠について修行したわけでもないようだ。つまるところ、京にごまんといる、もぐりの陰陽師ということだ。

踵を返そうとした源四郎の肩を、慌てて日乗が摑んだ。

「おいおい、どうした、俺に聞きたいことがあったんだろう」

「いや、だって日乗さん、もぐりなんでしょう」

「待て待て待て。確かに俺は誰かについたわけじゃないが、一応勉強はしたんだ」

「じゃあ聞きますが」源四郎は日乗に顔を向けた。「蝕の日付の予測を出したそうですけど、あれに根拠はあるんですか」

日乗の顔が途端に厳しいものに変わった。表情の変化に戸惑う源四郎を前に、まあ座りなよ、と日乗は床に座るように勧めた。茣蓙の上に腰をかけた源四郎の前に、日乗はある紙を広げた。見たことのない言葉や記号がいくつも並び、それぞれの枡の中に収まっている。

「こりゃあ、その陰陽師の本についてた秘中の秘、蝕の予言のために必要な早見表なんだと」

「早見表？」

「おう。太陽とか月の運行をこの表の中に落とし込むとな、いつ頃蝕が起こるのかをある程度予測することが出来るんだよ」右手に持っている笏で表を指していた日乗は、ある一点でその先を止めた。「んで、この表を参考にすると、今年の十二月に蝕が起こると出た」

「十二月？　でも、確か、日乗さんはもっと細かい予想を立てておるのでは」

「ああ。十二月十九日って言い触らしてる」

「その根拠は」

と聞くや、日乗は破顔一笑。朗らかに答えた。

「あ？　んなもんない。全く」

「じゃあどうして」

すると、日乗は襟足のあたりを掻きながら、つまらなげに口にした。

「日蝕の正確な予測なんて出来ねえんだ。大体この辺りに起こる、ってことしか分からねえ」

日乗の言うところだと、かつて蝕はほぼ確実な予言が出来たらしいのだが、当世では不可能になってしまったのだという。理由については分からない。蝕予報の根拠となっている暦の不備かもしれないし、あるいは別の理由かもしれない。

「で、だ」日乗は顎を手で撫でつけながら源四郎を覗き込む。「何でお前は蝕なんて気にするんだよ」

源四郎は話した。さる貴人より絵の依頼があって、日輪を描くことになっている。日輪をどんなに眺めようとしても、夥しい光に阻まれてその本当の姿を捉えることがどうしても出来ない。蝕の時ならば、日輪の本体を捉えることが出来るのではないか……。

「ふむ、なるほどねえ。というかお前、絵師なのか」

「一応、そうですけど」

「十九日がその日かは正直俺にも分らんが、その辺りで蝕は起こる。日輪の姿を捉えたければその日を心して待っているといい。せいぜい夜はしっかり寝て、日が上っている間は起きてるんだな。あとは雨が降らないのを祈るばかりだ」

「分かりました」

頷くと、日乗はカラカラと笑った。

「んで、もし、絵が完成したら、俺んとこに来てくれや」

「な、何で」

「まあまあ。でも、絶対に来い。俺もこの蝕に賭けてるんだからよ」

は？　小首をかしげる源四郎。

「いやいや、こっちの話だ」

慌てて頭を振った日乗は手をひらひらと振った。


源四郎はそれからずっと、日が上っている時間には縁側に座り続けた。

最初は、職人たちや使用人たちも呆れ顔を隠さなかった。松栄も苦々しい顔を浮かべてしっかりしろ云々と小言を向けてきた。日が高いうちには厠にも行かず何も飲み食いしない生活が数日続くうち、誰も源四郎に話しかけなくなってきた。

源四郎自身、体の変調に気付きつつある。指の関節が悲鳴を上げる。周りの声も聞こえづらくなっている。夕飯はしっかり食べているから心配なかろうと高を括っていたものの、実際には相当体力を消耗しているらしい。

源四郎を照らす日輪は、欠ける様子もなく天の頂点に座している。

と――。

源四郎の脇で、ことんと音がした。

ふと見ると、そこには水がなみなみと入った茶碗と、玄米が盛られたお椀が載った盆が置かれていた。その横には、いつの間にか元信が座っていた。

「じ、じい様」

声がかすれる。

「飲めい。無茶をする奴よ」

言葉に甘えて水を喉に流し込む。最初、うまく水が喉に通っていかないことに戸惑いを憶えた。しばし遅れてようやく喉に水が流れていく。焼けた砂に水がしみ込んでいく様に似ていた。

ふう。元信はこれ見よがしに息を吐いた。

「もう、十日、ぞ。お前がこうして日を眺め続けてから」

「そんなに経ちまするか」

「日蝕を待っておるのか。お前らしいの」

いや、違う。源四郎は心の中で反駁(はんばく)する。わしが待っているのは、日輪が本来の姿を現すその一瞬だ、と。

源四郎は元信に聞く。

「今日は、何日にございまするか」

「今日は十八日だぞ」

「ありがとう、ございまする」

源四郎は空を見上げた。しんと澄み切った空の上に輝く太陽はまるで欠ける予兆がない。本当に、日が欠けるなんてことなどありえるのだろうか。そんな気にさえさせる。

「源四郎」

「はい」

不意に呼びかけられて、源四郎は元信の顔を見据えた。元信はといえば、庇（ひさし）の向こうに広がる青い空模様を見上げて固まっていた。

「なぜお前は粉本を見ない？　あの粉本は、わしが作ったものぞ。粉本を見ないということはつまり、どういうことか分かっておるのか」

恐る恐る頷いた。粉本を作った元信への反抗と取られても仕方がないことはわきまえている。

源四郎は頭を振った。

「分かっております。されど――」

「されど、なんだ」

「絵を描いている気分にならぬのです。少なくとも、わしがわしの手で絵を描いている気分にはなりませぬ」

「――では、お前にとり、絵を描いているとはどういうことを言う？」

切り返されてしまうと、源四郎にもうまく応じることが出来ない。自分では、絵を描いている瞬間のことをありありと思い浮かべることが出来る。言葉では形にならない。でも――。

源四郎は、あえて自分の心のままを口にした。

「今がまさに、絵を描いている瞬間です」

「ほう？　手を動かしておらず、待っているときが、か」

「はい」

誰にも分からない。源四郎はそう決めてかかっている。絵を描くときに湧き上がってくる衝動、予感、確信、これらの想いをひっくるめたものが、絵を描くということだった。

しかし、元信は、はっ、と破顔して見せた。

「よかろう。そういうことならば、やりたいようにやってみるがよいぞ。――お前の見た天地を描いてみせい」

話は終わりのようだった。すくりと立ち上がった元信は、とにかく飯くらいは食べるようにの、と言い残してこの場を去ってしまった。元信のいなくなってしまったこの場は、空気の抜けた紙風船のようであった。

気の抜けかけた空間に、源四郎は自分の気を満たす。そうして元の静寂を取り戻した源四郎は、元信の持ってきてくれた茶碗の水をすすりながら、ひたすらに待っていた。日輪が、日輪の本性を出すであろうその一瞬を。

そして、その日がやってきた。

十二月の十九日。奇しくもそれは、あの怪陰陽師・日乗が蝕の予言をしたまさにその日だった。

この日も源四郎は雲一つない空を見上げて、一人縁側に座っていた。

既に源四郎は予感めいたものを覚え始めていた。

朝から鳥を一羽も見なかった。冬とはいえ、雀の一羽もいないのはおかしい。もっとも、気付いているのは源四郎一人だけのようだった。

世間が静まっているように源四郎には思えた。分かりやすい変化ではない。言うなれば、現世の生きとし生けるものたちが無意識のうちに放っている熱量のようなものが、この日に限ってなりを潜めている、そんな感覚だろうか。

源四郎は今日も、横に置いている硯で墨を磨りながら、その瞬間を待っている。

と、しばらくして——。

ふっ、と空が暗くなり始めた。雲で陰ったか、最初はそう当て込んだが、それは違うようだ。冬の寒々しい空が頭上には広がっていて、雲はやはり一つもない。

隣家や表通りから悲鳴が聞こえ始め、人々の行き交う音が聞こえる。狩野工房の者たちも、いつしか縁側にやってきて空を見上げ始めた。しかし、未だ肉眼で捉えることが出来るような変化は起こっていない。誰もが目を眩しげに細めて全天の支配者に眼を向けるばかりだった。

「蝕だ、きっと蝕だ」

縁側に立つ狩野工房の若い絵師の一人が、ぽつりと呟いた。その顔には生気がない。

隣に立っていた絵師が、金切り声にも似た悲鳴を上げた。

「まずいぞ。蝕の明かりに触れると寿命が縮まるらしいぞ」

「いや、魔に魅入られるとも聞く」

負の噂が一気に絵師たちに伝染していく。そして、ある一人が慌てて部屋の中に引っ込んだのを合図に、絵師たちはみな部屋の中に我も我もとなだれ込んでいき、ぴしゃりと戸を閉じてしまった。

連中に付き合っている暇は源四郎にはなかった。ひたすらに墨を磨りながら、庇の向こうに鎮座している日輪の変化を窺う。

端に置いてあった筆を墨に浸した。

墨を吸い上げた筆は、いつでもこの天地を切り取る用意が出来ている。

と——。

「若様」

声の方に向くと、庭先で跪くじいさんの姿があった。

「どうした、じいさん。じいさんは、怖くないのかい」

じいさんは、はっは、と笑った。

「命が縮むだの、魔に魅入られるだのがもし本当ならば、わしはもう死んでいるはずですわい」

「もしかして、じいさんは見たことあるのか、蝕を」

「ええ、いかにも」

立ち上がったじいさんは空を見上げた。

「あれはいつのことでしたか。たしかあれはまだ、船に乗っておった頃のことだと思いますな。唐国への船旅の途中に見たことがございます。しかし、わしは命をつなぎ、狩野家にこうしてお世話になっております。魔に魅入られたなどとは思いませぬ。むしろ、そうやって蝕を見上げていた頃。あの頃こそ、わしらが魔に魅入られていた頃でございましょうな」

つまらぬことを。そう言って頭を振るや、じいさんは、ここにいてよろしいでしょうか、と聞いてきた。源四郎が頷くと、その煤で汚れた顔を緩めるや軒先に座り込んで空を見上げ始めた。

風が、変わった。

源四郎は更なる変化を感じ取った。吹いてくる風の匂いが変わった。変化を言葉にするのは難しい。もともと冷たかった風が、さらに一段冷え込んだということだけは確かなようだった。この世をあまねく照らすはずの日の光が、目に見えて弱くなっている。肌を刺す日の光が減ることで、熱がしぼんでゆく。この世の全てが凍って果ててしまうのではないか、と思うほどだった。

すると。

「お、おい源四郎！　そこで何をしている！」

浴びせられた声の方に向くと、青い顔をした父親の松栄が立っていた。心なしか声が震えている。それが怒りのゆえではないということは見て取れた。

筆を手に取った源四郎は、空の上に視線を戻しながら答えた。

「ええ。絵を描いております」

「馬鹿な。斯様な時に！　古来より蝕は不吉なものぞ。陰の気に支配された日輪の光を浴びると、陰に身を持って行かれるのだぞ」

「もしそれが本当だとしても、わしはここから動きませぬ」

「なぜだ」

「なぜなら」源四郎は視線をくれることはなかった。「わしが、絵師だからにございましょうや」

「——勝手にせい！」

怒鳴り声を上げて、松栄は廊下の奥へと消えていった。

何を恐れることがある。源四郎が毒づいたそのときにも、空の色は刻一刻とその色を変じている。

さっきは緩やかな変化に過ぎなかった日の陰りがどんどん急激なものに変化しつつあった。それこそ、瞬(まばた)きをした一瞬ののちに大きく目の前の風景の様相が変わってしまっている。

迂闊(うかつ)に瞬きも出来ないのか。

源四郎は眼を出来得る限りに見開いた。そんな源四郎の耳に、脇の軒先に座るじいさんの悲鳴にも似た声が飛び込んできた。

「この蝕は……、まさか」

「なんだ。この蝕が何だというんだ」

「これは、全てが欠ける蝕かもしれませぬ」

じいさん曰く、蝕には大きく分けて二つある。一つは、日輪の一部が欠けるもの。もう一つは、日輪のすべてが欠けて、辺りがすっかり真っ暗になってしまうもの――。そしてじいさんがかつて見たのは、日輪の一部が欠ける蝕だったという。

さすがのじいさんも、声が上ずっている。

しかし。源四郎の心はむしろ――、猛(たけ)っている。

「それがどうした!」

じいさんは明らかに戸惑いの色を見せる。そのじいさんを目の端に捉えながら、源四郎は叫んだ。

「どうせ見るのなら、それくらいの方が絵の肥やしとなろう!」

その次の瞬間、日輪はすべての輝きを失った。

辺りは夜のように真っ暗になり、犬の鳴き声一つ聞こえない。この世の終わりのような気配が源四郎の周りにまとわりついている。

今ならば、見える。源四郎は空を見上げた。天の上には、いつもならば全天の支配者としてその本性を見せぬ日輪が、人間の目に捉えられる姿として、そこにあった。

嘆息した源四郎は誰かに急き立てられるようにして筆を振るい、紙の上に天地の光景を写し取っていった。

源四郎は確かに捉えていた。絵を描くということの、手触りを。そして、何かを描くということの内奥に控える魔の横顔を。

数日して、源四郎は貴人の屋敷へと参上した。

源四郎を迎えた貴人は、やはり表書院の上座で脇息に寄りかかり、平服する源四郎のことを見下ろしていた。

「予の頼み物、完成した由。ご苦労であった」

「はっ」

応じたのは、源四郎の横に座ってやはり平伏している元信であった。

なぜかつまらなげな顔を浮かべた若き貴人は、手の扇で源四郎を指した。

「堅苦しい挨拶はよい。早く見せい」

源四郎は自分の後ろに隠していた三方を自分の前に掲げ出した。いつの間にか源四郎の前にまでやってきていた近侍がその三方を受け取ると、近侍はその三方を貴人の前へとうやうやしく掲げ置き、自分の仕事を終えるや己の定位置に戻った。

三方の上に載った扇を見やる貴人は、ほう、と声を上げた。

「約束通り、扇面を変えている様子はないな。では」

貴人は扇に手を伸ばした。閉じたままの扇を色々な角度から見回して一つため息をつくと、ゆっくりと扇を開き始めた。ぱちぱち、という心地のいい音が、あまりに広すぎる書院の中に広がって消えていく。

「これは――なるほど」

貴人は眼を見開いて、口角(こうかく)を上げた。

源四郎は平伏したまま、何も考えなかった。しかし、横で平伏している元信が、明らかに震えている。

ふむ。そう唸った貴人は疑問を口にした。

「聞こう。源四郎、お前はなぜ――」

割って入ったのは源四郎ではなく、元信だった。普段にない狼狽(ろうばい)の色をにじませながら。

「お待ちくだされ。これは未だ修業の足りぬ者の失敗にござります。何卒(なにとぞ)ご寛大なる――」

うむ……、苦々しげに唸った貴人は元信に下知(げじ)を与えた。

「越前。お前はもう下がってよいぞ」

「え？　それは一体どういう――」

「今日の予はお前と話したいのではない。あくまで源四郎と話したいのよ」

貴人の脇に座っていた近侍二人が立ち上がり、元信の脇に立った。その二人の顔を交互に見比べた元信は、何か悟るものがあったのかゆっくりとかぶりを振って立ち上がると、近侍に誘われるがままに部屋を退去させられてしまった。

広すぎる書院の中に、ただ源四郎と貴人だけがいる。

ふ。部屋の中で、声を上げたのは貴人だった。

「さて聞こう。源四郎よ。なぜお前は斯様な日輪を描いた」

貴人の開いた扇には、確かに日輪が描かれているものの、その姿は今まで様々な絵師が描いてきたそれとは明らかに異なる。

源四郎は、日輪を輪として描かなかった。無数の焔が立ち上り、無数の光を四方八方に放つという、天にまします無形の支配者として描いた。そして、日輪を赤く塗るのではなく、周りを黒く塗りつけることで、日輪の姿を白く浮き彫りにしている。

源四郎は平伏したまま答えた。

「わしの眼には、日輪がそう見えました」

「お前の眼、と？」

「はい。そもそも、日輪の放つ光は赤いものにございましょうや？　わしの眼には、白く見えたのでございます」

「で、続けよ」

「そして、此度（こたび）起こりました蝕。この際に、わしは日輪の本当のかたちを見たのでございます」

「本当のかたち」

「はい。日輪は、確かに丸うございました。しかし、日輪を為すのはなにもその本体だけではありませぬ。日輪が放つ光。あれとて日輪を日輪たらしむ、日輪の一部そのものでありましょう」

源四郎の目にはそう見えた。それだけのことだ。

粉本において、日輪は完全な円として描かれている。しかし、源四郎の見た日輪はそうではなかった。完全な円からはみ出した別の形をしていたし、赤ではない、やはり別の色をしていた。今の源四郎がその『違う』を形にしようとした時には、かたちなきものとして描かざるを得なかったし、真っ白なものとして描き出すしか表現の方法を持ち合わせていなかった。

「ほう、なるほど」

貴人は手に持つ扇を見やった。何度も目を細めて、ニヤリと笑う。

「これが日輪の本当の姿かどうかは予には分からぬ。されど、面白き絵には違いない。

――予の依頼、よくぞ果たした。見事である」

頭を下げた源四郎に、尤も、と貴人は付け加えた。

「お前ならば、これくらいの仕事はしてくるものと最初から見越してはおったがな」

え？　やはり、貴人は源四郎のことを知っている。これまでの口ぶりで容易に分かることではあったが、この一言で今までの疑問が確信へと変わる。

でも、どこで――？

すると、貴人は呆れ半分に笑った。

「……予のことをすっかり忘れているものと見える。ということは、予がお前に与えた問いのことも、すっかり忘れておろうな」

恨みがましく唇を伸ばす貴人。しかし、そう言われても、源四郎にはさっぱり心当たりがない。

貴人はついに、どっと笑った。

「ほれ、数年前、闘鶏の際に出会ったであろう。あのとき、お前は確か越前に背負われて闘鶏を見ておって、鼻血で鶏の絵を描いていたであろうが」

ようやく思い出した。
かれこれ七年前、素襖の侍たちに囲まれて闘鶏を見やっていた貴人の少年。そう言われてみれば、あの時に出会ったあの少年の顔と、今目の前に座る青年貴人の顔が確かに重なった。少年時代の幼さがすっかり消え、重みのようなものが漂い始めていたから、顔の造作(ぞうさく)に目がいかなかったのかもしれない。……というのは、源四郎の言い訳に過ぎない。そもそも、そんな少年との出会いがあったということ自体、源四郎はすっかり忘れていたのである。

はっはっは。高笑いを浮かべる貴人は日輪の扇で顔をあおいだ。

「まあ、仕方あるまいの。かれこれ数年前の話ぞ。それに、公方(くぼう)の子供がああやって京の町に出歩いているとは夢にも思わぬであろうからな」

公方。そう。最初から、源四郎はこの貴人と接点などないものと決め付けていたのである。

なにせ、今、源四郎の前に座るこの青年は——武衛陣(ぶえいじん)跡地に築かれた二条御所(にじょうごしょ)の主であり、帝(みかど)に次ぐこの国の権力者である、室町幕府の十三代将軍である足利義藤(あしかがよしふじ)、後の義輝(よしてる)である。一介の絵師、それどころか未だ世間では絵師としてすら認められていない源四郎からすれば、まさしく雲の上の人だ。

これが、足利将軍――。

楽しげに笑い声を上げる将軍のことを見やりながら、源四郎は唾を飲み込む。

将軍義藤は楽しげに歪める口元を扇で隠して、切り出した。

「さて源四郎。当然仕事を果たしたからには褒美をやらねばならん。むろん、礼となる金は用意してある。後で届けさせよう。しかし、それだけでは予の気が収まらん。よって、お前にこれを与える」

池の魚を呼ぶ要領で義藤が手を叩くと、奥の間の襖(ふすま)が音もなく開き、三方を掲げ持った近侍が部屋の中に歩み入り、その三方を源四郎の前に置いた。

「源四郎。受け取るがよい」

目の前に置かれた三方を見やると、そこには筆が置かれていた。

決して太い筆ではない。むしろ、細身の筆であるが、普通の筆にはない付属品がくっついていた。筆の尻に紫の紐が結わいつけてあり、その先には、指三本に収まる程に小さな金細工がくっついていた。金色に輝くその細工は小さいながらも竜の姿をとっていた。

「この細工は、名のある細工師に作らせた物ぞ。これが一番作るのに苦労したらしいな」

「されど」源四郎は声を上げた。「これでは逆に絵を描きづろうございますが」

すると、義藤は、ふ、と笑った。

「この細工にはな、文字通り細工がしてあるのだ。竜の首をひねってみよ」

紐穴がある竜の首のあたりを言われたとおりにひねる。すると、竜の首がぐるぐると回り、しばらくすると取れた。最初は壊してしまったのかと慌てたが、螺子（ねじ）になっていたらしい。まじまじと見やると竜の頭が雄螺子になっている。そうして空いた雌螺子から細工の中を覗き込むと、中身は空っぽだった。

「この螺子穴に、筆の先が入るであろう？　つまり、この細工の中に墨を入れておけば、紙さえあらばいつでも絵が描けよう」

　義藤はくすくすと笑う。

「まあ、なんだ。いつぞやの時のように、鼻血で絵を描かれても困るのでな」

　手の扇を閉じた義藤は、源四郎に頷きかけた。

「では源四郎。これからもお前に絵を頼もうぞ。心して画業に努めよ」

　源四郎は慌てて頭を下げた。その様を見ながら、義藤はまたくつくつと笑った。

「ほー、なるほどねえ、公方様がお前と昔からの知り合いだったとはねえ。世の中ってえのはつくづく分からないもんだねえ」

　呆れとも感心ともつかない声を上げた陰陽師・日乗は天井を見上げた。低い粗末な天井にはところどころ穴があいて、外の空の色がはっきりと見える。冬らしい、真っ青な景色だった。

源四郎は日乗との約束を守った。義藤の仕事を終えた後、源四郎は貧民街にある日乗の家へと幾度となく足を運んだ。しかし、日乗の家にいつ行っても黒山の人だかりができていた。貧民街での噂を拾ってみると、どうやら公家衆や帝に近い者からも問い合わせや引見の依頼が入っているという。半月ほどが経ち、ようやく人だかりが少なくなった頃に訪ねてみると、日乗は笑顔で源四郎のことを迎えてくれた。

源四郎は小屋を見渡しながら笑う。

「いや、わしもそう思います」

「だろうね。でもまあ、結局は、お前さんは自分の力で公方様に取り入ったわけだ、まずはその才覚、お見事といったところだな」

「と、取り入るって」

そのつもりはない。たまたま公方様からお召しがあって、たまたま絵の依頼を受けて果たしただけのこと。源四郎はそう理解している。

「いや、別にお前のことを難じておるわけじゃない。これが現実なんだよ。俺たちは、あくまで脇役なんだ」

「と、いうと」

「俺たちは帝でもなけりゃあ公方様でもないゆえ、俺たちに天下を好き勝手出来る力はねえ。だが、好き勝手に出来る連中に取り入ることは出来る。俺たちみたいな脇役は、天下を回せる人間に気に入られて、使われるふりして体よく操って、この天下を好き勝手に回すのさ」

「そういう、ものなのですか」

「おう、そういうもんさ。俺だってそうだ。今回の蝕のおかげで、随分といいところに身を置くことが出来た。これから俺は、どんどん天下を動かす連中に取り入っていくさ」

どう答えたらいいものか、源四郎には分からない。絵のことだけを考えて十二年と少しを生きてきた源四郎からすれば、権力がどうの、天下がどうのなんてあまりに遠い話でしかないし、一生縁のない言葉のようにさえ響く。

しかし、日乗は源四郎の肩を何度も叩いた。

「今回の蝕で運を摑んだんだよ。お前も俺も。お前は公方様に絵を献上し気に入られた。俺は俺で陰陽師として公卿どもに認められ始めてる。俺とおまえは、同時に世に現れた梟雄ってわけだ」

「きょうゆう?」

「ああ。梟みたいにずる賢く、汚いやり口で獲物をさらっていくような奴のことだ。なに、褒め言葉だよ」

月明かりすらない闇夜の中で翼を広げて眠りに落ちる動物たちを狩る梟の姿を想像してみた。どうしても自分の立ち姿と漆黒の夜を飛び回る梟の姿が結びつかないでいる源四郎を置いてけぼりにして、日乗はつまらなげに唇を伸ばした。

「公方様、か。しかし、もしかするとお前さん、せっかく掴んだ機を逃しちまうかもしれねえな」

「どういうことです」

「さあな。そのうち分かるだろうよ」

と、日乗はぼかしたが、源四郎もこの後に、その言葉の真意を知ることになる。

年が明けた天文二十二（一五五三）年、足利義藤は臣下の裏切りに遭い戦端を開かざるを得なくなった。のみならず、その戦において劣勢になった義藤方は京から脱出しなくてはならない事態に至ったのである。

この時代における将軍には何の実権もなかった。ただ、かつて武家の棟梁として世の乱れを収め、天下を睥睨したという足利家の血脈だけが将軍家を支えているに過ぎなかった。累卵の上におわします将軍。これがこの時代の征夷大将軍の姿であった。

この時代を生きる源四郎は知る由もないが――。かねてより存在した既存の権力や権威が、勃興してきた新勢力によって否定され変質を余儀なくされつつある、『下剋上』の時代の只中なのである。

そんな時代の端っこで、源四郎は絵を描いていた。

やがて、源四郎はこの天下の形を知り、自らを天下に問うていくようになるのだが、十歳と少ししか経たぬ源四郎は、その予感さえ持ち得ずにいた。

鈍色

「若惣領、相すみませぬが御相談したき儀が！」

「ああ分かった」

未だに板につかない『若惣領』という呼ばれ方に顔をしかめながらも、源四郎は己を呼ばわった絵師の前にどっかりと座った。そして、絵師の眼前に置かれた扇面に視線を落とし、筆の尻で頰を掻いた。

「この絵にございまするが」

若い絵師が描いているのは鳳だった。左右にその大きな翼を広げ、嘴を大きく開いて見るこちら側を睨んでいる。悪くはない筋だ。

「少々線が乱れておりませぬか」

む？　言われて見てみれば、確かに翼の左右の大きさが微妙に違う。他の絵師ならば失敗作とするのだろうが、源四郎はすこし違う感想を持った。

「乱れておってもよいのではないか？　この絵は、左右の翼の大きさが違うことで奥行きを生んでいる気がするゆえな」

左右均衡。無意識に皆が決めつけている世の中の摂理だ。しかし、本当にそうか？　源四郎は思う。たとえば、今目の前に座っている若い絵師などは、右手で筆を握り左目で絵を捉えるために、少し右半身に座り首をかしげる癖がある。

「そ、そうですか」

「このまま仕上げてよいと思う」

それに、心の隅で源四郎は呟いた。所詮は町物の扇、そんな些細な違いに気付く奴なんていない、と。

思わず自分の肚の底に響いた本音にげんなりした。しかし、もう慣れた。

元服した年、源四郎は若惣領を襲った。狩野工房の惣領であった狩野元信が引退し、その息子で源四郎の父である松栄が惣領となったことによる繰り上げである。

源四郎には一つ、大きな仕事を任されるようになった。狩野工房の大きな収入源の一つである、町物の扇の制作責任者の役目である。責任者となれば、絵以外にもいろいろと雑務がある。膠や顔料の調達から、何の絵を描くのかという指示、絵師たちの監督や、扇屋との打合せ。絵だけを描いていればよかった昔とはまるで違う。絵筆を握る時間よりも雑務の方が多いのではないかと疑うほどだ。

時折、絵筆を握る自分の姿を忘れてしまうことがある。たまらなく怖いことであると同時に、どこか平穏すら覚えるのが不思議だった。若惣領と呼ばれるようになって一年。源四郎は十六を数えていた。


「お前は誰だ」


思わず、源四郎は口の先で呟いた。

無意識に飛び出した疑問の言葉を、目の前の絵師に拾われてしまった。どう答えたらいいのか分からないのか、目を丸くして源四郎のことを見やる絵師の視線が痛い。源四郎は頭を振って「独り言ぞ」と言い訳をしてその場を立った。

絵師たちが仕事をしているこの空間を見渡した源四郎は、うんざりとした。

誰もが粉本を見て絵を描いている。祖父・元信の描いた竜を、虎を、花を、蝶を、ひたすらに真っ白な扇面の上に落とし込んでいる。疑いも、屈折も、屈託もなく。元信の土人形が地面から湧いて出て、こぞって元信の絵を引き写しているように見えて仕方がなかった。

と――。

不意に、源四郎に声がかかった。

「兄さま。いかがなすったのですか」

声の方に向くと、不思議そうな顔を浮かべる弟の元秀（もとひで）の姿があった。未だ寝小便も直らないというのに太い筆を持たされ、扇面の上に松の絵を描いている。拙（つたな）いとはいえ、その画風はまさに粉本に描かれている通りだ。つまり、元信の筆の引き写しだ。

手を止めた元秀は、その好奇心でいっぱいの表情を源四郎へと向けた。

「兄さまは、絵を描くのがお嫌いなのですか」

源四郎は頭を振った。やけに頭が重い。

「そんなわけないだろう。何で、そんなことを言うんだ」

実の兄弟だけあって、源四郎も気安い。まだ六歳の、赤ん坊の可愛らしさすら残している元秀もまた、兄に懐いている。

「だって、兄さまはここにいる時、ひどくつまらなそうな顔をなさっておいでです」

元秀の優しげな視線が源四郎の体に突き刺さる。なまじ穏やかなその視線は、緩やかに、確実に源四郎のことを損なっていく。

「いや、何でもない」

「兄さま。わしは、絵を描くのが大好きです」

会話を打ち切って、源四郎は上座の自分の席にと戻った。文机（ふづくえ）の上には、真っ白な扇面と、搔き回し過ぎて艶を失いつつある朱の絵具皿が忘れ物のように打ちやられていた。

席に座った源四郎は懐をまさぐって、引っ張り出したものを見やる。

かつて公方・足利義藤から拝領した筆だ。まだ一度も使っていないどころか筆先の糊さえ落としていない。畏れ多いという思いもあるが、源四郎の今の日々が、この筆を使わせるような状況になかった。狩野家の若惣領。軽いようでいて重い肩書が、源四郎のことを縛ってがんじがらめにしていって、気付けば源四郎も粉本を使って絵を描いている。

あの頃のわしは、どこに行ってしまったのだろう？

この筆を下さった人も、今は京にいない。

臣下の内紛によって京を追われた足利義藤公は京から逃れたままだ。聞けば、近江に居を置き京へ進出する機会を窺っているようだが、そうことは上手くいかないらしい。

いずれにせよ、日輪を描け、と命じてきたあの公方様との出会いは、過去の天幕に隠れて今一つ思い出すことさえ難しくなりつつある。

筆の尻に結わいつけてある紐の先には、竜の細工がくっついている。その竜は小さいながらも、今にも気を吐きそうな迫力を宿して源四郎のことを睨んでいる。

短く嘆息した源四郎はその筆を竜の細工もろともに懐の中にしまう。代わりに机の上に置かれている細い筆を執り直し、真っ白な扇面に墨を落としていく。

描いているのは、松。絵においては基本中の基本。そして、さんざん元信が描き、定石の形まで作り上げた画題である。源四郎にとっても何度描いたか分からない。それがゆえに、何も考えず、言い換えれば思い煩うこともなく描くことができる。すぐに、扇面が一つ仕上がった。

「相すみませぬ、こちらに若惣領様はおられますか」

締め切られた障子の向こう、縁側から声がかかった。声をかけてもなお障子を開こうとしないのは、ここが絵師だけが入っていい空間だからだ。

おう、と答え、源四郎が外に出ると、そこには——。

「若惣領様。お忙しいところ申し訳ございません」

柴犬のような少年だ。小さい体のゆえのみではない。人懐っこさや目の輝かせ方が柴犬という見立てに一役買っている。この八歳をわずかに過ぎたばかりの少年は、平次という。

「どうした?」

「はあ、実は——。若惣領様にお客様が」

「客? おかしいな。今日はそんな約束をした覚えがないんだが。——誰ぞ」

すると平次は、少しだけ首をかしげた。

「確か、美玉屋の安と言っておられましたけれど……」

早すぎる。というか、こっちから訪ねる約束だったではないか。しかも、明日が期限のはずだ。色んな疑問が頭に浮かんでは消える。源四郎にとって、いや、狩野工房にとって大事な人物であることに変わりはない。

「で、どこに通しているか教えてくれ」

「はあ、いつも通り、母屋の客間に」

「今から行く。安殿にそう伝えい」

何度も頷いた平次はとたとたと縁側を駆け抜けていった。やはり柴犬に似ている。

源四郎は絵師の部屋に戻ってそそくさと荷物をまとめると、絵師たちに絵を描いているように命じ、縁側に出た。そして、ゆっくりと母屋の方へと歩を進めていった。

「いやー、すいませんなあ」

肉付きのいい頬から浮かぶ大福様のような笑み、これが怖い。源四郎も知っている。この笑顔はこの男の持つ仮面に過ぎない。

この笑みに何度騙されてきたことか。

ひきつりそうになる顔を無理矢理笑顔に変じて、源四郎はその男の前に座った。

狩野家の客間は、一応武家風の書院造である。そもそも狩野家は田舎の武家出身で、習慣や生活様式は武家のそれである。どうやらそれが、目の前の男には滑稽に映るらしい。かつて、「絵師の方がお武家趣味というのも面白いですなあ」と嫌味たらしいことを言われたことがある。

目の前に座る男は、案外下手に出てきた。

「いや、突然の来訪、申し訳ないですな。いや、たまたま近くにまで来たものだから、源四郎さんの顔を見ようかと思ったんですわ」

「そんなに面白い顔でもありますまいに」

「いやいや、会いたいから人の顔を見るんですわ、面白いからではなしに」

この男は、美玉屋の安。商人である。

源四郎が扇制作の仕事を任された時に松栄から紹介された男だ。

狩野家は禁裏から許しを得て町物扇を作っている。狩野家の特権だ。源四郎の知らないことだが、元信が現役だった頃、狩野工房作の扇の人気にあやかり他業者が扇を造った時、禁裏に奏上しその販売を止めさせたという話すら伝わっている。

狩野家の持つ権限は製造に関するものだけだ。

扇で儲けるためには当然販売をしなくてはならない。自前で販売するのも一つの考え方だったのかもしれないが、狩野工房はそれを取らず、商人に扇を卸すことで儲けるという手段を取った。美玉屋というのは、元信の代から扇を卸している商家である。

実は、源四郎と安は年齢が変わらない。美玉屋の側も代替わりをしたかったようで、源四郎の若惣領就任と同時に主人となった。

しかし、美玉屋のほうが一枚上手のようではあった。

「さて、ときに源四郎さん、お納めの品については上手くいってますかね」

「あ、ああ……、それなりに」

「ほう、それなりに」安の肉付きのいい頬に埋まる目が光る。「そうあなたが言うときには、間違いなく上手くいっていない。どうです、当たりでしょう」

「あ、ま、まあ」

「頼みますよ本当に。私ぁね、あなたに凄く期待しているんだから。——描き上がっている絵、あるんでしょう？」

「ああ、一応」

「じゃあ、見せてくださいな」

言われるがまま、源四郎は持ってきた扇面を一枚ずつ安に手渡す。安はといえば、一枚一枚をぱっと眺めて、扇面を三つの山に選り分けていく。おそらく、いつものように松竹梅の三種に分けているのだろう。

今日に限っては、四つ目の山が出来た。絵を選り分ける安はあまりにも鬼気迫っていて、話しかけられるような雰囲気ではなかった。

選別が終わるや、額の汗をぐいと拭きながら安はにこにこと相好を崩した。

「いやあ、今回もなかなかの品質。さすがは狩野工房ですなあ。外れが少ない」

「の割には、しっかり松竹梅で分けてるじゃないですか」

「はっは、それは仕方ないこと。筆のかすれとか全体の体配のぶれなんていうのは、どんな達人でも、百描いて一は起こりえるものですゆえ」

「そう言ってもらえると」

そんな源四郎の言葉を阻んで、安は四つに選り分けられた山のうち、一山――正確には一枚――の端を取って源四郎の前にやった。

「これは駄目。うちじゃあ買い取りたくない」

胸の奥にある何かがざわつくような感覚があった。

源四郎が描いた犬の絵だ。子犬数匹がじゃれあっている様を思い出しながら描いたものだ。扇面などという小さな絵にしては長く向き合い三日を要した。犬たちの、あのえもいわれぬかわいらしさをどう表現したものかと物思いに耽る時間がほとんどで、手を動かした時間はわずかでしかなかったが。

「これが何か」

悪びれもせずに言ってやると、安はあからさまに嫌な顔をした。

「あのねえ源四郎さん。これ、あなたの描いた絵なんでしょう？ 困るんですよ、こういうのは。だってこの絵、全然狩野工房っぽくないじゃないですか」

狩野工房らしさ。つまるところ、粉本を使った絵のことだろう。

源四郎はこの犬の絵についてまったく粉本を用いていない。自分の記憶の中に刷り込まれた、暖かな日差しの中できゃんきゃんと戯れる子犬たちを描いてやったに過ぎない。

「いけませんよ、扇を買ってくれる客っていうのは、あなたの絵を求めてるわけじゃあない。あくまで、あなたがた狩野工房がこれまで作ってきた絵を求めているんですよ。じゃなかったら、いい金を出して扇なんて買いやしませんよ」

客たちは源四郎の絵ではなく、粉本を、つまりは元信の絵を求めているということではないか。

今更のこととはいえ、吐き気を覚えるような話だった。

源四郎の心の内など見透かしているのだろう。安は慰めるようなことを言った。

「いや、本当にあなたに期待してるんですわ。――だからこそ、時折あなたが描くような無様な絵を描かないで欲しいんです。あなたには求められた絵を描ける器用な腕があるんですから」

褒められているのだろうが、あまりいい気がしない。むしろ、心の奥にさらなる澱が溜まっていくようですらある。だが、源四郎は曖昧に頷いておいた。

狩野の絵師であるということはこういうことだ、という、なんとない諦めのようなものが源四郎の心中にはあった。そして、これでもいい、という思いもまた、源四郎の心中にあった。

次の日、源四郎が美玉屋に扇面を納入した帰りのことだった。

柴犬のように源四郎の周りにまとわりつきながら、平次が源四郎の顔を見上げた。

「若惣領様、今日のお使いは楽にございます」

「ああ、そうだな」

いつも平次には、絵師たちの使う絵具や膠、紙などを調達に走らせている。二十枚程度の扇面を納めるだけの仕事など、子供一人でも十分果たせるお遣いだ。わざわざ源四郎がついていくのは、単に絵を描いてばかりの日々に倦んでいるからだ。

「平次」

「はい」

「お前には、この京の町がどう見える？」

源四郎は、目の前に立っている市を見やった。張り裂けんばかりの笑みを浮かべて物を売る売り子たち。売り子たちの笑顔をかわしながら道を急ぐ侍たち。ああでもないこうでもないと品物を物色している客の姿。禁裏に近い上京の取り澄ました雰囲気とはまた違う、京のもう一つの姿である。

平次は一つ頷いた。

「まるで、花畑のように思います」

「その心は」

「誰も彼も、皆咲き誇っています」

利発な子供だ。源四郎は思う。いや、利発とも違う。むしろ、外の風物を感じ取る力に優れているのだろう。この子供の祖父と同じだ。

「お前の祖父も、きっとそう言ったことだろうな」

「じいじが？」

「ああ。お前のじいさんは、そういう人だった」

平次は膠を溶かしていたあのじいさんの孫だ。ある日、じいさんが平次を狩野工房に連れてきて曰く、『勝手なことにございますが、この子を使ってやってはくれませぬか』とのことだった。じいさんに押さえつけられて頭を下げていた平次は、きっと五歳になるかならないかといった年齢だったろう。それから数カ月の後、じいさんは突然この世を去り狩野工房には幼い平次だけが残された。源四郎は、じいさんの忘れ形見を身近に置いてこまごまとしたことを手伝わせている。

平次はあまりじいさんのことを覚えていない。黙して語らぬ岩のような祖父で、特段の思い出もないという。だからなのか、じいさんの話になると、平次はいつもよりもはるかに目の輝きを増す。

あるいは——。源四郎は思う。この子供を狩野工房に上がらせたのは、じいさんに思うところがあったからなのではないかと。その心の内は分からない。聞こうにも、あのじいさんはもうこの世にいない。あの世に行ってから聞くのも一興だが、もうしばらく先の話だろうし、そうでなくば困る。

「お前のじい様は色んなことを知っていたぞ。遠い唐国のことから瀬戸内のことまで。そして何より——」

源四郎は思ったままを口にした。

「もしかしたら、絵のことを一番知っていたのは、あのじいさんかもしれない」

炭職人のような格好をした老人。源四郎の記憶の中に佇むじいさんは絵から一番遠かった。しかし、あのじいさんの語る言葉は一幅の掛け軸を見ているかのような錯覚を覚えさせる。

ため息をついた、その瞬間だった。

「おお、そこなを行くは狩野の御曹司ではないか！　随分と久しいのう！」

道を行く源四郎に声がかかった。どうやら人々の往来で出来た波間の奥から聞こえてきたものらしい。平次と一緒に辺りを見渡しても姿が見つからない。業を煮やしたのか、声の主は「おーい！」と声を上げてその手を振ってきた。予想以上に波間の奥にいたらしい。その男は人々の往来を無理矢理押しのけ、人々に嫌な顔をされながらも源四郎の方に向かってきた。

源四郎の前に現れ、水干の袴を掌で叩いたのは——。

「ああ、あなたは……、ええと、日乗さん、でしたね」

「おお、覚えていてくれたか、嬉しいね」

満面の笑みを浮かべるのは、六年前、蝕をぴたりと言い当てた陰陽師・日乗だった。しかし、六年前とは随分とそのなりが違う。前はたぶさに結い上げていた髪の毛をすべて剃り上げてつるつるにしている。そのくせ、水干などという姿をしているので、坊さんなのかそれとも陰陽師なのか判別がつかない。六年の歳月は、きっちりと日乗にも圧し掛かっているようで、六年前にはなかった小皺が目立つようになった。

源四郎は懐かしさに顔をしかめる。

「今では若惣領です」

「そうらしいなあ。最初に出会ったころはほんのガキだったものが、ずいぶんと大きくなりやがったなあ」

言われてみれば、日乗と会うのは本当に久しぶりのことだった。最後に会ったのが十一歳の夏だから、かれこれ五年は会っていないことになる。

突然、日乗は消えた。この日は留守なのだろうかと何度訪ねても一緒だった。そしてついには、日乗の家を訪ねたところ、家はもぬけの殻だった。ある日、源四郎が貧民街の日乗のあばら家は、そこに住みつき始めた盗人のねぐらに代わってしまっていた。

「今まで、どこにいたんですか」

「ああ。ちょいとね。山陰の方に行って荒稼ぎを」

「荒稼ぎ?」

日乗は懐から、伝世の宝物でも見せるようにうやうやしく、源四郎の眼前にそれを晒した。

　一寸四方ほどの錦だった。もっとも、京にあっては、ある程度の銭が用意できれば町衆でも買うことのできる質のものである。後生大事にするほどのものでもあるまい。

「なんです、これ」

「ああ、これはな」顔を寄せた日乗は源四郎に耳打ちをした。「先の帝の御料ぞ」

　御料。つまり、天皇の使われた日用具のことである。この場合ならば、服に当たろう。

「え、そんなものが」

「いや、御料ということになっておる」

「ど、どういうことです」

「御料など、俺ごときに手に入るわけがないだろ」

　口ぶりから察するに、どこかで手に入れたそれっぽい錦を、御料と偽って売って回っていたのだろう。京一帯では出来る商売ではないが、帝の霊威が及び切らないところならば、それなりに稼げる商いなのかもしれない。

「ってことは、日乗さんは五年余り、その口で人を騙して回っていたわけですか」

「人聞きは悪いが、まあそんなところだろうな」

　きししし、と日乗は笑う。まったく悪びれる様子がない。この人のこういうところはむしろ武士みたいだ。もしかしたら本当は武士なのかもしれない、源四郎はふと思った。

日乗は続ける。

「ちょいとな、この荒稼ぎで手に入れた金を元手に、叡山で勉強しようかと思ってる」

「へ、日乗さん、陰陽師ですよね？」

「馬鹿言え。本一冊を読んだだけの陰陽師だ。あんなもん、大したもんじゃねえ。――それに、俺は本を正せば坊さんだしよ。もう一度、仏道を勉強してみようと思ってな」

あからさまに胡散臭い。疑惑の目を向ける。すると日乗はその視線に負けて、ああ！と唸った。

「分かったよ。言うよ。陰陽師より、坊さんの方がはるかに通りがいいからよ。そっちに宗旨替えするんだよ」

「通りがいい？」

「おうよ。お武家さんのところに出入りする時に、陰陽師よりも坊さんの方が待遇がいいんだよ。特に叡山から出たっていう坊さんなんかは。それに、禁裏でもそれなりに扱ってくれるし、公卿どももよく使ってくれる」

見えてきた。つまるところ、日乗は何にも変わっていないのだ。

六年前の蝕の頃、日乗は権力に取り入って云々と言っていた。日乗の頭の中にあるのは、どうやって権力者に取り入っていくか、どうやって権力に食い込んでいくかということだけなのだ。そのために騙し取るようにして金を巻き上げて、その金を以て叡山で修行しようとしている。

この男の考えていることは明快だ。

それが、いやに羨ましかった。

そんな源四郎の腹の内を見透かすかのように、日乗は言った。

「して、源四郎。お前はここのところどうなんだ？　――まあ、聞くだけ無駄か？」

源四郎は今、日乗の言う『権力』から遠ざかっているといっても言い過ぎではなかった。唯一それに近かった現公方の足利義藤は今、京にいない。もっとも、狩野工房自体は様々な公卿や寺社から絵の依頼を受けているようだから、全く権力から離れているわけではないが、今源四郎がやっているのは、町衆向けの扇作りでしかない。それが悪いとは言わない。だが、同じことの繰り返し、面白くもない絵を手癖のままに描く作業に倦むのは純然たる事実だ。

むう、と日乗は唸った。

「お前、もう少し権力っつうものに興味を持った方がいいぜ？　特に、お前は絵師だ。絵っていうのは畢竟、権力者のためのものだからな」

「──心、得てます」

「そうかい」

曰くありげに口角を上げた日乗は、ふわりと淡い緑の水干の袖を揺らして踵を返したものの、言い足りないことがあったのか、またくるりと振り返り、源四郎の方に向いた。

「そうだそうだ。言い忘れた」

「なんでしょう」

「もしも、困ったことがあったら俺を訪ねてこい。叡山に居る。尤も、こっちも忙しい。また京を離れてしまうかもしれんがね」

「え、あ、はい」

そう頷くと、日乗はすたすたと歩き始めた。

聞きたいことがあって源四郎は日乗を呼び止めた。何だい？　とばかりに振り返る日乗に、源四郎は己が疑問をそのままぶつけた。

「何で、そこまでわしに親切なのですか」

すると、日乗は、カカカ、と楽しげに笑い声を上げた。

「お前、自分の立ち位置が分かってないんだな。狩野といえば京でも随一の絵師一家。その御曹司だ。俺にとっては権力の一角にいる人間、縁の一つは持っておきたいわな。それに」

「それに？」

「お前のことが嫌いじゃない。そこに尽きる」

今度はもう呼びかけに応じなかった。一笑した日乗は水干の袖を引きよせて往来の間に溶け込んでいってしまった。その背中を眼で追いながら、源四郎はただ立ち尽くす。

と、横に立っていた平次が源四郎の袖を引く。

「あの、若惣領様。あのお人は一体」

「ああ。あれは――」源四郎は言った。「生臭坊主だよ」

源四郎の心中は穏やかではなかった。あの日蝕の頃、自分が持っていた感情の切れ端が蘇り、自分の身を焼いている。あの男は、六年前とまるで変わらない。そのことが却って、自らの淀みを突き付けてくる。

わしは――。

次に続く言葉がどうしても見つからない。心中の刺が、否応なしに源四郎の胸を突く。

家に戻ると、なぜか邸内は大騒ぎだった。誰もが浮足立ってわらわらと右往左往する様は、さながら火事場のようであった。玄関先で平次と二人で顔を見合わせていると、絵師の一人が源四郎を見つけて声をかけてきた。

「あ、若惣領！　こちらにいらっしゃったのですか！　今までどちらに」

「いや、どちらにって、扇を納めに美玉屋まで……」

「何をしておられるのですか！　御隠居様が大層なお怒りですよ」

御隠居様。松栄に家督（かとく）を譲って悠々自適の生活を送っている元信のことだ。

源四郎は首をかしげた。じい様に怒られるようなことをしただろうか、と。

困惑を顔に滲（にじ）ませながら、絵師は言葉を言い募る。

「いや、御隠居様曰く、本日、若惣領様とお約束があったとのことで」

「約束？」

はて、あっただろうか。しかし、忘れていたことだってありえる。元信の所在を聞くと、客間にいると促された。玄関で履物を脱いで投げ捨てるようにして置いた。と、そのとき、源四郎の履物がころころと転がって、ある履物の前で止まった。

女物の履物だった。漆塗（うるしぬ）りがしてある、近履き用のものである。源四郎の手の内に収まってしまいそうなほどに小さく、華奢（きゃしゃ）だ。これを履いている主の足の小ささも容易に想像がついた。

誰だろう？

源四郎は小首を傾(かし)げた。基本的に狩野工房は男ばかりである。少し前まで源四郎の母がいたのだが、最近の流行(はや)り病(やまい)で死んでしまってから、この屋敷に女の影はない。客人だろうか。

とにかく、源四郎は元信のいる客間へと急いだ。玄関から廊下に入り、縁側に抜ける。涼やかな風が源四郎の肌を抜けて庭へと吹き去っていく。

客間の前にまでやってきた。

「源四郎です、入ります」

障子を開くや、いきなり中から怒号が飛び込んできた。

「これ源四郎、どこに行っておったのだ！」

雷の主は元信であった。すっかり腰の折れた姿ではあるが、眼光はあくまで鋭い。むしろ、昔よりも鋭くなっているのではないかというほどだ。こんなかくしゃくとした姿を見ていると、隠居が少々早すぎるのではないかと思えてしまう。事実、隠居してもなお絵筆を握るのをやめない。この前も大寺社相手に仏画を描き、相当な金子を得たらしい。

じい様が今も惣領だったなら。

詮(せん)のない考えが頭をよぎり、思わず頭を振る。と——。

客間の中に、元信と、あともう一人の影があることに気付いた。

華やかな桜色の小袖をまとう姿からは武家の娘だろうかと想像させたものの、完璧な武家装束というわけではない。武家装束と百姓姿の間のような格好をしている。これは、町衆の娘そのものだ。そんな衣装に身を包んでいるのは、齢(よわい)にして十代半ばほどの娘であった。桜色に頬を染めながらその場に座る様はひどく絵になる。

誰です？ そう訊(たず)ねるよりも早く、元信は源四郎に座るよう命じた。そうして元信の横に腰をおろすと、元信は漸(ようや)く口を開いた。

「まったくお前は、約束を忘れておったな」

「え、いや、そもそも約束などございましたか？ 今日は美玉屋に扇の納入の日にございます。であるからには、左様な約束をするとは思えませぬが――」

美玉屋への納入日は決まっている。何に代えても大事な日だ。そんな日に約束などしない。

「あ、そうだったか？ うーむ、わしの勘違いか。すまぬのう」

最近、元信は惚(ほ)けてきた。そんな気がしている。心中に浮かぶ墨一滴程の不安を呑み込む。

「とにかくじい様、で、こちらの方は」

「ああ。こちらはのう」

元信が声を上げる前に、その少女は頭を下げた。

「廉といいます」

「廉、さん」

口の中で転がすように源四郎は口にした。目の前に座るお嬢さんにお似合いの名前である。

そして、横の元信が言葉を重ねた。

「このお人は、土佐の縁者ぞ」

知らぬはずはない。当世を通じて第一として知られたやまと絵の流派である。源四郎たち狩野工房からすれば商売敵でもある。されど、全くの敵対関係というわけでもない。元信の妻、つまりは源四郎の祖母は、本を正すと土佐派絵師の娘だからである。この婚儀からというもの、土佐派の取り仕切り役である土佐家と、狩野家の間には行き来が出来た。若き日の元信も土佐派から色々な技法を学んだというし、最近では土佐派の絵師が狩野家に勉強しにくることもある。――競合相手との露骨な融和策である。

そして――。

「廉さんはな、今日から家事見習いで預かることになったのよ」

「家事見習い？」

元信の言うところはこうだ。

ひと月ほど前、土佐の当主より依頼があった。曰く、自分の娘をしばらく預かってくれないか。うちの娘ともなればおいそれと見習いに出すことは出来ない。かといってどこにも出さずに嫁に出すというのも心もとない。ということで、狩野の方で面倒を見てくれないか、云々。

「まあ、わしとしても一応土佐の家の一員のようなもんだからのう。この話を受けたのだ」

「それは分かりました。しかし」

「しかし、なんじゃね」

「なんで、わざわざわしに断る必要が――?」

「お前とて既に狩野工房の若惣領であろう。惣領の補佐に回り家政にも目を配らねばならん」

「はあ」

源四郎は頰を搔いた。

廉はといえば、微笑を浮かべて頰を染めながら、源四郎のことを上目がちに見やっていた。

しかし――。

源四郎は頭を振って、元信に視線をやった。

「じい様。お話はそれだけにございまするか」

「――あ、ああ」

「では、失礼仕ります」

「あ、おい」

元信の制止も聞かずに立ち上がった源四郎は廉に一礼だけして部屋の障子を開いた。そして表に飛び出すと、源四郎はすたすたと工房の方へと歩き始めた。縁側で待っていた平次がそれに続く。時折平次が興味深そうに顔を覗き込んできたが、あえて源四郎はその視線を無視した。

工房に戻ったが、誰もいない。絵師たちは休みだ。まったりとした空気が流れる工房の中を、源四郎は歩く。しばらくすると、何かを蹴飛ばしてしまったような感覚が足先に走る。見てみると、絵師の一人が置きっぱなしにしたのだろう、先が墨で汚れてごわごわになっている筆が床に転がっていた。これではもう絵を描くことはできまい。

その筆は、さながら源四郎そのもののように見えて仕方がなく、思わず拾い上げてしまった。

言葉にはし難い。自分を筆にたとえたのならば、きっと今はこのごわごわの、先の固まった筆のように自在が利かないものに成り下がっている。

狩野家の御曹司。若惣領。そんなものに縛られて、筆先が鈍っている。

さりとて、わしはどうしたらいいのか——。

その筆を持ったまま、源四郎は上座——自分の席にと腰をおろした。

「平次」

はい、と答える平次に、源四郎は墨と紙を求めた。すると平次は言われた通りに持ってきた。受け取った源四郎は、硯に水を入れて墨を磨り始めた。

「左様なこと、この平次がやりまする」

しかし、源四郎は頭を振った。

「いや、今日はわしにやらせてくれ」

透明だった水に、少しずつ漆黒の雲が加わっていき、やがて黒味が増してくる。この作業が何よりも源四郎の心を鎮めてくれる。絵師にとっては基本の作業であると同時に極意。いい墨を作れぬ絵師にいい絵を描くことはできない、というのが、元信の言葉だった。

良し。

いくほど磨り上げただろうか。納得のいく深さにまで墨を作った。そして、その中にさっきの筆を浸し、筆先を紙の上に躍らせる。描くは――、松。風に揺れる松。今の源四郎の心の内を表すにはこれ以上のものはなかった。

と――。

「つまらない絵」

不意に、冷たい声が浴びせかけられた。平次の声ではない。慌てて顔を上げると、そこには、桜色の小袖をまとった、廉の姿があった。

仮にも客人。失礼は出来ない。言いたいことをいくつか呑み込んで、あえて大人を演じてみせた。

「廉殿。いかがしたのです。ここは絵師だけが入ることの出来るところ。申し訳ありませぬが、部外者は出ていただきたく――」

廉は源四郎の言葉を全く聞いていないのか、ふん、と鼻を鳴らして源四郎の手元を指差した。

「ねえ、どうしてこんなにつまらない絵を描いてるの」

「つまらないとはどういう意味――」

「じゃあ、裏返しにしてみましょう。源四郎様。この絵、描いていて面白いですか。面白くないと思っていませぬか。でなくば、こんなに動きのない、つまらない絵は出来上がりませぬよ」

「何だと？」

隠していた思いが言葉の端に見え隠れする。しかし、あくまで客人。心中に生じる墨のような思いを無理に抑え込む。

廉は容赦がなかった。きれいな造作をした顔を引きつらせもせず、淡々と言葉を重ねながら源四郎の絵を見下ろす。

「これが、あの狩野源四郎の描く絵なの？　この程度の絵、うちの若い絵師でも描けるんじゃないかしら」

「お客人」源四郎は怒り混じりの声を放つ。「戯言（ざれごと）をおっしゃるだけならば、この場を離れてはくれませぬか。あなたの戯れに付き合っている暇はない」

二人の間に、遠慮のない視線の応酬が重ねられる。

この場に割り込んだのは、平次だった。廉に向かって慌てて言葉を継ぐ。

「あ、あのう廉様。そういえば、松栄様にはご挨拶は」

「ああ、そういえばまだ」

「それはまずうございます。松栄様は狩野家の惣領様にございますれば。この平次めがご案内いたしまする」

「そうね、じゃあお願いしようかな」

　年端のいかない平次に引っ張られるようにして、廉は工房から消えた。子供ながらに思うところがあるのだろう、あれこれと廉に話しかけているのが遠くに聞こえる。

　一人残された源四郎は安堵のため息をつく。

「随分と察しのいいやつだ。いや、わしがいかぬのか」

　両方なのだろう。そんな気がした。

　そして――。

「言いたいことを言ってくれるな」

　源四郎とて気付いている。源四郎の目の前にある紙の上には、どうしようもないくらいに魂がこもらない松の絵があった。輪郭を描いているのだが、その絵には松たらしむ魂がない。魂の入れ損なった絵は、ただ黒墨の羅列と化している。

　それどころか、墨からして良くない。ただ黒いばかりの墨は、それを磨った人間の心の閉塞を思わせるだけで、絵に何の趣をも与えていない。

　腐っていく。

　手足が朽ち落ちていくような感覚が、源四郎を蝕んでいく。

　源四郎は手の筆を投げやった。からから、と音を立てて転がる筆は、やがて板敷きの床の上でその動きを止めた。

ふと、源四郎の頭にある想像が浮かんだ。白蟻（しろあり）に蝕まれた若木だ。内側をどんどん食い潰されて空っぽになっていく。そのくせ外側は若いまま。若木だと思って皆が水をくれてやったり肥料をくれてやったりしているが、その実、既に老木と変わらぬ中身に成り下がっている。そしてやがて、自分の重さにも耐え切れなくなって潰れていく。

わしは、潰れていくのであろうか。

源四郎は広すぎる部屋の端で、ひたひたと迫ってくる恐怖と戦っていた。


久々に正装である直垂（ひたたれ）脇差姿に身を包みながら、源四郎はその大門を見上げていた。源四郎の家だって相当な大門を誇っているが、この屋敷とは比べるべくもない。それに、この門に立っている者たちの姿も勇ましい。狩野ならば小者が一人用事伺いに立っているだけだが、この屋敷は偉丈夫が腹巻姿に槍を携え立っている。しかも、一人や二人ではない。

大したものだ。

源四郎が何度も頷いていると、脇にいる安が源四郎のことを肘（ひじ）でつついてきた。

「そうきょろきょろしないでくださいな。お里が知れる」

「わしのお里は京だ」

「いや、そんなことは分かってますわ」

安ですら、何やら落ち着かない様子である。ふうふうと肩で息をしながら汗をかいているが、その汗の何割が冷や汗なのだろうか。要は、若者二人が大門前で落ち付かない態度を取っているだけのことである。そしてそんな二人は、門を守っている兵たちに怪訝な目を向けられてしまっている。

安はきりっと眉をひそませて、門兵に声をかけた。

ぺらぺらと安が口上を述べていくうち、最初は怪訝な顔をしていた門兵たちもその表情を緩め、最後には槍先を引っ込めた。そして、通用門を指して中に入るようにと促してきた。

「さ、行きましょうか」

やけに緊張が浮かぶ安の表情。

門をくぐってから、源四郎は安の背中をつつく。すると、安は大げさなほどに飛び上がった。

「なんですか、一体！」

「いや、そんなに緊張するような相手なのか、と思って」

「めちゃくちゃなお大尽ですわ。それどころか、今の京を睥睨しておられる方と言っても言いすぎじゃない。まさか、ここの主が誰なのか知らぬわけではないでしょう？」

　もちろん、知っている。京の人々が恐れている人物であることも、だ。しかし、今一つ実感が持てずにいる。実際にまみえてみれば分かるだろうか。そんな軽い気持ちでここにいる。

　対して、安の表情である。それこそ、今にも卒倒するんではないかと心配になるほどに青い顔をしている。

　この屋敷に源四郎がいるのにはわけがある。

　元信の差し金だった。数日前、この日の予定を聞かれた。特に用事もないという旨を伝えると、元信はわしの代わりに行って欲しいところがある、と切り出してきた。それがこの屋敷という塩梅（あんばい）である。そして、そのことをたまたま訪ねてきた安に話すと、安も興味を持ったようで「わしも行きます」と膝を叩いた。そうして、二人連れ立ってここに来たというわけだ。

　自然体でふらふらと歩く源四郎に隠れるようにして歩く安。傍（はた）から見れば妙であろう二人組は、前に立つ小者に案内されるがまま、屋敷の玄関で履物を脱いで書院に通された。

　さして広い書院ではない。人十人が座っていられるほどの場である。その場には既に先客が何人も座っていた。誰もが難しい――というよりは何かを恐れているような――顔をして、正座をしている。

「おお、ありゃ確か、宗養殿では。それに、あちらに座っているのは――」

一人一人、座っている人物について注釈を加える安。あまり人について詳しくない源四郎にとっては何が何だか分からないが、どうやらその道の第一人者と呼びうる人間ばかりがこの場に座っているのは間違いがないようだった。しかし、今更席を立つわけにもいかず、源四郎は用意された席次に遠慮がちに腰を下ろした。

しばらく待っていると、ある瞬間に、空気がすっかり入れ替わったのを源四郎は感知した。

さっきまではせいぜい、『張り詰めている』程度の空気だった。だが、今は違う。その張り詰めた空気が圧し掛かって源四郎たちを抑え込もうとしている。それくらいに場の重さが変わった。そう感じているのは源四郎だけではなかったようで、この場にいる十人ほどの人々も、冷や汗を垂らしながら平伏し始めている。

源四郎もそれに倣った。

しばらくして、縁側の障子が開き、そこから一人の男が入ってきた。誰もが頭を下げる中、源四郎はちらちらと入ってきた男の姿を目に留めた。

青い素襖をまとう、中年の男。いかにも武士らしく、髭を蓄えている。武門にありながらこの男の放つ雰囲気そのものはひどく穏やかなものだ。この場に漂う不穏な空気とはあまりにちぐはぐで、その正体にひたすら源四郎は戸惑っていた。

入ってきたその男は、自分の席に座った瞬間に声を上げた。

「いや、皆々様方、面を上げられよ。この場では礼儀など不要にござる」

断りを得て、ようやくここにいる皆が顔を上げた。源四郎もそれに倣う。

と、不意に、その男が源四郎のことに気付いた。

「おや、今日は、狩野越前は来ぬのか。――お主は？」

源四郎は頭を下げた。

「はっ。わし――拙者、狩野越前が孫、狩野源四郎にございます」

「越前の。ということは、松栄が子か」

「はい、松栄の長男にございます」

「ふむ、つまりは、狩野の御曹司か。いい面構え（つらがまえ）をしておるな。この顔は戦場でも役に立つ顔ぞ」

「…………」

「ははは、そう難しい顔をするな。冗談ぞ」

目尻に皺をためて笑うこの男が――。源四郎は心の中で呟く。これが、松永弾正（まつながだんじょう）か、と。

将軍家の中でも有数の家臣に、三好長慶（みよしながよし）という男がいる。元は管領細川（かんれいほそかわ）氏の家臣であったが、この時代の乱気流に乗り主家の細川氏をも凌（しの）ぎ、将軍家のすべてを牛耳っている男である。

目の前にいる松永弾正。この男は、三好長慶に京の差配を任された、三好第一の家臣なのである。

噂によれば、酷薄にして冷静、冷静にして苛烈（かれつ）、茶の湯を愛すと同時に戦（いくさ）を愛する奇人、らしい。

ちらちらと弾正のことを見やる。頬から顎（あご）にかけて溜まる髭。深く刻まれた皺。その様はさながら古（いにしえ）の絵師の筆による聖人が目の前に現れているようであったが、眼光のあまりの暗さが聖人然とした雰囲気を台無しにしている。相容れぬはずの二つの要素が同居している。

これが、あの――。

噂通り。いや、もしかすると、噂以上かもしれない。底が見えない。

源四郎は若いながらもこれまで色んな人を見てきた。その誰もが、自分の中で位置づけができる人間たちである。しかし、目の前の松永弾正は違う。どのように位置づけようとしても、その枠からはみ出してしまう。今こうして座っている姿すら、もしかしたらこの男が見せている虚像なのかもしれない。

妖(あやかし)か。そうでなくば、人の形を取った鵺(ぬえ)か。

ふふ。

なぜか楽しげに笑う弾正は、源四郎の顔を覗き込み、顎の髭を何度もさすった。

「わしの肚を探ろうとしても無駄ぞ。若造に探られるほど浅い底はしておらん。もっとも、流石(さすが)は絵師、それなりの見る目は備わっていると見える。――なるほど、これが狩野越前の秘蔵っ子、狩野源四郎かえ」

底が読まれている。

何も言えない。迂闊(うかつ)なことを口にすれば反撃に遭う。

これが、松永弾正。

瞠目(どうもく)する源四郎を小馬鹿にするように、弾正は手を叩いた。

「さて、そんな新しい顔を迎え、さらに我が連歌会(れんがかい)も楽しくなろうぞ」

連歌会?

顔に疑問の色が浮かんでいたのだろう。源四郎の顔を見やりながら弾正はカラカラと笑った。

「なんぞ、越前は何も申し伝えておらんのか。ここは連歌会ぞ。まさか何も勉強せずに来たわけではあるまい」

そのまさかだ。

連歌の存在くらいは知っている。発句に合わせて人々が五七五、七七、五七五、七七……、と延々句を継いでいく遊びだ。しかし普段絵ばかり描いていて言葉を練っていない源四郎にとっては、無茶な遊びである。

始まった連歌会は、源四郎にとっては苦痛の時そのものであった。後ろに座る安が多少詳しいらしく、時折助け船を出してくれたおかげで流れが止まるという最悪の事態は避けられたものの、周りの面々の困惑を見るに、あまり巧い句は作れなかったものとみえた。

最悪だ。

百句を継ぎ終わった頃には源四郎はすっかり疲れ果て、我が身の教養のなさを恨む有様であった。

その敗北感は、連歌会のあとに催された宴会にまで持ち越された。

日が傾き、蠟燭で照らされた手元には見たことのないような山海の珍味が並ぶ。そして、酒がいちいちうまい。この場に弾正がいないことも関係しているのかもしれない。あとで聞いたことだが、弾正はいつもこうやって招いた客をもてなしながら、本人はその酒宴に出ることはないという。普通は礼を失したことのようにも思えるが、理由もなんとなく分かる。これはこれで、弾正なりの気の遣い方なのかもしれない。

連歌会までの張りつめた空気はどこへやら、酒の勢いも手伝い、酒宴もどこか和やかに盛り上がっていた。

しかし、何も面白いことがない。源四郎は宴会の隅で頬杖をついていた。

「ふうむ、源四郎殿はまだまだ修業が足りませぬなあ」

つるりとした頭を撫でながら、宗養はそう述べ、杯を唇につけた。

「それはそうでしょう」源四郎は杯をなめながら言う。「わしは絵師です。言葉を操れないのは仕方ありますまい」

比べる相手が違いすぎる。宗養といえば、門外漢である源四郎とて名前を知っている程の連歌師である。連歌の道においては、絵の道における狩野元信が如く、仰ぎ見られる人物だろう。

「ははは、その口ぶり、おじい様によく似ておられる」

「じい様と？」

「ええ。越前殿もそういうお方ですなあ。まあ、あなた方のご意見もご尤もに存じますがね。あなた方にとって連歌とは、人づきあいのための手段にございましょうから」

聞きようによっては皮肉にしか聞こえない言葉だが、酒に酔ってもなお、宗養の言葉には刺がない。それが事実であるのだから居直ってしまえ、と言わんばかりであった。やはり、言葉の上に自分の身上を置いている人は、発する言葉一つ一つが違う。

しかし。宗養は釘を刺した。

「後ろの商人さんの差し金なくば発句の一つ出来ないのは頂けませぬな」

商人。

安は何をしているのだろう。そう思って見てみると、気付けば他の人々に酌をして回り、長老格の老人と何やら話に花を咲かせている。

「おやおや、あの商人殿は随分とまあ」

話の先を促すと、宗養は苦笑いを浮かべた。

「あれは、池坊殿にございますよ」

もちろん知っている。立て花（後の生け花）の大名跡だ。呆れながら安と池坊のさまを眺めていると、宗養の口から刺すような言葉がこぼれた。

「このような場には、かの人のような才が要りますぞ、源四郎殿」

「は？　才、にございますか」

「我々は――ここにいる誰もが――、芸や技能を売っている者たちにございますな。そういった者たちは、所詮誰かの掌の上で舞う存在にすぎませぬ。であるからには、かの商人殿のように、人との縁を大事にせねば生きていけますまい」

　色んな人の杯から杯へ移り酌をしてあっちこっちを飛び回る安は、確かに蝶のようだった。美しくはない。むしろ、醜悪ささえ覚える様だった。安が醜悪なのではない。大の男がこびへつらい舞う様が、だ。

「お若いあなた様にはあざとく映りましょう。しかし、あれが我々の歩かねばならぬ道なのです。そして、あなたのおじい様が歩いてこられた道でもあります。でなくば、連歌のことなどさっぱり分からぬおじい様がこの場に出ていたわけが分からないでしょう？」

　そうかもしれない。

絵を売る。そのためには、お大尽との縁を切らせてはならない。そのためには、意に沿わぬことにも手を染めなくてはならぬのかもしれない。そうやって、元信は狩野家を大きくしていったのかもしれない。

　源四郎は立ち上がった。

「おや、どちらへ」

「厠(かわや)へ」

　居ても立ってもいられなかった。源四郎は酒宴の場を離れ、縁側へと出た。既に日はとっぷりと沈み、闇の中にはぽっかりと満月が浮いていた。吹く風は暖かい。もうそろそろ、夏も近い。

だというのに、源四郎の心の中はひどく冷たい。

わしは、このまま、潰れていくのだろうか。このまま、腐っていくのだろうか。

白蟻に食い潰される木の姿が思い浮かぶ。

その想像を頭から追いやって、源四郎は厠へと足を向けた。しかしこの屋敷はあまりに広い。広いだけではなくて無駄に入り組んでいる。どこまで行っても厠に行きつくことがない。はて、困ったぞ。いい加減、戻る道すら忘れそうになっている自分に不安になった頃――。

「おや、源四郎。何をしておるのだ」

闇の中で不意に声を掛けられて、源四郎は思わず飛び上がった。

「ここぞ、ここぞ」

何度もきょろついていると、ようやく源四郎はその影を見つけた。

声をかけてきたのは、縁側に座り杯を傾けている、松永弾正であった。

「どうした。酒宴の場はかなり離れておるはずだが」

「それが、厠に行こうとして……」

「迷ったか！　ははは。面白き奴よ。――まあいい、座れ」

「は？」

「歩いておるうちに厠へ行きたいという気も薄れておるだろう。座れ」

確かに弾正の言う通りだった。そもそも、あまり尿意があったわけでもない。ただ、何となく場に居づらくて席を立っただけのことだ。己の心中を見抜かれたかのようなばつの悪さを覚えながらも源四郎は言われた通りに弾正の横に座った。

弾正は、源四郎に杯を勧めてきた。

「まあ、飲め」

「頂きまする」

本当はあまり好きではない。しかし、弾正の酒を断るわけにもいかない。受けて、一気に飲み干した。

はっはっは、と何が楽しいのか笑う弾正は、既にかなり酔っているようだった。暗がりのゆえに分かりづらかったが、近くに座ってみれば既に顔は真っ赤だった。

しかし、そんな弾正は、不意に顔を曇らせた。

「――源四郎、時折、空しくなることはないか」

ふう、と長く息を吐いて月を見上げていた弾正は、不意に源四郎の方に向いた。その表情には、昼間見せたようなひょうきんさは影をひそめていた。

「わしには時折、正解が見えることがある」

言葉の意味が分からない。源四郎が黙ったままでいると、弾正は言葉を重ねた。

「世の中には、自分にしか見えぬ己が正解がある。少なくとも、わしにはそう思える。だが、そうやって見える正解は、いつも世間の連中を驚かせるものばかりらしい」

似たような感覚が、源四郎にもある。

ほかならぬ、絵だ。

源四郎には、描くべきものが見えている。しかし、粉本に沿っていない、という事情、そして、金にならないという事情でまるで評価されていない。自分自身は正解を知っているのに、誰も振り向かないという歯がゆさは痛いほどよく分かる。

源四郎の腹の内を見切っているのか、ろれつの回らぬ言葉で弾正は続ける。

「或は、正しいものなど何処にもないのかもしれぬな。己が正しさ、そして世間の正しさ。人というのはその二つを秤にかけて、いつもどちらかを選び取る生き物なのかもしれぬ。そして、己の正しさを取った時には——、己が正しさを守るがため、世間の法を曲げるのやもな」

世間の法を、曲げる。

弾正は、自分の正しさを守るためならば世の中の形そのものを変えてしまえ、そう言っている。

源四郎は思わず杯を取り落としそうになった。

口で述べるは簡単だ。しかし、それが難儀であることは誰の目にも明らかだろう。それが出来ていたら、誰しもが自分の思うがままに振る舞っているはずだ。

「話が長くなったな」

鼻を鳴らした弾正は、口先で笛を吹いた。すると、闇の中から近侍が現れた。

「そこな客人を厠に案内せえ。あと、酒盛りの場にしっかりお送りするように」

いつしか源四郎はその場を立たされ、手を引かれるようにして厠にまで向かわされた。

ふと振り返ると、弾正は既に源四郎から視線を外し、月を見上げながら一人で酒を飲んでいた。

これが、源四郎と松永弾正との出会いであった。

しばらくして、京にある噂が流れた。

長らく近江(おうみ)にあった現公方・足利義藤改め義輝(よしてる)公が都に戻る、と。

「惣領、真(まこと)でしょうか」

源四郎の問いに、松栄は、うむ、と唸った。

「どうやら本当のことらしいな。近江商人たちのもっぱらの噂だ」

「公方様が戻ってこられるのですか。京に」

「ああ。そのようだな」

腕を組んだ松栄はふう、と息を吐いた。

ずっと、将軍を盾にして三好長慶を相手に戦っていた細川晴元が、ついに折れた。本人の隠棲と将軍義輝公の京洛復帰を条件にした和議である。細川側の敗北であろう。

「しかし、公方様、か。また、一段とややこしいことになろうな」

「どういう、ことですか」

「決まっておろう。三好様でほぼ固まっている京に、公方様が戻ってくる。元々伏魔殿であるところがさらに奇奇怪怪なる場になるであろうな」

京というところには、様々な権力構造が並立している。千年もの間この国の中心としてあり続けている禁裏。禁裏と共に古き権威を支える公家衆。武家の棟梁として君臨し一時は禁裏をもしのぐ権勢を誇った将軍家。その将軍家の権威をかすめ取った管領。さらにその管領から権力を奪い取った三好家。さらには、衰えたりとはいえ荘園を抱える寺社勢力。新旧様々な権力が入り混じり交錯し相克し合う。唐国に蠱術なる魔術があるという。壺の中に幾種類かの虫を入れて戦わせ、他の虫を倒して妖力を宿した最後の一匹を用いる呪術らしい。まさに京はその蠱術の壺のようなものだ。

その場に居合わせてしまった不幸。あるいは、僥倖。

「どういう形になるにせよ、また振る舞いが面倒になろうぞ」

面倒そうに口にする松栄の頭に白いものが混じり始めているのを源四郎も気付いている。惣領を継いでからというもの、この父親は急に老けた。絵筆を握る姿もあまり見なくなった。一人部屋に籠もって、何もせずに唸ってばかりいるのを知っている。

「惣領、絵を、お描きになられたらいかがですか」

その方がいいと信じて疑うところがない。だって、わしらは絵師で、絵師は絵を描くのが本分ではないか。そんな思いが源四郎にはある。

松栄は不意に顔をしかめた。源四郎を見る目はさながら汚物を見る目にも似ていた。

「絵か。お前のように考えなしに生きられたら、如何に幸せか」

吐き捨てると、松栄はふらりと立ち上がり、廊下に出てしまった。どちらに？　そう訊くと、松栄は某公卿との絵の打合せがあると言い残して消えてしまった。

絵の打合せ。そう言うが、実態はまるで違う。恐らくは、得意でもない連歌をやらされ、朴訥とした口からおべっかを放たねばならないのだろう。

しかし。

「父上。わしとて、何の考えもないわけではございませぬ」

独り言が、つい口を突いて出た。

と——。

「へえ、どんな考えがおありなのです？」

無遠慮な声が源四郎の胸に刺さる。誰ぞ。そう声をかけると、障子の蔭から廉が顔を出した。この日の廉も、あどけない表情を浮かべながらも、どこか皮肉っぽく口角を上げている。

「ああ、あなたか。立ち聞きとは感心しませんが」

「聞こえたんだからしょうがないんじゃない。にしても、ここの人たちって随分と堅苦しく絵を描いてるんですね」

「どういう意味ぞ」

「源四郎様も松栄様も、楽しげに絵を描いておられぬご様子なんですもの」

「無理からぬことです。絵師は、誰かの掌の上で絵を描いている存在なのです。誰かにこびへつらい絵を描いている。それが楽しいはずはありますまい」

すこし、廉の瞳が曇った。

「それで、良いのですか」

「構いませぬ。それが狩野のためならば」

「ではどうして」廉は源四郎の前に立った。「そんなにもお辛そうなんですか」

射抜かれた思いだった。

何も言えずにいると、廉が源四郎の顔を覗き込みながら続けた。

「土佐の家に居りました頃、よく源四郎様のお噂を聞いておりました。狩野の御曹司はとんだうつけ者。家法を守らず絵にならない絵を描く。されど、楽しげに絵を描く、と」

でも、と廉は眉をひそめた。

「ここにいらっしゃる源四郎様はまるで別人じゃないですか。わたしの目の前にいる方は、本当につまらなそうに絵を描いています。斯様なお人だったら、わたしは――」

「うるさい」

「え」

「うるさいと言っているのが分からないのか」

居ても立ってもいられなくなって、廉の脇をすり抜けて源四郎は廊下に飛び出した。後ろで廉が何事かを言っているような気もしたが、聞こえないふりをした。いや、もしかすると本当に聞こえないのかもしれない。何せ、源四郎の心中には嵐が吹き荒れていた。

わしだって、本当は――。

でも、わしには――。

言葉にならない思いが幾重にも折り重なって源四郎に覆いかぶさってくる。その重さにはいずれ慣れる日がやってくる。色んなものを諦めて、投げやってしまえばそれで済むだけの話のようにも思える。

それだけのこと、それだけのことだ。

でも何で――。

源四郎は胸を掻きむしった。何度も、何度も。

なぜわしは、諦めて、捨てることが出来ぬのだろう。

その理由にさえ答えることが出来ない自分に吐き気がした。

噂通り、この年の十一月、公方・足利義輝は京に帰還した。

久しぶりの二条御所。畳が新調されたのか、藺草（いぐさ）のいい香りが源四郎の鼻先をかすめていく。あまりに広すぎる書院の真ん中に座る源四郎は、その広さを持て余しながら、ひたすらに平伏している。

「久方ぶりである。面を上げよ」

源四郎が顔を上げると、懐かしい顔がそこにあった。数年ぶりに出会うその表情には疲れや労苦の色はまるでなかった。若者然としていた表情は精悍になり、体も逞しい筋骨でひとまわり大きくなっているように感じた。

「髭を、お生やしになられたのですね」

源四郎が下座で訊くと、対面する上座の男は顎を撫でた。

「まあな。やはり、武家の棟梁たるもの、兜の紐に慣れるため、髭は必要だろうと思っての」

脇息に寄りかかり、源四郎のことを見下ろすその様は、十の時に出会ったまま、まるで変わっていない。懐かしく、それがゆえに胸が痛む。

「お久しゅうございます。公方様」

「うむ」

源四郎の挨拶に、公方・足利義輝は笑った。

十一月、京に戻ってきた公方様は二条御所に鎮座するやすぐ、源四郎に伺候の命を下した。取るものとりあえず、源四郎は参上したのである。

義輝は懐から扇を取り出して開いた。かつて源四郎が描いた日輪の扇であった。しかし、源四郎はその扇から目を伏せた。

「お名前を変えられたとのことで」

「ああ。義藤ではどうも問題があっての。だってそうであろう？ 名前を分けてやろうにも、『藤』では少々締まりが悪かろう」

義輝が言うのは偏諱のことである。帝や将軍などの貴人が恩賞として家臣に名前の一字を与えることだ。

それにしても。義輝公は呟く。

「しかし、何年ぶりのことか。こうして会うのは」

「恐らく、六年ぶりのことにございまする」

「そうか。あの頃、お主は十だったはずであるから」

「はい。今年で十と六となりました」

「はっはっは。光陰は矢のごとく過ぎ去ってゆくのだな」

鷹揚に義輝は笑う。

ああ。源四郎は心の隅で唸る。このお方はまるで変わっておられない。六年前のままでいらっしゃる、と。

源四郎にとって、この六年間はあまりに長かった。十の頃のことなど、とうの昔に忘れてしまっている。なのに、この公方様は六年前の物腰のままでここにいる。公方様はずっと流転の中にあったはずだ。なのに、このお方の眩しさは一体何なのだろう。なぜ、こうも気高くあり続けることができるのだろう。

そんな源四郎の疑問をよそに、義輝は、ふん、と鼻を鳴らした。

「源四郎。お前はこれまで、一体何をしてきた」

「は？」

「絵を見ずとも分かる。相当につまらぬ人間に成り下がっておるな。この六年間、つまらぬ絵をだらだらと描いてきたのであろう」

「そ、それは……」

まあよい。そう述べた義輝は扇をたたみ、源四郎に向けた。

「お前に、絵の制作を命ず。何を描いてもよい。ただ、予の心胆を寒からしむものを作ってこい。期限は……、そうだな、今年いっぱいには持ってこい。来年からは忙しくなるのでな」

「は、はっ！」

「しかし、覚悟せいよ。もし、お前が愚にもつかぬものを作ってきたのなら、予はお前のことを切り捨てる。予を失望させるなよ」

吐き捨てるように口にすると、義輝は書院から退去していった。

がらんとした間の中に残された源四郎は一人、義輝の言葉を反芻していた。

『予の心胆を寒からしむものを作ってこい』

『もし、お前が愚にもつかぬものを作ってきたのなら』

『切り捨てる』

変わっていない。

公方様は、何も変わっていない。その姿はまるで白刃のようだった。恐るべき煌めきを身中に宿し、世の中の全てを切り裂かんとするばかりの気迫を放ち続けている。

背中に汗が流れるのを感じる。冬だというのに。

もしかしたら。予感があった。

もし、あのお方に食らいついていくことが出来たのなら――。わしは、変わることが出来るのかもしれない。自分を縛るぬめぬめとした不快な何かを取り払って、前に進めるのかもしれない。でも。わしは、わしには、まだ残っているのだろうか。あのお方に食らいつくだけの力が。

源四郎は己の手を見やった。筆だけを握ってきた手には、ただ筆を握るだけの力しかない。そして、それだけしかない、という当たり前すぎる現実に、源四郎はため息をついた。

二条御所を辞去し家に戻ると、平次が迎えてくれた。

「お帰りなさいまし若惣領。いかがでしたか、公方様は」

「ああ」

生返事しか返せなかった。何か察するところがあったのだろう、しゅんとしょげ返った平次は源四郎の行く手をあけて、ちょこんと頭を下げた。

絵を描いて見せろ、か。

源四郎は肚の底で、何度も義輝の言葉を繰り返す。絵を描くことがこんなに億劫(おっくう)なのは生まれて初めてのことかもしれない。

これまでは、どんなに嫌な絵の仕事であっても手が動いた。少なくとも、心は動いた。しかし、この仕事だけは全く違う。心まで錆(さ)びついて動かない。どんなに押し引きしても、ところどころで悲鳴を上げて動く気配さえ見せようとしない。

どうしよう。源四郎は頭を抱える。

と――。

「父上父上、この絵は如何に描けばよろしいのですか」

「おお、そうさの。ここの線をこう描いてやればよい。さすれば竜は八割方完成するぞ」

工房の方から声がする。子供と大人の。子供は子供で毬(まり)のように声が弾み、大人の方も声が上気している。いずれにせよ、楽しげなやり取りだった。

誰だろう。覗き込んで見ると、そこには絵筆を執る弟の元秀と、その元秀に指図をしている父親の松栄の姿があった。二人は源四郎に気付く様子もなく、紙の上の竜に視線を落としている。

松栄は目を輝かせながら言う。

「そして、だ。竜の絵の極意は目にある」

「目、にございますか」

「うむ。目にはのう、竜の魂が籠もると昔から言われておる。竜の目はの、すべての生き物を凍りつかせるというぞ。その目を描くためには、黒眼の描き方にコツがあってだな」

松栄が語るのは、まさに粉本でのやり方だ。つまりは、元信のやり方をなぞっているだけだ。

へどが出る。

声をかけるのさえ馬鹿馬鹿しかった。何も言わずに離れようとした時——。

「きゃっ！」

悲鳴が辺りに響いた。胸に当たるものを感じて見てみると、源四郎の胸に顔をうずめる廉の姿があった。

「……何をしておられるのです」

源四郎が問うと、廉は顔を真っ赤にして源四郎から離れた。

「何って！　ちょっとこの辺りのお掃除に。あなた様が突然動いたりするからぶつかったのではありませぬか！」

廉の金切り声に気付いたのか、工房からいつの間にか元秀が顔を出していた。

「兄さま！」

「元秀か。どうした」

「今、父上に絵を教わっていたのです」

屈託がない。満面の笑みを浮かべ、顔に墨を飛ばしている様は本当にかわいらしい。恐らく、目に入れても痛くないとはこういう子供のことを言うのだろう。

遅れて、ばつ悪げに松栄が奥から出てきた。

「……どうした、騒がしいことぞ」

「どうなさったは惣領様でありましょう？　元秀は今、扇工房の手伝いをさせております。絵を教えるのはわしの役目では？　なぜ惣領様が」

そんなこと、建前のことであることは源四郎が一番知っていることだ。こう言わねば自分の心が芯から折れて元に戻りそうにもなかった。

しかし、松栄は続く言葉で源四郎の心を折ってきた。

「わしは、元秀の親ぞ」

「左様ですか」

源四郎は簾を押しのけるようにしてその場を離れようとした。

しかし、簾がそれを押しとどめる。

「ちょっと、どうしたんですか」

「うるさい、黙れ。部外者のくせに」

源四郎は力任せに簾を押しやって無理矢理にその場を離れた。

乱暴な足音を立てて廊下を歩きながら、源四郎はふと思う。わしは、元秀のような可愛らしい子供だったことが、今まで一度だってあっただろうかと。

答えは何度繰り返しても分かり切っている。否、だ。

子供の頃から幾度となく松栄とはぶつかってきた。小さい頃から粉本にどうしてもなじむことができずに言い争いばかりしていた、父の言うことにずっと反発ばかりしてきた子供だった。そんな子供が可愛いはずもない。しかし、子供の頃から人生をやり直せたとしたとて、元秀のように目を輝かせて粉本をなぞって絵など描けはしない。

いつしか、源四郎の足は、ある小屋に向かっていた。

木戸を開く。中の埃が舞い上がるのを気にも留めずに源四郎は端っこに座る。埃っぽい。でも、工房よりもはるかに居心地はよかった。

源四郎は、かつてここにいた、気持ちのいい老人の面影を思い浮かべようとした。しかし、どうしても浮かび上がってはこない。それが、たまらなく心の柔かいところに傷をつける。

「ちょっと！」

頬を膨らませながら、廉が入ってきた。埃っぽい空気に顔をしかめたものの、やがて一歩一歩、ゆっくりと近づいてきて、源四郎の隣に座った。

「何、ここ。随分と汚い」

「でも、わしにとっては大事なところだ」

「ここは、何なんですか」

源四郎は立ち上がって板で塞がれている窓を開けてやると、膠小屋の中に明かりが入ってくる。そしてようやく、小屋の中にあるものの輪郭が浮かび上がった。うち捨てられた竈。かつて使われていた釜。茶色の膠が染みついている木箸。そんなものがただしっちゃかめっちゃかに積み重なっている。

また、元の場所に座った源四郎は続ける。

「ここか。ここは、わしの友がいたところだ」

「友？」

奉公人とその雇い主の息子。二人の関係を建前で割り切ってしまえばそういうことになろうが、それでは源四郎の胸にある思いを一寸たりとも表すことが出来ていない。きっと、あやつに『友』などと言えば、『滅相もない、わしはただの奉公人にございます』と皺だらけの顔をしかめて首を横に振ることだろう。

「そやつはな、ここで膠を溶かす仕事をしていた。面白い話をしてくれるじいさんでな。……今にして思えば、あの昔話はすべてあのじいさんの経てきた道なのかもしれないな」

きっとあのじいさんは、若い頃、倭寇として唐国に渡り、やがて京に流れてきて泥棒まがいのことをして、妻を得て子を儲け、最後には狩野の奉公人に落ち着いたのだ。なんと愉快な人生だろう。

「最近、とみに思う。また、話したいと」

「そのお人は、もう？」

「ああ」

もうここには何もない。あのじいさんが死んでから、ここはすっかり打ち捨てられている。物置として使えばいいのだろうが、膠の匂いが付いて嫌だという弟子たちの意見もあって、ここは今、何にも使われていない。じいさんが死んでから、狩野工房は膠を溶かしたものを画材商から買っている。

「じいさんは死んだ。そして、もうここには何もない」

顔を上げているのも億劫だった。源四郎はくびきに従うようにして頭を垂れた。

と――。

ふいに、遊ばせていた手に、ぬくもりが宿った。

ぼうっとした頭で手を眺めると、いつの間にか、源四郎の手に、廉の小さな手が重ねられていた。廉の小さな手はひどく柔らかくて、そしてほのかに温かかった。握り返そうとしても、手に力が入らない。それくらいに疲れて、億劫だった。

「ねえ、源四郎様」

「なんだ」

「この小屋を掃除してみましょうよ」

「何だと?」

「こんな素敵な離れを遊ばせているなんてもったいないではありませぬか」

今一つ、廉の言わんとするところがよく分からない。

そもそも、源四郎はこの廉という女の考えていることがよく分からない。その黒い瞳の奥に何かを隠しているようで、本心がさっぱり見えない。

わけも分からずに呆けているうちに、廉は一人立ち上がった。

「そうと決まったら、さっそくやりましょう！　ほら、源四郎様も立って！」

「え、今からやるのか」

「当たり前です。善は急げ、って格言を知らぬのですか」

「いや、まだやるとは言って――」

「ほら源四郎様、要らない布切れをもらってきてくださいな」

「人の話を聞け」

「あと、箒と塵取りももらってきてくださいまし」

「あのな」

どうやら、この女に話は通じないらしい。源四郎が呆れていると、早くしてくれなまし！　という廉の怒号が飛んできた。それに追い立てられるように、源四郎は掃除道具を集める羽目になってしまったのであった。

それからのことは廉の指示で進んだ。

なぜ家事見習いの客にこんなにもこき使われているのかといぶかしみながらも、なんだかんだで源四郎はその命令に従ってしまっている。「ほら、手を動かしてください！」という怒号がおっかなくて手を動かすしかないのだ。雑巾を水に浸して床を拭き、箒と塵取りで大まかなごみを集める。思えば、掃除なんてやった記憶がなかった。少なくとも、若惣領として狩野を率いる立場になってからは。

源四郎たちの行動は狩野工房にいる皆が知るところとなった。皆、不思議そうな顔をしながら埃と煤で真っ黒になった源四郎のことを見やり、さりとて源四郎と目が合うとさっと視線を離してそそくさとその場から離れてしまう。

昼頃から始めた掃除は、思いの外時もかからずに終わった。夕暮れの迫る頃には外に出していた道具類を中に収めるまでになっていた。

あれほど埃っぽかった小屋の床はつるつるに光沢を放っている。なんとなく淀んだ空気も既に外の空気と変わらないものに入れ替わっている。

「いやー、きれいになりましたね」

ぐい、と額のあたりを拭く廉は満面の笑みを浮かべている。顔を少し赤く染め、時折源四郎のほうを見やって。

ふと源四郎は首をかしげる。

「はて、何でここを掃除することになったんだ？」

「さあ、そんなこと、どうでもいいではないですか」

しれっと廉は言ってのける。

「いや、どうでもいいわけでもないだろう。無駄な仕事をしてしまったじゃないか」

「そうでもないですよ。だって――」廉は源四郎の顔を指した。「源四郎様、いつの間にか笑ってる」

え。

自分の顔を撫でた。でも、自分がどんな顔を浮かべているかなんて知らない。しかし、廉がそう言うのだから、きっと笑顔なのだろう。そんな気がした。

楽しかった、という感触だけが残っている。掃除の間はただ手足を動かしているだけだった。だが、こうして終えてみると、なんとない達成感だけが残っていて、その達成感を無理矢理言葉に変換してみると『楽しい』とでもなるのだろう。

そして、掃除の間は、あれほど悩んでいた色々なことをすっかり忘れていたことに気付く。

ばつ悪げに見やると、廉はその視線に気付いて怪訝な顔をして唇を伸ばした。

「何です?」

「いや、お前、ずいぶんと変な奴だと思って」

「ふん。いいんです。変だろうがなんだろうが。わたしが楽しければそれで」

何て奴だ。そういうのを我儘と言うのではないか。

でも――。

源四郎の口から、ふいに言葉がついて出た。

「ありがとう」

すると、口先を伸ばしっぱなしだった廉が、なぜかバツ悪げに源四郎から視線を外して、こくりと一つ頷いた。

「うん……」

なんとなく甘くて温かな風が入り込んできた。源四郎はそっぽを向いて頬を掻く。廉はで廉でそっぽを向きながらも時折源四郎のことを覗き込む。

そして、源四郎が横の廉に何事かを言おうとした、その瞬間。

「おお！　きれいになっとるのう！」

元信が現れた。

小屋の中を見渡して、やがて部屋の中に二人がいるのに気付いた元信は二人の顔を交互に眺めていたずらっぽく口角を上げた。きっしっし、とでも笑いそうな雰囲気ですらある。

「お前たち二人でやってくれたのか、いやあ、助かるのう」

「た、助かる？　どういうことですか、じい様」

「ああ。実は——」

元信が言うには、隠居をしたはいいが今一つ狩野工房に居場所がなくて困っていたのだという。確かに、いつも元信が工房の中を所在無げにふらふらとしていたのをふと思い出す。

で、自分の居場所を作ろうとしていたのだが——。

「この小屋を使うという考えはなかった。いやー、ええのう、ここは」

「だったらじい様、どうぞ。お使いくださいよ」

「え、ええのか？」

「ええのか、も何も。この家をここまで大きくしたのはじい様でしょう」

「おお、じゃあお言葉に甘えて、ここを隠居所にしてしまおうかの！　よしよし！　だが何だか悪い気がするのう」

「いやいや」

また部屋を見渡した元信は、何度も頷き、何か思いついたのか、ぽんと手を叩いた。

「そうだ。この小屋を掃除してくれた二人に、ちょいと礼をせねば」

すると、元信は懐から銭を出し、無造作に廉に手渡した。

「え、え、え？」

戸惑う廉。それは無理からぬことだ。結構な大金だ。

「お廉さんや。これで何か買うといい。明日にでも源四郎に町に連れて行ってもらいなさい」

「は、はい」

納得できないのが源四郎だ。勝手に予定を決めてもらっては困る。

「あのう、じい様。実は、公方様から絵の依頼を……」

「良いではないか。一日くらい潰れてもなんということはあるまい」

「あいや、それはまあそうですが」

半ば強引に、源四郎と廉は京の町に繰り出すことになってしまったのであった。


「源四郎様、こっち！」

「あ、ああ」

女というのが買い物好きだとは聞いていた。でも、まさかこれほどとは。源四郎は浮き浮きとはしゃぎながら飛び回る廉を見やりながら深いため息をついた。

その日は市の立つ日だった。京一帯から様々な文物が道沿いに並ぶ。こういう市に並ぶものはいわゆる町物、つまり安物であることを源四郎は知っている。しかし、そんなこと、廉には関係がないらしい。櫛が並んでいるのを見れば目を輝かせ、かんざしが並んでいるのを見れば指をさしてそっちへ走って行ってしまう。

源四郎には女兄弟がなく、今一つ女子というものの機微が分からない。いちいち振り回される羽目になっている。

「ああ、こんなんなら絵を描いている方がはるかに楽だ」

呟くと、横の平次もうんざりとした声を上げて頷いた。

「はい、平次も屋敷の掃除でもしている方がはるかにましにございます」

そんな二人を見やって、遠くで廉が手を振る。

「ほら二人とも、早く早く！」

「ああ、今行く」

源四郎もうんざりとしながら道を進む。平次もまた、ため息をついて続く。

市の日は、流石に人が多い。特に今は十一月の市である。師走の準備もぼちぼち始まるこの時期にあっては、売る側も買う側も気合の入り方が違う。ふとかわらけ屋の軒先を冷やかしてみると、夏の頃の品ぞろえと比べるとはるかに物が良くなっている。もっとも、その分値段は張っている。

人々の波間を越えて前に立つと、廉は不機嫌な顔を隠さなかった。

「遅い！　源四郎様、さては気乗りしてませんね」

「いや、そんなつもりは」

言い訳をしようと両手を振った頃には簾などはもう他の店へと目が移っている。

何度目かのため息をついて、平次の姿を探した。しかし、平次はどこにも見当たらない。

平次がどこかをほっつき歩くなど珍しい。例えば、たまには少し羽を伸ばさせるつもりで少し多めの金を持たせても、平次はお使い分だけの金を使い、その行き来だけの時間を費やして戻ってきてしまうのだ。奉公人としてはこれ以上なく使いやすいのには違いがないが、子供としては幾分可愛げがなくて心配にもなる。

源四郎が目を凝らしてやると、そのうち、ある店の前で膝を曲げる平次の姿が目に入った。珍しいこともあるものだ、と心の隅で呟きながら近寄ってみると、源四郎はあることに気付いた。

この店は――。

莫蓙を敷いて商売をしているのは筆屋だった。もちろん、源四郎たちが使うものとはあまりにかけ離れた粗末なものばかり置いている。新品だろうに筆先は寝起きの子供の髪のように乱れていて、握りも雑な作りのものばかりだ。町衆はこういった粗悪品で字を書いているのだろう。

源四郎とて本来は町衆とは変わらないが、こと商売道具に関してはうるさい。粗悪品たちのことを、平次は目を輝かせながら見おろしている。

「どうした」

源四郎が声を掛けると、平次ははっとして源四郎のことを見上げた。

「あ、若惣領様……」

「なんだ、何も悪いことをしているわけじゃないだろう。そう固くなるな」

「い、いえ。死んだじいじが」

「じいさんが、どうした」

懐かしい名前が出たことが、少し源四郎の心を潤した。

しかし、平次は嚙みしめるように口を開いた。

「狩野家で働かせていただいているのも幸せなのに、それ以上を求めるのはあってはならぬ、そう言っていました」

言いそうなことだ。あのじいさんもそんな心づもりで働いていたのだろう。

「なんだ、平次は筆が好きなのか」

「あ、いや」

いつになく、あたふたとして顔を真っ赤にしている平次。その頭を撫でつけながら、源四郎は続ける。

「筆ではないか。絵が好きなんだな」

平次の表情が凍った。どうやら図星らしい。今度はすっかり生気を失って青くなっているその顔を覗き込みながら、源四郎は平次の頭を撫でつけた。

「買ってやろう」

「え」

「買ってやると言ってるんだ。どれ、選んでみろ」

「え、いいんですか。本当にいいんですか。……いや、やっぱりいいです」

「馬鹿。わしが買ってやる、と言ってるのだ。これは命令ぞ」

「は、はあ、では……」

平次が手に取ったのは、竹の繊維をほぐして作る竹筆であった。筆として見た時、非常に安い反面墨の吸いが悪く掠(かす)れが早いので、物好きか殺生(せっしょう)を嫌う法師くらいしか用いないものだ。

「馬鹿者」

こつんと頭を小突いてやって、源四郎は細い筆を一本取った。掃き溜めに鶴とはまさにこのこと、何の気なしに手にとった割に、重心も落ちついているし筆先もしっかり手入れされている。何より手にしっくりとなじんでくる。

「絵を描きたいのなら、これくらいの筆を選ばねばな」

店を開く老人に源四郎は声を掛けた。

「おい、その筆はいくらだ」

言い値の銭を渡してやると、老主人はその銭を拝むようにして受け取り、筆を源四郎に差し出した。それを平次に与えるとかがめていた腰を上げ、平次の頭を撫でた。

遠くから、廉がこちらを呼ぶ声がする。

「行くか、平次」

「はい」

頷いた平次と一緒に、遠くでしかめ面をしている廉のところへと向かう。

もう！　と不満を隠さない廉は、ほくほく顔で筆を抱える平次のことを見咎めた。

「あれ、その筆……」

「ええ、若惣領様に買っていただきました！」

如何にも嬉しそうに表情を崩すところは子供だ。少し安心したが、一方で、廉の目が光ったのも気になる。

源四郎の予感は当たった。廉は源四郎に鋭い視線をくれる。

「へえ、平次には左様な品を買ってあげたのですか」

「いや、別にいいではないか」

「だったら、わたしにも何か買ってくださってもよろしいのに」

「は？　何を言っているのか。じい様からたくさん銭を頂いておるでしょうに」

「あれは……、元信様からのものにございます。源四郎様から未だ何も頂いておりませぬ」

なんという女子だ。結構な大金を預かっておきながら、さらに何が欲しいというのだ。

呆れて物が言えない。

源四郎は呆れて開かない口を無理矢理に動かした。

「なぜわしが、あなたのために身銭を切らなくてはならんのです」

すると、みるみるうちに廉の表情が変わった。

さっきまで明らかに不機嫌な顔だったのに、突然その表情が曇って、目を伏せ始めた。

さっきまでの赤い顔から転じて真っ青になっている。最後には、しゅんと肩を落としてしまった。

「お、おい」

さすがに変化に気付いて声を上げようとすると、廉がそのしょげ返った表情のままで口を開いた。

「これでは、わたしがまるで馬鹿のようではありませぬか」

廉は源四郎を見ようともしない。

「あなた様にとって、わたしとは如何な人間にございましょう。居ても居なくてもよいような、そういった人間なのでございましょうか」

普段にない憂いのようなものが廉に漂っている。そして、それがゆえに源四郎は何も言えずにいる。

「わたしが馬鹿なのでございますね。分かりました！」

視界が真っ黒になる。それとともに源四郎の頭に痛みが襲いかかってくる。どうやら手に抱えていた買い物を投げてきたらしい。

「もう知りません！」

捨て台詞を吐き残して、廉はぱたぱたと走っていってしまった。

「何だというんだ」

あっけにとられた源四郎は追いかけることができずにいた。横にいた平次も、目を真ん丸にして源四郎のことを見やるばかりだった。

それから数日、廉は源四郎を避け続けた。源四郎が声を掛けようとしても、廉はといえば目を伏せてかわしてしまう。

どうしたものだろう。

こんなことを相談できそうなのは、ただ一人だった。

源四郎は藁にもすがるような思いで、叡山へと向かった。

「で、俺を訪ねてきたと、そういうわけか」

叡山の塔頭の一つに源四郎の探し人、日乗がいた。塔頭とはいっても、そこには日乗しかいなかった。既にうち捨てられたも同然の廃屋に住みついているらしく、床のところどころに雨漏りのあとがある。いつのまにか僧形に改めている日乗は、胡坐を組んで、源四郎のことを見やっている。

正座をしたまま、源四郎は頭を振った。

「なぜ、わしがあのような女子のために悩まなくてはならないんでしょう。まったく、ただでさえ頭の痛い問題がたくさんあるというのに」

日乗は楽しげに頬を緩めた。

「お前さんさあ、何にも分かっちゃいないね」

「へ、どういうことでしょうや」

「何であんな女子に。そうお前は言う。しかし『あんな女子』如きなら、そもそも悩まぬもんさ。もしかすると、お前にとってはその女子、絵と同じくらいに重要な存在なんじゃないのか」

認めたくないことだ。

しかし、もしかすると、そういうことなのかもしれない。

日乗はふふん、と笑った。

「古今東西、昔から、女子の機嫌を直すのは贈り物と相場が決まっておる。お釈迦様もそう仰っておるわ」

「それは真ですか」

「――いや、知らん」

源四郎が肩を落としたのは言うまでもない。

とは言われたものの――。

どうしたものか。

贈り物、とはいうものの、何を贈れば機嫌を直してくれるのか、とんと分からない。

そうやって、怪訝な顔をして通り過ぎる絵師たちを尻目に工房の縁側で腕を組んで過ごしていると――。

「おう、源四郎、どうした、浮かない顔をしておるな」

声の方を向くと、庭先に元信が立っていた。太陽を見上げて薄く微笑んでいる。

「ああ、じい様」

「なんぞ、悩んでおるようだの。絵のことか」

「ええ、まあ」

「それとも」いたずらっぽく顔をしかめる元信。「廉さんのことかね」

「じい様！」

知っているに違いない。誰が言い触らしたかは知らないが、元信の顔は、おそらく全てを聞いている顔だ。足の裏をくすぐられているかのような表情を浮かべて源四郎の顔を見下ろす元信の顔に、ふつふつと怒りさえ湧いてくる。

くく、と元信は笑う。

「まあ、正確には、どっちも、というところかの」

ぼろが出そうだったから何も言わない。何かを言って言質（げんち）を取られるのも癪だった。

しかし、元信は、ふぅん、と鼻を鳴らした。

「源四郎、錆びついた魂を動かしてみよ」

「錆びついた、魂？」

「世間の荒波、と言うであろう？　世間は塩水なのだよ。世間の荒波に揉まれているうちに心が錆びついてしまう。特に、わしやお前のような細工品の場合はの。だが、世間が塩辛いのをどうすることも出来ぬし、あげつらっても何が変わるでもない。要は」

元信はいつしか、源四郎にきっと向いていた。

「錆びついても動く魂が要るのだ」

錆びついても動く魂。

源四郎が首をかしげていると、元信は、そうだ、と言った。

「少し、今の仕事から離れて、自分と向き合ってみたらいいのではないかのう。狩野工房から離れて、冷たい風に触れてみればいいのではないかな」

「けれど……」

源四郎には町物扇の仕事がある。

が、元信は笑う。

「町物扇の仕事は別にお前でなくても出来ようが、公方様のご依頼はお前にしか果たせぬ。ならば、お前のやるべきことは決まっておる。しばらくの間、わしが扇の仕事をやってやってもいい」

「そう意外な顔をするな。元々、わしがやっていた仕事ぞ」

と、元信は腕をまくって力こぶを見せた。痩せた腕にはほとんど筋肉がない。

「え？　じい様が」

京の隅っこにある、狩野家の離れ小屋。昔は絵具の保存庫に使っていたものらしい。まだ狩野工房が手狭だった頃の名残だ。しかし、今は工房も随分広くなって、必要のない小屋に成り下がっている。話を聞いたとき、源四郎は、ここだ、と思った。

何もない。荷物を床の上に置いて高窓を開いた。真っ暗だった部屋の中に日差しが入り込み、冷たい空気が源四郎の脇をすり抜けていった。

ふと、出入り口から表に出る。ここは京洛の東の高台にあり、小屋から京の様子が一望出来る。あの辺りが貧民街、あの辺りが二条御所、あの辺りが松永弾正邸。そうやって指をさすことだって出来る。人に押し潰されるように過ごしていた京洛から少し離れてみれば、こんなにも京とは小さなものなのかと、不思議な気分に襲われた。

小屋の中に戻った源四郎は荷物の中から絵筆と絵具、紙を取り出して目の前で広げた。しかし、まだ絵具を使う段階でもないことに気付いて、あわてて硯と墨を取り出した。小屋脇にある甕に水を汲んできてからその甕から水を取り、床の上にどっかりと座って硯に水を差し墨を磨る。しゃっしゃ、という軽快な音だけが小屋の中に響く。

源四郎の頭の中にはまだ何も浮かんでいない。しかし、この音を聞いているうちに、頭の中がどんどん明瞭になっていく。色々な雑念が消えていって、気付けば絵と筆と自分しか存在しないどこか彼方へと誘われている。

今日は、墨だけ磨ってみよう。

最初から源四郎はそのつもりだった。最近、墨さえ満足に磨れていない。扇の責任者になってからというもの、一番源四郎が遠ざかっていたのはそれだった。墨は下っ端に磨らせていたし、膠は他の業者から買い付けていた。絵具の顔料を磨り潰すのは中堅どころの絵師にさせていた。源四郎はといえば、そうやって丹念に磨り潰された顔料と溶かされた膠、磨り上げられた墨を受け取って、面白くないと言いながら絵を描いていただけだった。

こうした雑事の積み重ねが絵を描くことなのかもしれない。そんな気さえし始めている。

と――。

「相すみませぬ」

外から声がした。

源四郎は絵以外のことは何も出来ぬので、朝と夕方の二回ほど、平次がやってきて面倒を見てくれる手筈になっている。しかし――。源四郎は思わず窓の外を見やった。夕方にはまだ早い。

誰だ？

墨を磨る手を止めて立ち上がり、外に出てみると、その人物は、目を伏せて源四郎のことを待っていた。

「どうも」

来たのは、廉だった。

目を泳がせている。源四郎と目を合わせようともしない。合いそうになると、ぱっ悪げに顔をしかめてそっぽを向いてしまう。さりとて、何かを言いたげに源四郎の方に向くのに、また慌ててそっぽを向く。そんなことを延々と繰り返していた。廉の手には、大きな包みが握られている。

「――元信様のお使いです！」

廉が突き出してきた包みには、緑色の顔料となる孔雀石と顔料を磨り潰す薬研が入っていた。結構な重さだろうに、一人で持ってきたのだろう。廉の顔は上気していた。

荷物を受け取ったのを確認すると、廉はふん、と鼻を鳴らしてそっぽを向いた。

「じゃ、わたしはこれで」

それだけ言い残して、廉は来た道を戻って行ってしまった。声を掛けても振り返りもしない。ずんずんと雑草を掻き分けていってしまった。

毎日、廉はここにやってきた。最初こそ薬研や筆などの大事な物を運んできてくれたのだが、そのうち、紙や文鎮など、平次に頼めば手に入るものを持ってくるようになった。さすがに閉口してそういうものは足りている、と言うと、次の日には何も持たずにやってくる。どういうことだろうと訊いてみると、なぜか顔を真っ赤にしながら、

「も、元信様が様子を見て来いって！」

と言い放った。

一向に源四郎の筆は進まない。「どうですか？」と廉に訊かれても、特に返す言葉がない。ただ、「墨を磨った」だの、「顔料を潰して組み合わせてみた」だの、「膠を溶かしてみた」だのとしか言えなかった。

ときには、廉がとんちんかんなことを訊いてくることもあった。

小屋の隅の大きな袋いっぱいに入った牡蠣（かき）の殻を眺めながら、廉は小首をかしげていた。

「何に使うんですか、これ」

「あのな」

絵師にとって牡蠣の殻が、白の顔料である胡粉（ごふん）の材料であるくらい自明のことだ。「こう使うんだ」と牡蠣の殻を薬研で砕いて水と混ぜるところまで見せてやると、廉は「へ

え」と子供のような表情を浮かべた。

そんなふぬけた日々の中でも、源四郎はもがいていた。

絵を描くとは、どういうことだったんだろうか。

疑問に苛まれながら、源四郎は出口を探して、迷路の中を彷徨っていた。

そんなある日、またもや小屋に現れた廉が、ある提案を口にした。

「ねえ、源四郎さん、紅葉を見に行きましょうよ」

「紅葉？」

その時、源四郎は膠を溶かしているところだった。備え付けの竈に火をともし、膠の入った釜を乗せて掻き回す。目の離せない作業だったために、源四郎は半ば生返事で応じた。

『紅葉』という言葉を聞いて、思わず源四郎は廉の顔を見やった。

「何を言ってるんだ。今、十一月じゃあないか。紅葉なんてあるはず――」

旧暦の十一月というと、少々紅葉狩りには遅い。特に、山がちな京の冬は早い。望んでもいないのに足早にやってきて、手足を切るような寒さを町中にふりまいていく。

冬の足音を窓の外に聞きながら源四郎が笑うと、廉はなぜか会心の笑みを浮かべて源四郎の横に立った。

「それがね。今年はあるらしいのよ。この東山のあたりに一本だけ、やけに紅葉の遅い楓があるんですって。最近噂になってるの、知らないの?」

「知らない」

興味がない。それどころではないのだ。

にべもない源四郎の返事だったが、廉は構いもしない。

「ねえ、行きましょうよ」

「え?」

「いや、だから、紅葉!」

「あなた一人で行けばよろしかろうに」

「山を一人で登らせる気ですか? しかも、こんなか弱い乙女を?」

「本物のか弱い乙女は殊更に己のことを『か弱い』などと言わない」

「うるさい。とにかく紅葉。あげつらいは許しません」

言いたいことはたくさんある。これでも公方様の絵を受けている身なんだ、そもそも絵が描けないでいるのに遊んでばかりいられるか、なんであなたのお守をしなくてはならないんだ……。だが、その全てが廉の言葉によって吹き飛ばされてしまった。

ああもう。

源四郎は竈の火を水で消した。じゅう、という音とともに、白い煙があたりに立ち込めた。

「分かった。じゃあ行こうじゃないか。ここから近いんだろう？」

「やった、決まり！」

「いや、だから、近いんだろう、ここから」

すると、廉は天井に目を泳がせて、うーんと唸った。

「そうだなあ、大体、ここから一刻くらい」

「け、結構距離があるじゃないか」

心底面倒なことに変わりはなかったが、まるで花のように可憐に微笑む廉を前に、今のはなし、とは口が裂けても言える空気ではなかった。


小屋から、確かに一刻かかった。

冬だというのに既に懐は汗でいっぱいだ。それに、久々に長く歩いたこともあって膝も笑っているし体の関節一つ一つが悲鳴を上げている。力仕事をしないとこうも衰えるものか。

山道を歩くこと一刻。普通の道を歩いているのとはわけが違うのである。

前を歩く廉は元気なものだった。ひょいひょいと前を飛び越えていって、時折遅れる源四郎の方を振り返り、もうすぐだから、と声を掛けてまた天狗のごとく前を歩くのである。

別に廉一人で登ればいいんじゃないのか、という疑問が源四郎の口を突いて出そうだったが、戯言を言う体力さえ惜しい。乱れた息と一緒に呑み込んだ。

そして――。

「あー、源四郎さん！　こっちこっち」

上の方で廉が騒がしい。見れば、上で廉がぶんぶんと手を振っている。

「ああ、今行くから」

今にも崩れそうな体に鞭を入れながら、源四郎は最後の坂を登り切り、ようやく廉に追いついた。

顔を上げた刹那――。

源四郎の目に、極彩色が飛び込んできた。

一本どころじゃないじゃないか。源四郎は息を呑んだ。

そこは、少し開けた南向きの高台になっていた。その高台の奥に楓が幾本も植わっていて、その数本が未だに落葉せずにその場にあった。

温かな空気を肺腑に吸い込みながら、辺りを見渡して合点する。なるほど、このあたりだけこうも紅葉が残っているのはそういうわけか。

ふと横を見れば、廉が目を輝かせて、幸せそうなため息をついた。

「やっぱり、紅葉は綺麗」

全身汗じみている源四郎はその辺りの岩に腰を掛けて、廉を遠くに見ていた。

廉はといえば、源四郎には見えない何かを追いかけるかのように楓の下でくるくると舞っている。朱や黄の葉たちも、ただ廉のことを見下ろしている。

と――。

冷たい風が源四郎の脇を飛び越えていった。その一陣の風は下草を薙いでいって廉の袖を揺らし、やがて楓たちの枝を容赦なく揺らす。音もなく紅葉した葉たちを枝から吹き取りて、黄や朱の子供の手形のような葉っぱを舞い上げていった。それはまるで、秋が、さようなら、と手を振っているようにも見えた。

「きゃ！」遅れて廉が悲鳴を上げて、葉を舞い上げた冷たい風を睨んだ。「ああもう！寒いじゃない！」

詮ないことに怒りを表す廉の言葉など、源四郎には届いていなかった。

このとき、源四郎の心中には、何かが蠢いた。喜怒哀楽ではない。さりとて本能に属するような衝動とも違う。心の奥底、それも、自分の一部であるにもかかわらず、触ることも感じることも出来ない領域。そこから少しずつ、けれども確かにせり上がってくるこの感覚、この衝動。

この感覚は。

否。

わしは。

源四郎は懐をまさぐった。鼻紙に使う懐紙。

そして。

公方様から拝領した筆。

源四郎はゆっくりと、けれどしっかりとした手つきで、筆の尻に結わい付けられている竜の細工の首を取り、ひねった。首が外れて穴が現れる。

しかし。

中に筆を差し入れても、墨を吸い上げない。

それはそうだ。源四郎はこの中に墨を入れたことなど一度としてない。

源四郎は、ああ、と声を上げた。あの一瞬が逃げてしまう。せり上がってくる思いがどこかに消えてしまう。

戸惑っている源四郎の前に、ふいに柔らかそうな手がふっと伸びた。

それは廉の手だった。

憮然とした表情の廉。それを見上げる源四郎。

少しいじけた風に目を鋭くしていた廉だったが、その手の中から、小さな陶製の瓶を差し出した。

「ほら、使いなさいよ」

「これは？」

「墨。毎日磨ってるくせに、全然使わないから。瓶に取っておいたの」

ここ数日、確かに毎日のように磨っていたが、何に使うでもなく確かにそのままにしておいた。が、次の日にはいつの間にかなくなっていた。きっと平次あたりが掃除がてらに処分していたのだろうと当たりをつけていたのだが、違ったらしい。

受け取った源四郎は、その瓶の蓋を開けた。その口に汚れない筆を差し入れて引き上げてみると、筆先に黒い墨がまとわりついている。筆おろしさえしていないが、それでも何とかなりそうだ。

源四郎は紙を目の前に広げて、心の命じるままに描いた。

あの一瞬を。自分の奥底に眠っていた何かをその一瞬に潜ませて。

絵を描いている。むろんそれはそうなのだが、源四郎にはまるで実感が湧かない。むしろ、この瞬間においては、源四郎はただ絵が出来上がっていく過程を見ているだけに過ぎない。手は自分の意志とは関係なしに動き、目は紙の上と描きたいものとの間を何度となく行き来する。そこに源四郎の意志は働いていない。天と地の間に自分があり、天の命ずるままに手を動かして、地の命じるがままに目を動かす。源四郎はといえば、自分などという枠をとうに超え、自在な心で飛び回り、天と地の間をずっと行き来している。

どれほどの時が経ったのだろうか。

手が、ぴたりと止まった。

目の前には、既に絵が出来上がっていた。

源四郎は筆を脇に置いて、横で茫然と立っている廉にその絵を差し出した。

「な、なに？」

「この前、何かが欲しいと言ってたよな」

「そ、それが何」

「この絵を差し上げましょう」

すると、廉はぷっと吹き出した。

「あのぅ。鼻紙の上に描かれた絵、しかも墨絵？　なんか安い贈り物のような気がするんだけどな」

言われてみればそうだ。

また機嫌を損ねたか。少し憂鬱な気分になった。

けれど、廉の反応は、源四郎の想像を裏切った。

「でもまあ、あの狩野源四郎の絵だもんね。──それに、凄く素敵な絵。ありがとう、大事にする」

廉はくすぐったそうに微笑んでいた。

女の気持ちは分からない。

源四郎は頰を搔いた。


「……ふむ」

二条御所、表書院。脇息に肘をつきながら、義輝は三方で掲げられた絵を見やっていた。

下座で平伏する源四郎は固い唾を飲んでいた。

やり切ったという思いはある。自分のすべてをぶつけたという思いがある。しかし、それが義輝公に認めてもらえるかは全く別の問題だ。それだけは、もはや源四郎にはどうしようもない。すべては御仏の──、否、義輝公の掌の上である。

「源四郎」

上座の義輝は絵から目を離して、扇の先を源四郎に向けた。相変わらず、肚の底が読めない響き方のする声音だ。

「この絵はどこで描いたものぞ？」

「は、京の洛外、東山にて描いたものにございます」

「そうか。東山。しかし、あそこに、このような麗しいところがあったか」

源四郎が描いたのは、廉にあげた絵を描き直したものだ。墨絵というわけにはいかない。構図や配置を変えることなく描き直し、顔料を乗せていった。やはりこの絵は極彩色を重ねてやった方が映える絵だ。

源四郎は首を横に振った。

「いいえ。このような麗しいところは、恐らくどこにもございませぬ」

「なんだと？ どういうことぞ」

「これは、拙者が見た、拙者の天地だからにございます」

「どういうことぞ。お前はいつから禅問答を嗜むようになったのだ？」

源四郎は淡く微笑んだ。

「いえ、難しいことは何もございませぬ。拙者はただ、拙者が見た光景をそのまま紙の上に落としただけでございます。しかれども、拙者の光景は、恐らくは拙者にしか見えぬもの。そして自分にしか見えぬ光景を、嘘偽りなく形にしただけにございます」

「うーむ。分からぬ。分からぬぞ、源四郎。しかし――」義輝は扇の先を己の顎に沿わせた。「似たことを申していた武芸者もおったのう。万の道はやがて一つの道に通ずとも謂う。お前の立っている場は、その大道に通じておるのかもしれぬな。――良かろう」

義輝は立ち上がり、源四郎の前に立った。

「源四郎、面を上げよ」

顔を上げると、すぐそこに義輝の姿がある。逆光になっていて、義輝が如何なる表情を浮かべているのかがどうしても分からない。

「見事ぞ、源四郎。予のもとに侍り、今後も絵を描くがよい。そして、予の創る天下に力を添えい」

「はっ!」

義輝の言うことは半分も分らないが、しかし、とりあえず認めてはもらえたらしい。そのことに胸をなでおろす源四郎は、半ば反射で頭を下げていた。

辞去して二条御所の廊下を歩いていると、不意に呼び止められた。

振り返ると、直垂に折烏帽子という正装に身を包む松永弾正の姿があった。二条御所において数人の随身を連れている姿は、まさに権力者の立ち姿だ。廊下を行く小者たちは皆弾正に頭を下げて去ってゆく。

「久しいな、源四郎殿」

「お久しぶりです」

「聞けば、公方様からの呼び出しとのこと。如何な内容で」

「ああ。絵の依頼にございます。もっとも、既に依頼を果たし、絵を渡してきてございます」

「左様か。それは祝着（しゅうちゃく）」

えくぼを見せながら弾正は笑う。その姿は人のいい中年そのものだ。この人を見ると、源四郎はほっとする。このとき、源四郎は弾正に少なからず好意めいたものを覚えていることに気付いた。

一方の松永弾正は、源四郎のことなど眼中にないようだった。ぽつりと呟く。

「まったく、最近の公方様は、お立場が分かっておられぬようであらせられる」

「え？」

「公方は武家の棟梁。すなわち、源頼朝（みなもとのよりとも）公より連綿と続く武家の衣鉢（いはつ）を継ぐ者。むろん、その末であらせられる公方様は尊かろう。されど、公方が尊いのは我らが大人しく平伏するからぞ」

弾正は吐き捨てるようにして言い放った。

「今や、公方様の首は三好が握っておるも同然なのだ。なぜそれが分からぬのか。それとも、分からぬふりをしておるのか」

あくまで好々爺然としたままで口にしているだけに不気味だった。このお方の口は、表情とは無関係に動くのか、そう訝しく思うほどだった。

「おっと。少々口が滑った」弾正は源四郎の肩を叩いた。「お主は絵師。元来ならば、難しい政に首を突っ込まずともよい立場にある。しかれども、当世は違うぞ。絵師と雖も道を誤れば首が飛ぶ。のみならず、一族に累が及ぶ。そのことをゆめゆめ忘れるなよ」

脇を抜け、弾正は廊下の奥にと消えていった。随身たちもそれに続く。

一人、廊下に残された源四郎は弾正の背中をずっと眺めていた。やがて廊下の影の中に弾正の背中は溶けていった。

時代には、流れがある。言うなればこの頃は、淀みの頃とも言えよう。源四郎はこの時、時代が淀みから流転へと移ろうとしているのを肌で感じていた。

昇竜

かつーん、かつーん。

軒先から鋭い音が響く。正月と雖も源四郎には時がない。庭から響いてくる音を遠くに聞きながら、源四郎は目の前の燕の絵に魂を吹き込まんと筆を振るっている。締め切り期日という鬼と戦いながら燕の尾を描き込んでいると、また、外から遠慮のない笑い声が聞こえてくる。さすがに耳につく。源四郎は筆を置いて縁側に立った。

「お前たちなあ、正月くらい静かに出来ないのか」

墨を塗りたくられた顔を向けてきた庭先の平次が、しゅんと肩を落とした。

「相すみませぬ、若惣領様」

しかし、平次と差し向かいに立つ廉は頭を振った。

「大丈夫よ。正月だというのに働いている源四郎さんがいけないのですから」

墨汁一滴すらついていないきれいな顔をほころばせて、廉は羽子板を掲げた。

「おお、羽突きか。しかし、なぜ羽突きだ？」

　廉は答えた。

「理由などございませぬ。ただ暇だからにございます」

「あと、もう一つ。なんで平次の顔が墨で真っ黒なんだ？」

「だって、何がしかの罰がなければ張り合いがないではありませぬか」

　どうやら宮中で羽突きをやる時には、負けた方に酒を呑ませていたらしい。さすがに子供に酒を呑ませるわけにはいかないという廉の心遣いかもしれない。と——。

　源四郎はあることが気になった。

「廉さん、そういえば、今年で何歳になられるのです？」

「わたしにございますか？　今年で十七にございますが」

「そうか」

　何のつもりだろう。

　廉の実家、土佐家である。

　年頃の娘——というより、少し行き遅れの感すらある娘——を他家にほったらかしにしておくなど。狩野家に女子はいないからその辺りの細やかなことには疎いにせよ、世間の女子を持つ親たちは、子供がまだ大きくならぬうちに良縁探しに奔走すると聞く。

唸る源四郎に、廉が言葉を掛ける。

「ねえ、源四郎さんもやりましょうよ」

「羽突きを？　馬鹿言え、忙しいんだ。とにかく時がない」

それに、午後には大事な用事がある。あまり時間がないのは事実だ。

「ほんの少しの間ですよ」

ほだすように言われてしまうと、源四郎も頷くしかなかった。ほんの少しならいいだろう。源四郎は庭に下りて平次から羽子板を受け取る。

いつ以来のことだろう、羽子板なんて。

「行きますよ」

「おう」

かつーん、かつーん。

忘れていた感覚が蘇る。羽子板なんて、子供の頃にじい様とやったきりだ、と。

永禄二（一五五九）年、正月。源四郎、時に十七歳。

澄み渡る空にムクロジの羽が浮かぶ。その空には何の屈託もない。

「それで、その面なわけだ」

「仕方ありますまい。これぱかりは時の運にございますから」

義輝は、はは、と短く笑う。

羽子板の十回戦。十回とも源四郎が負けた。墨で顔を塗られたのは言うまでもない。しかも、いくら顔を洗って落とそうとしてもなかなか落ちなかった。なんとかあらかたは取れたものの、毛穴にまで入ってしまったのか、顔全体がぼんやりと黒くなってしまっている。

「それは、弱いと言うのではないか？」

「はあ、そうとも言いまする」

「今度、予とやってみるか。予も弱くてのう」

「ご遠慮いたしまする。さすがに公方様の御尊顔に墨を塗る勇気はございませぬ」

「そうか」

義輝はつまらなげに唇を伸ばした。

二条御所、奥書院。以前までは、恐ろしく広い表書院までにしか通されなかったが、あの絵の一件以降、源四郎はこの奥書院に通されることが多くなった。奥が霞んで見えるほどだった表書院とは違い、奥書院は八畳しかない上、壇もない。

ゆったりとした時が流れる。ここに、公方様が住んでいる。

「そういえば源四郎。例のものは出来たか」

「はい。ご依頼のままに。拙者が精魂を傾けまして描きましてございます」

「では、見せてみい」

源四郎は後ろに隠していた包みを前に引きずって、義輝の前で広げた。その中には、夥しい数の扇があった。

「見事。まさか、これほどの数を二十日余りで描いてこようとはな」

「いえ、そこまでの難題ではございませぬ」

廉と一緒に山を登って紅葉を描いたあの日から、あれほどに淀んでいた手、そして錆びついていた心が動き始めた。それどころか、とめどなくあふれる想像が大挙してやってくるかのようで、手が追いつかない日々を送っている。そんな今とあっては、むしろ義輝の『扇の絵四十枚を正月の頭までに作るように』という依頼は渡りに船もいいところだった。すべての作業を自分一人で行なったのだが、それでも期日まではきっちり終わったのである。

「しかし、時がございませぬ」

「む?」

いぶかしがる義輝を前に、源四郎は言った。

「この手が、もっと絵を描きたいと疼くのです。そして心が、もっと描けとせっついてくるのです。是非、今後も仕事を頂ければ幸いに存じまする」

もっと描きたい。

その思いが今の源四郎の欲であると同時にすべてだった。

「ならば」義輝はふふん、と笑った。「二月までに、もう四十枚、頼むとしようか」

「はっ、ありがたき仕合せ」

平伏する源四郎。しかし、はたと疑問が浮かんだ。

顔を上げた源四郎は、義輝に訊いた。

「それにしても公方様。こんなにもたくさんの扇を如何になさるおつもりで」

正月に四十枚。二月に四十枚。合計で八十枚である。まさかそのすべてを自分で用いるわけではあるまい。

義輝は面倒そうに顔をしかめ、暑くもない時期だというのに扇で顔をあおいだ。

「うむ、少々公家衆にあいさつ回りをしなくてはならんでな」

「あ」慌てて源四郎は寿いだ。「公方様、ご成婚、まことにおめでとうございまする」

「ああ。そうだな」

義輝も応じて頷いた。

前年の永禄一（一五五八）年、十二月。丁度、源四郎が紅葉の絵を献上した直後、義輝は婚儀を挙げた。お相手は公卿・近衛家の娘だ。近衛家といえば公卿中の公卿、左大臣や関白を何代にも亘って務めてきた家柄である。もともと近衛家と将軍家にはこういった血縁上のやり取りがあり、義輝にも近衛の娘が下されるはずだったものが、公方の都落ちによって先延べになっていただけのことだという。

「すみませぬ。何もお贈りできませなんだ」

「いや、構わん。あの紅葉の絵、御台も気に入っておる」

御台所、つまりは正妻であらせられる、近衛家の娘だ。

「御台所様にもご覧いただいているのですか」

「ああ。お前の絵をいたく気に入っていた。そしてお前に会いたいとまで言うておったぞ。もっとも、それはならぬということくらい分かっておろうが」

将軍の正妻ともあろうものがおいそれと臣下の男に会うことなどあってはならない。とくに源四郎などは臣下ですらなく官位もない。

源四郎が面食らったのは、義輝夫婦のあり方に対してだ。

往々にして政略結婚や許嫁は本人の意思など無視される。高貴になればなるほどその傾向は強い。まったく慣習の違う武家と公家が婚儀を挙げるとなると、双方に行き違いや感覚の差異は転がっている。したがって、夫婦仲が悪かったり、そうでなくともお互いに腫れ物に触るように接する場合が多いとも聞く。

しかし、端々に見える義輝夫妻にはそんな不協和は見えてこない。

「なんぞ、その顔は」

「ああいや」

「ははん、なるほど。気になっているわけか」義輝は髭が生えた顎をさする。「そういえば、お前はまだ独り身であったな」

「左様にございまする」

「妻を持つとはいいことぞ。持ってみると分かるぞ、そのありがたさは」

「はあ」

生返事を浮かべた源四郎。婚儀。きっといつかは元信か松栄あたりが話を持ってきて、顔も見たことのないような相手と金屏風を前に並ばされる日が来るのだろう。その時、わしはどんな顔をすればよいのだろう。源四郎は顔をしかめた。

「しかし、予は運がいい方なのかもしれぬな。実は、御台とはもともと顔見知りだったのだ。予にも近衛の血は流れておるからな。その縁で多少は顔を見知っておったし、御台の弟とは友でな」

御台所の弟。ということは――。

「近衛前嗣（さきつぐ）様にございまするな」

「そうだ。知っておるのか」

京でその名を知らぬ者はないだろう。

齢十八にして藤原長者を継いで関白左大臣の位を得た、まさに破格の公卿である。義輝とほぼ同年代だ。しかし、この人物が異彩を放つのには他にも理由がある。

ある人曰く――。かの公卿、鷹狩（たかがり）を好み野に出（い）でて馬を駆る。

またある人曰く――。刀槍（とうそう）の修練（しゅうれん）を怠（おこた）らず、弓の手の内を練ることを忘れず。

公家でありながら、まるで武士のような行ないばかりしている変わり者だという。これはと思った者には身分に関係無しに話しかける癖があるらしく、頭の固い公家衆は顔をしかめているという。義輝とも似たところがあると言えるのかもしれない。

「あ奴とは昔から色々と悪さをしてのう」仮にも関白左大臣であるはずの前嗣のことをあ奴、と呼んだ義輝は目を細めた。「あれほど面白い男はそうはおらぬ。あ奴ならば、もしかすると世を変える力があるかもしれぬ。もっとも、いささか思い込みが激しいのが難点、か」

と、喋（しゃべ）りすぎと自戒したのか、義輝は表情を変えた。

「源四郎、お前に頼む仕事はただ扇の仕事に非ず。お前の作った扇はこの天下を一つどころにつなぎ止める錨となり、鎖の一本一本となる。それを心得、今後もその筆を振るうがよい」

「は、はい！」

平伏しながら、源四郎は首をかしげる。

公方様の描き出す天下の形とは、如何なものなのだろう、と。

源四郎の絵もまた、公方様の天下に関係していると言う。しかし源四郎にはその真意がまるで見えてこない。絵と天下に何の関係があるというのだろう。そもそも天下とは何だろう。源四郎は未だ十と七の若造に過ぎない。天下の形など分からない。

しかし、源四郎はなんとなく感じとっていた。

この公方様の歩まれる道こそ、天下に繋がっているのだろうと。

辞去しようとすると、ふと義輝が思い出したように口にした。

「そうだ源四郎。お前に言わねばならぬことがあった」

「は、何でございましょう」

「爾後、予の前に出るときには脇差佩用を許す」

源四郎は思わず口をぽかんと開けた。

元々狩野家は武家であるから、普段歩く時には刀を差している。尤も、源四郎などは大の刀を差すことはなく、もっぱら脇差一振りだけで過ごしているのだが。そんな源四郎でも、さすがに公方様の前に出る時には脇差を差さずに伺候していた。貴人を前にした礼である。

公方様が前での脇差を許す。

その意味など、誰に言われずとも分かる。

「は、はっ！」

源四郎は肩を震わせながら頭を下げた。

「ほっほっほ、なるほどねえ。御前での脇差を許されるとはのう。お前もなかなかのやり手よの」

布団の上に座る元信は嬉しそうに笑う。しかし、むせて何度も咳き込んだ。慌てて源四郎がその背中をさすってやると、元信はにっこりと相好を崩して、「大丈夫だ」と笑う。

源四郎も気付いている。ここのところ、元信の背中はさらに小さく細くなっている。

布団の脇に置かれた水を飲み込んで、元信はしみじみと言葉を重ねる。

「さすがは狩野の若惣領。絵で認められるとは誉れではないかえ」

天井の木目を見上げた元信は、ふん、とため息をついた。

「もう、わしがいなくなっても良いのかもしれぬな」

言葉の意味が分からない源四郎ではない。

昨年の十二月から調子を崩している元信は、年が明けても一向に体調が優れない。京第一の絵師として知られる元信のこと、帝からも勅使がやってきて薬を下されたらしいが、験はあまりない。もう飯も喉を通らないらしく、ちびちびと水を飲んで、時に菓子を食べて日がな過ごし、調子がいい時には這うようにして縁側に出て絵を描いている。

「絵とは、いいものだな、源四郎」

「どういう、ことです？」

「いや、何の含みもない。絵はいい。そこには何の嘘も肚の探り合いもない。絵にあるのは、天と地、そして自分のみではないかえ」

あ。源四郎は息を呑んだ。元信にも、もしかしたら自分と同じものが見えているのかもしれない。

だとしたら、疑問が浮かぶ。だったらなぜじい様は――。

源四郎は口を開いた。

「じい様。じい様はなぜ、粉本など作ったのです」

「む？」

「あれのせいで、わしはずっと、自分の描きたい絵を描けずにいたのです。いや、今でもそうです。――なぜ、あんなにも厄介な物をお作りになられたのですか」

ふむ。

元信は、脇に置かれた紙を手に取った。それは、元信が暇にあかせて描いていたのだろう、鳥の絵であった。やはり粉本とは比べるべくもない、生き生きとした鳥の絵であった。

「なぜ、か。理由は簡単ぞ。狩野のためよ」

「狩野の？」

元信は頷いた。

「わしは絵で身に余る名を得た。父が形作った画業の上に、天下一の絵師という称号を重ねることが出来た。だがな。天下一の称号を得てしまったことが間違いだったのかもしれぬ」

元信は己の手を見た。絵筆を握る優しげな手は衰えのためか震え、骨ばっている。

「亢竜(こうりょう)悔い有り。昇り詰めた竜は、無様に死ぬしか道はない。だからわしは、己の絵を後世まで守ることにした。わしの父とわしが作り上げた絵を手本の型として弟子たちに叩き込むことで、後の世にまでわしの絵の栄華を残そうとしたのよ」

そして。元信は続けた。

「松栄は粉本を守ってくれた。あやつは生真面目だからのう。わしの思う狩野の姿を見せてくれた。あやつの成長を見ているのはまことに面白かった。なにせ、わしの思うままをやっておるのだからな。そして、源四郎、お前だ」

ここでなぜか、元信は何度も咳き込み、湯呑みに手を伸ばす。源四郎も背中をさすろうとするものの、元信の鋭い目に阻まれてしまった。水を飲んでその咳を鎮めた頃、また元信は続けた。

「お前は粉本を最初から嫌っておった。有体に言うとな、悔しかったし嫌な子供だとも思った。しかしな、一方で嬉しくもあったのだぞ。わしが頂点だと決めつけていたところが、まだ道の途上に過ぎぬのだとお前が示してくれたのだから」

「わしが?」

「事実、お前は狩野の粉本を超えつつある。お前が公方様にお出ししておる絵は、狩野の粉本の影を背負いながらもお前という人間の色が強く出ておる。あれは粉本の絵ではない。狩野源四郎、お前の絵になりつつあるのだ」

わしの絵。

いいのだろうか、それで。

元信はにこりと笑って見せた。

「いいも悪いもない。それがお前の選んだ道ぞ。誰に文句が言える筋合いもなかろう。それに、わしはな、粉本にまったく意味がないとは思わぬ。粉本を苗床にして、お前という大木の芽が出たのだからのう」

そうさな。元信は少し寂しそうに、しかしはっきりと言い放った。

「源四郎。狩野の器など割り捨ててしまえ。そして、お前が狩野の器を変えてしまえ」

目を瞠る源四郎。元信が言っていることはつまり、今まで元信が積み上げてきたものをすべて否定することに等しい。

元信は顔をしかめた。

「願わくは、お前が爛熟を迎える時を見てみたかった。しかし、その時間がわしにはない。心残りがあるとすればそれだけであろうな」

「じ、じい様」

すると、元信がはたと何か気付いたような顔をした。

「そうだ。そういえば、ここのところ、廉さんはどうだね」

「どう、とは？」

「ずいぶん仲が良くなってきたと思うてな」

「そんなんではないです」

一瞬、心の臓が強く脈打ったが、きっと気のせいだろう。

しかし、元信は楽しげに、けっけっけ、と笑って源四郎の顔を覗き込む。

「そうか、そんなんではないのなら、そろそろ嫁の貰い手を考えてやらぬとなぁ」

「……じい様の考えることではありますまい」

「いやいや、土佐家はお前のばあ様の実家ぞ。わしからすれば、廉は遠い親戚筋。狩野が要らぬというなら別の手を考えてやるくらいの甲斐性はあろうぞ」

何かがおかしい。源四郎は元信の言葉尻にひっかかり始める。

狩野が要らぬというなら。それはまるで、もともと廉をもらう約束が狩野にあって……、という風に聞こえはしないか。

ま、まさか。

「じい様、一つ、お聞きしてもよろしゅうございますか」

「ああ、構わぬが？」

「まさか、とは思いますが、廉さんは、元々この家に嫁ぎに来たのでは」

今年齢十七になる娘だというのに、実家側に行き遅れを心配している様子がない。この元信の発言。この二つを考え合わせると、これが一番しっくりくる答えだった。

そう考えるとなんとなくすべての糸が一本につながる。これまで廉に対して持っていた様々な疑問が氷解する。

この家に嫁ぎに来たというからには、相手は。まだ、弟の元秀は幼すぎるから、一人しかいない。

「じい様。さては、廉さんは――」

すると、悪戯がばれたような表情を元信が浮かべた。

「お前の許嫁ぞ」

「やっぱり」

元信曰く、土佐家とそういう約束になっていたのだという。土佐家側としても今後も狩野家と強い関係を持っておきたいようであったし、狩野家としても京画壇で強い影響力を持つ土佐家とはつながりを持っておきたい。そんな両家の思惑が合致したもので、なんと廉が生まれた段階で決まっていた約定なのだという。

「なぜそんな大事なことを黙っていたのですか」

「お前に言う必要がなかったから。まずそれが一点。そしてもう一点。もし、当人たちが気に食わぬ縁ならば、お前たちの側で反故にして欲しかった」

「え?」

「だってそうであろう？　今話したのはあくまで狩野、そして土佐家の都合。お前たちの都合などどこにもない。婚儀とは得てしてそういうものだが、それでええのかとふと思ってな。お前には伏せておいたのだ。もっとも、そのせいで廉さんにはつらい思いをさせてしもうたようだが」

何かに気付いたのか、元信は襖の向こうを睨み、声を上げた。

「いるのでしょう。お入りなさいな」

襖を開いて入ってきたのは、盆を抱えた廉だった。顔が真っ赤に染まっている。源四郎と目が合うと、バツ悪げに顔を背けた。

「――というわけだ。廉さん。済まぬな。あんたは親御さんから許嫁だと聞いていただろうに、わしの我儘でこのような形になってしもうて」

廉は何も答えない。

代わりに元信が口を開く。

「源四郎。お前はどうする？」

「ど、どうとは」

目の前に突然降って湧いてきた話に、源四郎は身を固める。

いや、もしかするとそれは言い訳なのかもしれなかった。何度も気付く機会はあったはずだ。それをあえて見て見ぬふりをしてきたのは源四郎だ。もしかすると源四郎は、気付くのが怖くて、ずっと廉のことを直視してこなかったのかもしれなかった。

と——。

廉がその沈黙に耐えかねるかのようにして向こうへと走って行ってしまった。

「れ、廉さん！」

源四郎が呼びかけても答えない。

たまらずに元信を見やると、元信はにっかりと笑った。

「お前がはっきりせい。わしにはどうにもできんよ」

源四郎は慌てて廉の後を追った。


廉は、庭にいた。

未だ正月気分が抜け切らない空気の中、廉は日差しを受けて佇(たたず)んでいた。縁側をふと見ると、さっきまで廉が抱えていた盆が乱暴に置かれていた。

「おい」

ぶっきらぼうに声を掛けると、廉は振り返った。

「なによ」

ぶっきらぼうなのは廉も一緒だった。

源四郎は、一歩ずつ廉に近づいていく。いつもはまるで意識しないのに、砂利の立てる音がやけに源四郎の耳につく。普段は聞こえない心臓の音がやけに高まっている。

源四郎は廉に言葉を投げやった。

「お前は、全部知ってたのか」

「そりゃそうでしょう！」廉は声を張り上げた。「元信様が変なんです。わけが分からない。許嫁だってことを説明もしないで引き合わせるなんて。それどころか許嫁がいることさえお話しになっていないなんて！　それじゃあまるで、許嫁がいるって教わって、ずっとその人のことを考え続けたわたしが馬鹿みたいではありませぬか」

廉の鼻が赤い。

「女にとって、夫になる相手がすべてにございます。夫がもし駄目な人だったら。夫がもし妻を粗末にするような人だったら。でも、お家大事でずっと一緒に生活しなくてはなりませぬ」

婚儀とはそういうものだ。男にせよ女にせよ、婚儀によって縛られる。しかし、女の方が縛られるものがはるかに多い。女の場合、縛られるのは人生そのものだ。

「だから、わたしはずっと考え続けました。あなたという許嫁のことを。狩野源四郎という男の人のことを。時折流れてくる噂を聞いて、色んな想像をしてみてもどんな方かは分からない。もっとも、変な人だということだけは分かりましたけど」

くすくすと笑う簾。その瞳からは今にも涙がこぼれそうだった。

「実際の源四郎様はとんでもない朴念仁でした。素敵な方かと思って来たのになんだか興ざめでした。それに、女の気持ちは分からない、絵のことになると目の色が変わる、とてつもないけち。とんでもない人です」

凄い物言いだ。

けれど。簾は目の下を指で払った。

「そんなのはいくらでも我慢できます。だって、わたしは、源四郎様のことをいつのまにか好くようになりましたから」

目を赤くした簾は、きっと源四郎を睨んだ。けれど、怖くはない。

「次は源四郎様の番ですよ」

「ど、どういうことだよ」

「決まっているでしょう朴念仁。あなた様は、わたしのことをどうお思いなのですか？正直にお述べくださいませ」

「しょ、正直に？」

「ええ、正直に」

廉の押しにたじろきながらも、源四郎は心の中で言葉を組み上げる。けれど、組んだ端から途端にぼろぼろと崩れていく。こんなことだったら連歌の勉強をもっとしておくのだった、と心の隅で源四郎は悔やんだが、もう遅い。

いつまでも口の端でブツブツ言っているわけにもいかない。廉の視線も厳しい。

心のままを、源四郎は口にした。

「いや、わしは、お前のことを好いておるよ。……その、絵の次に」

「はぁ？」

非難と呆れが入り混じった廉の『はぁ？』が源四郎の身を貫いた。

源四郎自身、迂闊なことを言ってしまった、と後悔していた。『絵の次に』なんて言わなくても良かったではないか。あれやこれやですっかり混乱した頭の中にある言葉をそのまま口にしてみると、案外それが源四郎の本音のようでもあった。

目をそらしていた源四郎が、ゆっくりと廉を見ると、果たして廉は頬を膨らませていた。

そりゃ怒る。

どうしたものかと源四郎が口を継ごうと思っていると、廉はふいに、ぷ、と噴き出した。

「左様で、絵の次、か」

「あいや、これは言葉のあやで」

眉間に皺を寄せていた廉が、にこりと笑った。それはもう、可愛らしく。

「でもまあ、許します」

「へ？」

「だって――」廉は言った。「わたしだって似たようなものですから」

どういうことだろう？　その意味を聞くと、廉はいたずらっぽく笑った。

「だってわたしも、一番好いているのはあなた様の絵ですから。そして、あなた様自身は二番目」

何やら腑に落ちないが、まあいい。お互い様というものだ。

一つため息をついて廉の前に立った源四郎は、廉の柔らかな手を取った。温かくて小さな手。けれど、この手が、きっとこれからの源四郎を温めてくれる。

愛おしい手を、源四郎はいつまでも握っていた。

この年の二月、源四郎と廉は祝言(しゅうげん)を挙げた。狩野の御曹司と土佐派の娘との祝言ということもあり、盛大に開かれた祝宴には、今まで会ったことのないような町衆の実力者たちがやってきて、それぞれに源四郎に挨拶をしていってくれた。のみならず、大名家の使いや、なんと公方様の使いまでやってくる、それは盛大な祝宴となったのだった。

そして、その婚儀を見届けるかのようにして、狩野家の領袖にしてその繁栄の基礎を作り上げた巨人・狩野越前元信は息を引き取った。婚儀の時はずいぶんと元気そうで、周りの皆を安心させたほどであっただけに、婚儀から一月も経たないうちの死は皆を驚かせた。

元信が逝った。狩野の中にあって、源四郎の異端を許してくれていたただ一人の人が、死んだ。

障子を開け放ちながら、源四郎は筆を執っていた。

冷たい空気が肺腑に入り込んでくる。呼吸をする度に身の中を切り裂かれるような痛みが襲う。しかし、そうやって自分の体を苛めれば苛めるほど、どんどん自分という存在が希薄になっていって、絵の内奥に迫れるような気がしていた。

張りつめられた糸の上に座り、薬研で緑青を磨って膠と混ぜ合わせる。

わしは何を描いているのだろう？

ここのところ、絵を描いている時にそんな疑問に駆られるようになった。それまでは、目に入ったものを頭の中で色々な要素に変換してやって手を動かしていた。だから何を描いているのかなんて疑問は起こりえるはずもなかった。今は違う。見たものが、己のこざかしい頭を経ずに手に乗り移り紙の上に現されていく。だからこそ楽しみだった。自分がこれから描き出すものがどんな姿なのか。何を描き出してしまうのか。

手が止まらない。

と――。

「お前様。あまり根を詰められては」

思わず忘我の領域にまで至っていたことにはたと気付いて声の方に向くと、開け放っていた障子に手をかける廉がそこにいた。

「ああ、廉か」

「ああ、じゃありませぬよ」ぴしゃりと廉は言った。「元信様がお亡くなりになった今、お前様は狩野家の大きな柱の一つにございましょう？　だというのに、お前様まで倒れたりなんかしたら」

「安心せえ。親には丈夫に産んでもらった」

「もう」

障子を締め切った廉は、心配の色を見せながらも、源四郎の前に広がる二畳分の絵を見て感嘆の声を上げた。

「凄い」

「何を言うか。まだ完成しておらん。これから色を入れて金箔を貼らねばならん。それに――。これは屏風ぞ。まだ、あと六枚描かねばならん」

「六枚も？」

「それが屏風だろう」

でも――。と、廉は絵に目を落としながら、ほう、と満足げなため息をついた。

「どなたか高貴な方のご依頼なのですか？　斯様な絢爛なもの、どなたがご所望で――」

源四郎は首を横に振った。

「否。これは、誰に贈るものでもないさ」

「え？　では」

「じい様に、捧げようかと思うてな」

「元信様に」

源四郎はその視線を描きかけの絵の上に落とした。

「どうしても、じい様を思い出そうとすると浮かぶ光景がある。じい様が元気だった頃、じい様に手を引かれて町を歩く。じい様が、ほれあれが某様のお屋敷、これが扇屋、あそこに見えるが某寺、と教えてくれたものだった。じい様のことを思い浮かべると、どうしても京洛の風景が蘇る」

源四郎の目の前の紙には、京洛の人々の姿がしっかりと写し取られていた。紅葉を眺めながら酒を酌み交わし踊る武士たち、物を売る辻の商人たち。神社仏閣の絢爛。ふんぞり返りながらもどこかおどおどとした公家衆の姿。物乞いたちの姿もある。この絵の中には京洛の全てがあった。

「きっと、元信様もお喜びになりましょう」

「だと、いいが」

源四郎の声音が低く沈んだ。それに気付いたのだろう、廉は小首を傾げた。

「お前様?」

「いや、何でもない」

源四郎はまた、その絵に筆を入れ始めた。己の迷いと逡巡を振り払うかのようにして。

美玉屋に町物扇をいくつか納入した帰り、源四郎は平次と連れだって表通りを歩いていた。

安はずいぶんと上機嫌だった。曰く、「最近の源四郎さんの筆は安定してますなあ」とのことだった。

最近は町物向けに筆を描き分けるようにしている。粉本を使い、手抜きをすることを覚え始めたのだ。さして悪いことだと思わない。あくまで金と時を得るための手段でしかない。

新たな一手を打たねばならない、とも源四郎も感じ始めていた。粉本を超える。そのための一手。

「どうしたものか」

「は、どうなすったのです、若惣領様」

「ああいや」源四郎は頭を振る。「ときに平次」

「はい？」

「お前、わしが買い与えた絵筆はどうしておる」

「あ、え……、それは」

「どうしたと聞いておる」

「は、はい。大事にしまってありまする……」

源四郎は頭を掻いた。

「筆は使わねば意味のない物ぞ。そうやって後生大事に取っておく物ではない」

「とは言いましても……」

身に覚えがある話ではある。

源四郎はふっと顔を緩め、平次の頭を撫でた。

「よし、ではこうしよう。明日から、お前を絵師見習いとする。絵を描いてみよ」

「へ、そ、それは」

「そうすれば、心置きなく筆を使えようぞ」

「は、はい！」

平次はこれ以上なく眩(まぶ)しい笑みを浮かべた。

と——。

大通りの往来が、左右に割れ始め、道の端で平伏を始めた。

公卿のお通りか？　源四郎はその可能性を即座に否(いな)んだ。平安の昔ならさておき、牛車(ぎっしゃ)のお成りくらいで道を空ける町衆などいない。当世、町衆を動かすものは、金という実利と、武力という実力だけである。

目を凝らして分かれたる往来の先を見やると、その先頭に鎧(よろい)姿の武者があることに気付いた。

源四郎も平次の手を引いて道の脇に寄った。

やはり、武家の行列だった。百人くらいの一団だろうか。皆が揃いの黒い当世具足(とうせぐそく)をまという、露払いたちは見たことのないほどに長い槍を携えている。三間はあろう長い槍の穂先は文字通り青い稲穂のようにしなっている。そして、斯様な槍の一団の後ろには、如何にも精強な馬廻りが長巻や大太刀を手に肩をいからせる。

馬廻りに囲まれて白馬に乗るのは――。

源四郎より十ほど齢は上であろう。大たぶさに髷を結い上げて素襖に身を包むその男は、涼しげな眼で京の町を見渡しては馬を歩かせている。

源四郎は思わず息を呑む。この百人にではない。馬に乗る、一人に対してである。目はあまりに冷たい。いや、冷めているといった方が正しい。世の中のすべてに対し興味がない、と言わんばかりの表情を浮かべている。この京にやってくる人間の誰もが、ある意味で熱気をまとっているのとは明らかに異質な姿だった。

道の端に座って平伏しながら、源四郎は耳を澄ます。横に座る町衆たちの密やかな内緒話が聞こえてくる。

『あれは誰ぞ。見たことのないお人だが』

『聞いた話だとあれは、尾張の大名だ』

『確か尾張は内乱だったのではないか』

『それを治めたんだと』

馬上のお人は尾張の国主で、粛清に粛清を重ねて国主の地位にまで上りつめたらしい。あの、つまらなげな視線を浮かべた若い男が血にまみれた槍を振るい、血刀を握った家臣たちに命じて敵を屠り、武力を元に相手を屈服させてきた。その姿を想像しようとしても、どうしても像を結ぶことはない。

行列が去っていく。

後ろ姿を恐れと共に見やった町衆たちは、ようやく脇から立ち上がり始めた。

源四郎も同じく立ち上がった。そして往来の一人と化す。

「若惣領、あのお方は一体どういったお方なのでしょうね」

平次が知りたいのは通り一遍のことなのだろうということくらい源四郎とて分かっていた。しかし、この言葉を放たねばきっとわが身が焼かれてしまう。そんな追い立てられた気分にもなって、源四郎は口を開いた。

「あれはきっと、恐ろしい男ぞ」

予感があった。

あの男とは、また逢うことになるのではないかと。

それから数日して、源四郎のもとに安がやってきた。

明らかにご機嫌だ。それが証拠に、普段は持ってくることなどない菓子折までお土産に持ってきた。

「まあ、安いもので申し訳ありませんけど、皆さんで」

いやにほくほく顔である。普段顔に張りつけている笑みとは全く質が違う。

どうしたのです、そう訊くと、はっはっは、と安は笑う。

「いえね、売れたんですわ」

「何が」

「いえ、この前納入してもらった源四郎さんの扇絵がですわ！」

ああ、あの扇絵か。適当に粉本から画題を決め、適当に色をつけた、源四郎からすればやっつけ仕事である。自然、態度も白々しくなる。

しかし――。

「絵が売れたくらいで喜ぶなんてお珍しい。たかが扇絵ではありませぬか」

扇絵が売れたことによる上がりなど美玉屋からすれば大したことのないはず。しかし、このはしゃぎっぷりである。もしかしたらこれは安一流のごますりなのかもしれないが、些か(いささか)やり過ぎだ。わざわざこうやって安が訪ねてくる理由にはなるまい。

すると、安は顔を真っ赤にして源四郎に顔を近付けた。

「驚かずに、落ち着いて聞いてくださいな」

「落ち着くのは安さんの方でしょう」

そうして安は、興奮のわけを話し始めた。

納入された扇は、殆どその日のうちに売れた。狩野家の若惣領作という触れ込みは効くものらしい。十枚中九枚が売れ、さて、明日にでも源四郎に更なる絵を発注しようかと算段していた夕暮頃、その客はやってきた。

若い武家だった。周りに二人、若い侍を連れたその男は顎に手をやりながら店の中に入り、棚に並ぶ扇を物色していた。が、やがて、源四郎の描いた扇に目を留めた。

安も商人である。今日入荷したばかりの若き有力絵師の作にございます、次お出しできるのがいつになるか分からぬ品にございますれば、と得意の商売口上を述べた。するとその武家は鼻下の八の字髭をなぞりながら、これを寄こせと言ってきた。断る理由はない。安は銭を受け取りその扇を手渡した。しかし、扇を受け取ってもなお、その若い武家は店から出ようとしない。扇の絵柄を見ては唸り、見ては唸りを繰り返すばかりだったという。

いかがなさいましたか、なにかお気に召さぬ点がございましたでしょうか。

問いかけると、若い武家は首を横に振り、言いにくそうに口を開いた。言葉が少し訛っている上にまくしたてるような早口で言うものだから細かい部分が抜け落ちたものの、概略はこういうことらしい。

『ひどくこの扇の絵柄が気に入ったのだが、些かものが小さすぎる。この絵柄の掛け軸、或は屛風を作ることは出来ぬか』

安は答えた。

『ええ、これから作る形になりますのでお時間はかかりまするが。構図の関係上、掛け軸にしてしまうと二軸になってしまいまするしこの絵の魅力が削がれましょう。よりまして屛風がお勧めかと』

若い武家は即座に言い放った。

『では、屛風を命ず』と。

なるほど。源四郎がため息をつく前で、安が愛想笑いを浮かべている。

「分かりましたよ、安さんが菓子折を持ってきたわけが」

「はは、いや、そういうつもりではないんですけど」

「見え見えですよ」

結構な大仕事をこちらの都合もなしに独断で決めてきてしまったのだ。

「で、いつまでに」

「それが……二月いっぱいとのことで」

頭がくらくらしてきた。今は二月の頭。ひと月程度しか時がない。屏風絵は扇絵などとは比べ物にならないほど時間がかかる。様々な技法の選択や工程の省略などによって制作期間を短くすることは可能だが、いずれにしても丁寧な仕事にならないのは目に見えている。

それでいいのか。

その旨を問い質(ただ)すと、安はしれっとして見せた。

「相手は所詮田舎大名。それなりのものを作ればそれで満足するでしょう」

「田舎大名？　相手は大名なのですか」

「ああええ。確か、尾張の国主だそうで」

尾張の国主。あの大たぶさの若い男か。源四郎は即座にその顔を思い浮かべた。

縁はありそうだという予感はあった。だが、こうも早く縁が巡ってこようとは。

「なんでも、尾張をお纏(まと)めになられたということで、公方様から上洛の命を受けたそうですわ」

義輝様の？

「でも、ここのところそういうのが増えて助かりますわ」安はこれ以上なくホクホク顔だ。

「色んな国主さん方が京にお越しいただけるおかげで、扇屋は丸儲けなんですわ。同じ伝(でん)

で櫛屋なんかも大人気らしいですがね」

確かに。源四郎は頷いた。

ここのところ、国主、あるいは国主に準ずるような武家の上洛が増えている。そのどれもが公方義輝への拝謁が目的である。去年までは都に公方様がいなかったから国主たちが上洛する理由はない。とはいえ、先の公方様の頃よりもはるかに武家の上洛が多い。

「にしても」源四郎は目の前の話に戻った。「ひと月で屏風を、つまり一双描けということですな」

「まあ、そういうことになりますわなあ。二月を過ぎてしまうと面倒なことになりますわ。どうやらあのお方、二月いっぱいまでしか京に居られないということなんですわ」

「もし納期を逃したら、わざわざ尾張くんだりまで届けに行かねばならないと」

「まあ、そういうことですわな」

安は苦笑いを浮かべる。

一方の源四郎はといえば、頭の中で色々と思索を巡らしていた。ひと月。ならば、具墨をふんだんに使って色の濃淡をつけてやるような手の込んだことは出来ぬ。せめて礬水引きをしてやって滲みを防ぐのが手いっぱいか。今の工房の人員ならば、乾かすまでの間も含めてなんとかひと月の間で収まる。

しかし、あえて源四郎は難しい顔をした。

「これはかなりきつい」

「それは困りますわ」

「困りますと言われても。出来ぬものは出来ぬと言わねばなりますまいよ」

「いや、そこをなんとか」

「だったら」源四郎の目が光った。「ちょっと条件を」

かくして、二月の間中は源四郎への扇絵の依頼を止める、しかしその分の支払いはしてもらうという約束を取り付けたのであった。我ながら汚い大人になったものだ、と心の隅で良心が疼くのをふと感じたが、今の源四郎は少々入用だった。自分の自在になる銭が欲しい。それが偽らざる本音でもある。

「で、その屛風、何を描けばいいのです」

「虎の絵。右端と左端に虎が鎮座し、竹林を境に睨み合っている図ですわ」

そうして受けた虎図屛風であるが、予想以上に楽に仕上がった。なにせ、その構図はそれこそ粉本からの引き写しである。源四郎は特に何も奇想を巡らすことなく竹林を描いて虎を二匹描いてやった。色を指定してやるまでの作業は二日とかからず、色塗りや仕上げには十日以上を費やしたが、それでも十分余裕のある仕上がりだった。

全身全霊を込めた絵とは到底言えない。手先だけで描いたという実感が手に残っている。納品の日、一人で二匹の虎と向き合った時、源四郎はふと目の前の屛風を壊したい衝動に駆られた。こんな中途半端なものが目の前にあるという事実、自分の手によって作られてしまったという事実に吐き気すらしたものの、汗だくの握り拳を抑え込んで人足に委ねた。わしの意思とは関係なしにこの絵は生き続けるのだろう。そして、遠い尾張で埃をかぶって消えていくのだろう。

そう慰め、心の奥に潜む痛みをやり過ごしていた。

満開に咲き誇る花よりも、下天に広がる人の百花繚乱。公家や坊主、武家や商人、芸人たち。その百花に埋もれるようにして、源四郎はさる寺社にあった。某公家様の催す花見会があるということで、安の手引きにより一人邪魔をしたのである。その場に日乗はいた。

「よう、若惣領殿」

神出鬼没の四文字がよく似合う。以前会った時よりも痩せている。修行の成果だろうか。しかし、それゆえに獲物を狙うような目の輝きだけは隠せなくなっている。

「主はずいぶんと運が向いてきたのう」

二三の会話の後、感心顔で日乗はそう述べた。どういうことです。そう話を促すと、日乗は肘でつんつんと源四郎の胸を突いた。

「知っておるぞ。公方様に取り入っておるそうだのう。それに、松永弾正殿ともそれなりのお付き合いがある由。以前の洟垂れ坊主とは思えぬな」

「どういうことにございましょう」

「公方様に弾正様。このお二人が今の京を睥睨なさる巨頭だろうに」

尤も――。そう日乗は付け加えた。

「あとは、公家衆を押さえれば完全だろうにのう。――お前、そのためにこの花見会に来たのではないのかえ」

「え、あいや、知り合いに言われてここに」

「嘘は言わんでよろしい。それとも、関白左大臣であらせられる近衛前嗣様の名も知らずここに来たわけではあるまい」

無論知っている。確か、前嗣の姉が義輝公の御台所に当たるはず。つまりは義兄弟のはずだ。共通の祖父母がいるはずであるから、前嗣は義輝公と義兄弟の関係にもある。公家にしてこうも将軍家と強く結び付く人物はそうはおるまい。そしてその人物は、関白左大臣。つまりは帝に次ぐ権威の持ち主である。

「このお方に近づきになれるのであれば、これ以上ない成果であろうぞ」

「相変わらず、ですね。日乗さんは」

「ああ。俺にとってはそれが全てだ。そうであろ？　この世の中、力が全てではないか。力なきものは何も出来ぬ。逆に言えば、力さえあれば何でもできる。煩（わずら）わしい出来事から目を背けて生きていけるからな」

　力さえあれば――。これが、当世の人々の合言葉だ。

　まさに、日乗は当世を代弁するような男と言えるのかもしれない。

「そういえば」

　日乗は顎を撫でながら源四郎をねめつけた。

　源四郎が何も言えずにいると、日乗は続けた。

「長尾景虎を知っておるか」

「ナガオカゲトラ？　さあ」

「本当に知らんのか。景虎というのは」

　日乗曰く、長尾景虎とは越後（えちご）の守護代で、本来の守護であった関東管領職・上杉（うえすぎ）氏の元で力を蓄え、今では主家の上杉家を操って事実上越後の国主となっているという。今は関東一円で力を握り、さらなる領土拡大を望む北条（ほうじょう）氏と骨肉相食（あいは）む戦（いくさ）を演じている。

　ただの武家じゃないか。そんな源四郎の心の中を読むかのように、先回りして日乗は言った。

「強いらしいぞ。詳しくは分からぬが、車懸り(くるまがか)りの陣とかいう陣形を取るようでな。行くところ敵なしと聞く。あまりの強さに、越後の竜という渾名(あだな)すらついておるそうだ」

源四郎は戦事にはあまり興味がない。元は武家とはいえ、争いごとから離れて何代も経ればその血を忘れてしまったとしても無理はない。

「で、その戦に強い長尾殿がどうしたのです」

「今年の五月頃、上洛するそうだ」

「じょ、上洛？　まさか戦に？」

「そんなわけあるまい。が、恐らく、それはそれは壮大な行列が組まれような」

しみじみと口にする日乗。

雪国の越後から、雪解けを待ってやってきた越後の軍勢。精強なる軍の真ん中で軍配を振る越後の竜。それはいかなる人物だろう。その伝奇めいた国主に、確かに興味を覚えずにはいられなかった。

「しかし、何をしに来られるのでしょうや」

「決まっておろう」と日乗は言う。「当然、公方様に拝謁しに来るのであろう」

と、ここで源四郎の心中に一つ疑問が浮かんだ。

「で、なぜ突然その話に?」

近衛前嗣の話から長尾景虎の話へ。かなり話が飛躍している。

「うむ、なんでもな」

日乗が言うにはこの花見の主催者である近衛前嗣が、この長尾景虎に異様なほどの興味を示しているようで、度々書状をやりあっているらしい。京と越後。遠く離れた二者の関係は雪解けを待つ間もなく続いているという。

源四郎からすれば、だからどうした、という話に過ぎない。越後の国主と関白が親しい。そんなこと、一介の絵師が公方様の知己(ちき)を得ているのに比べたらそう驚くべきことでもない。

そんなことよりよっぽど気になることがある。

「あのう、何でそんなに詳しいんですか、その、お上の人々のことに」

日乗の表情は一瞬だけ固まったものの、ごまかすように笑った。

「なあに、理由なんてない。言うなればこの日乗の神通力だな」

言い訳であることは一目瞭然だった。さらに言葉を継ごうと口を開けた、その瞬間だった。

ひゃ、という悲鳴があるところで上がった。

声の方を見ると、青い顔をした公家が尻もちをついていた。酒でも飲んでいたところだったのだろう、頭から杯をかぶっている。何があったのか分からずにあたりを見渡しているうち、やがて客の一人が空の一点を指差した。見ると、そこには――。両の翼を開き、爪を立てて急降下してくる鷹の姿があった。

客の一人に迫る鷹。

鷹はその鼻先をかすめて他の客の頭上を滑空するや、鞢（ゆがけ）をはめた男の左手にすとんと止まった。鷹を手に据えたその男は折烏帽子に直垂という武家装束ながら、足元は衣冠束帯（いかんそくたい）に用いる沓（くつ）を履いている。

はっはっは。その男は破顔一笑した。

「そう驚くな。麻呂の宴に来たからにはこれ程度の趣向は心得ておくがよいぞ」

あれは――。

横の日乗が、扇で衝立（ついたて）を作りながら源四郎に耳打ちする。

「あれが、近衛前嗣様ぞ」

公家だと聞いていたが――、まさか鷹とは。

「鷹はあのお方の趣味らしくてな。数寄（すき）が高じて京随一の鷹狩名人になっているとの噂」

鷹狩をもって朝廷に出仕している公家衆もいくつか存在する。しかし、近衛家は違う。

前嗣は職掌(しょくしょう)にない鷹狩を嗜(たしな)むうちにその魅力にとりつかれ、当代一流の鷹匠(たかじょう)になっているのである。公家らしからぬ趣味と言えよう。

事実、公家衆は鷹を従える前嗣を複雑な目で見やっている。前嗣の碟にこびりついている獣の血。公家衆が嫌う殺生(せっしょう)の痕跡だ。古来より、公家衆は——禁裏は——殺生を嫌ってきた。それを職掌とは関係なく趣味としてやってのけるこの近衛前嗣という男は、やはり異端と言うほかあるまい。

これが、近衛前嗣殿。足利義輝様の、義兄弟。

源四郎の視線など気付いていないのだろう。前嗣は精悍味溢れた笑みをこぼした。その屈託のなさもあまり公家らしさを感じない。

「よおし、これより、呑み比べをしようではないか。誰でもよい、誰ぞ前に出て麻呂と勝負せい」

辺りの空気が一気に冷え込んだ。

その理由を日乗が説明してくれた。

「あの方は酒豪ぞ。皆、潰されるのを知っているから、名乗り出たりはしないだろうな」

日乗の言うとおりだった。客の誰もが、横にいる他の客と顔を見合わせて苦笑いするだけで、手を上げようとする者がない。

誰しもが二の足を踏む。そんな場面で――。

そこで、あえて俺が出る。

独り言にも似た言葉が源四郎の耳朶を叩いた。

源四郎の横で、日乗が手を上げた。

「左様なことなら、拙僧にやらせてくださいまし」

「ほう」

目をらんらんと輝かせながら、前嗣は僧形の日乗を見やり、呆れ顔を浮かべた。

「よいのか、坊主が酒など呑んで」

「当方、いわゆる悪坊主でございましてな。今更一つ戒律を破ったところでお釈迦様も罰を下されることはありますまい」

「面白き男よ。――ほれ、何をぼさっとしておる、早く酒の支度をせえ」

前嗣の促しに応じるようにして、近衛の家人たちが大盃や酒を運んで持ってきて、赤い毛氈を皆の眼に入る日当たりのいいところに敷き詰めた。

毛氈の上に座った二人の前に赤塗りの大盃が置かれ、なみなみと酒が注がれていく。源四郎のいる辺りにまで酒の芳香が漂ってくるのではないかと思うほどの酒量に、見ている こちらの気分が悪くなる。しかし、目の前に座る前嗣も、横に座る日乗も涼しい顔を衆目に晒していた。

「用意はどうじゃ、悪坊主」

「いつでも結構にございます」

「言うたな」

二人は同時に杯に口をつけた。

両手で抱えるのがやっとの杯が、次第に傾いてやがて垂直に至る。二者とも飲み切り。

おお。

周りが呆れ声にも似た歓声を上げる。

黒く日焼けした顔を歪めながら、前嗣は横の日乗を見やる。しかし、日乗は涼しい顔をして前嗣を見返した。

「ほう、飲める口だのう」

「はは、当世は坊主と雖も飲めねば何の役にも立ちますまいよ」

杯がまたなみなみいっぱいになったところで、二人はまたその中身をあおった。

二人が杯を空っぽにするたびに、周りからは悲鳴と歓声が上がる。誰も咲き誇る桜になど目もくれない。桜色に肌が染まり始め、目が血走り始めた二人のうちどちらが先に崩れるか。ただそれだけを見据えていた。

源四郎はといえば、二人の顔を交互に眺めながら所在なくおろおろとしているだけだった。源四郎はあまり酒が強くない。祝言の時、お神酒に口をつけただけで酔っ払って式次第が終わった後に熟睡してしまうという失態を演じてしまい、廉から冷たい目を向けられてしまったくらいだ。この場に割り込みようがないし、この戦いに入ろうとも思わない。

その勝負もやがて果てが見えてきた。

四杯目を越えたあたりから、日乗の着座が覚束なくなり始めた。呼吸も少し浅くなり始めている。もちろん横に座る前嗣もかなり酒が回り始めた様子だったが、まだ言葉には理性が残っている。だが、日乗が怪しい。

「おれ、もっと酒を持ってこい！」

顔を真っ赤にしながらろれつの回らない口でそんなことを言うものだから、周りの客はどっと笑った。

そうして、運命の五杯目。

二人が同時に口をつけたのだが――。

どしゃん。

盛大な音を立てて、日乗は大盃に頭を突っ込むようにして倒れた。

「に、日乗さん！」

水の入ったたらいに顔を突っ伏しているような状況になっている。文字通り酒に溺れて死ぬなど、この生臭坊主っぽいような気もするが、さすがに目の前で死なれたのでは気分がいいものではない。源四郎が慌てて抱き起こすと、酒で顔を汚した日乗は幸せそうな寝息を立てて深い眠りに入っていた。呆れ半分にため息をつくと、横の前嗣が咎めた。

「そう呆れるものではないぞ」

「は、はあ」

貴人相手にどう言葉を返したらいいのか分からずに源四郎が曖昧な返事に終始している間に、前嗣は烏帽子を少しずらして、豪放に笑った。

「いや、五杯目、か。麻呂とこれほど飲み交わしたのはこ奴が初めてぞ。――おい、お前、こ奴の名前を知っておろう。教えい」

「は、はあ。叡山の坊主で、日乗という者です」

「左様か」

前嗣は、ふーむと唸って、赤くなった頰の辺りを掻いた。

「しかし、麻呂はお前の名は訊かんぞ」

「は？」

わけが分からず頓狂な声を上げると、前嗣は持っていた扇で源四郎の頭を小突いた。

「いつか麻呂の目に適うようになったのならば、お前の名を聞いてやる。それまで、精進することだの。どこの誰とも知れぬ奴」

いやにまっすぐに、前嗣は肌の色にも負けないお歯黒を覗かせた。

「はっはっは、あ奴らしいのう。そうかそうか、源四郎、前嗣に会ったか」

義輝は何が楽しいのか、肩を震わせて笑った。目尻に涙をためて笑う様はまるで子供のようだ。そんな楽しげな笑い声は、開け放たれた障子の間から流れ込んでくる四月の温かな空気に溶けていく。

納得出来ないのは源四郎である。

あの物言いが気に食わない。

「いくらなんでも失礼ですよ、あれは」

義輝の笑い声は止まない。そうやって肩を震わせながら立ち上がった義輝であったが、不意にその笑いを呑み込んでのち、真面目な顔をして振り返った。

思わず源四郎は居ずまいを正した。

「あ奴はな、目利きなのだ」

「目利き？　絵の鑑定でもなさるのですか、あの方は」

「否、あ奴は人を見る目利きじゃ。あやつの人を見る目は確かぞ。もし、あ奴がお前を見て斯様な反応だったとすれば、あ奴にとってお前はそれ程度の人間だということだ」

言い返せない。

しかし、疑問が湧く。ではなぜ——。

「前嗣様のお気に召された日乗という者、正直なところあまり見るべきところのない人間なのですが……」

「それはお前の見立てだろう。恐らくは、前嗣は違う印象を持ったのであろうな」

あのいんちき陰陽師くずれの悪坊主に？

そうかもしれぬと考え直す。世の中には普通の人間には見えない才覚があって、それを見ることが出来る人間は簡単にその才覚の持ち主を見出すことが出来るものなのかもしれない。

しかし、と義輝は付け加えた。

「どのような名人にも間違いはあろう。それに、あ奴も人間。人間の目利きゆえによく失敗もする」

「失敗？」

「ああ、注意はしているのだが、あ奴は惚れ込んだ人間に入れ込むあまり、一点張りをしてしまう癖があってな。――あ奴に博奕打ちは務まるまいな。すぐに身ぐるみ剝がされて文なしになることだろう」

またも大笑いをする義輝。

思い出したことがあったのか、はっと表情を変えて源四郎に向き、すとんと腰を落とす。

「ときに、出来たか。頼んでいたものは」

「はい、確かに出来ましてございます」

ようやく本題に入った。かねてより用意していたものを源四郎は義輝の前で広げた。

依頼の、源四郎の筆による扇、二十。

そのどれもが狩野の粉本に拠らない――、つまりは源四郎風の絵ばかりである。一度、粉本風のものを提出したこともあったのだが、どうしたわけか義輝は受け取ってくれなかった。

どっちにせよ、楽しい仕事には違いがない。自分の思うがままに描いてもいいのだ。これ以上の仕事はあるまい。しかも、礼は美玉屋が用意するそれとは比べるべくもなく多額なのである。

俗に言う「おいしい」仕事だ。

しかし――。

「公方様、ちと疑問がございます」

「なんぞ」

「いや、そんなに扇ばかり何に使われているのかと思いまして」

「なんだ、扇ばかりでは不満か」

「いえ、そういうわけでは」

慌てて頭を振る源四郎をあざ笑うかのように、目の前に座る義輝は源四郎の顔を覗き込んだ。

「では、そろそろ、掛け軸を願おうか」

「あ、いや、別にせっついたわけでは……」

しかし、義輝はふん、と破顔して見せた。

「いや、どちらにせよ、そろそろお前に依頼しようと思っていた。あとひと月で、一幅の軸を仕上げてこい」

「え、左様でございますか！」

安に続いて随分と時間のない依頼である。掛け軸。屏風と比べればはるかに楽な仕事であろうが、義輝公依頼の仕事であるからには、やはり技巧を凝らした逸品を仕上げてこなくてはなるまい。ひと月という時間はあまりに短い。

源四郎は声を上げた。

「あの、公方様。あとひと月お時間を頂きたいのですが……」

もし二カ月あれば、多少見栄えのするものを作ることができる。少なくとも、公方様に出すことのできる水準にあるものは作ることができる。

だが、義輝は何度も首を横に振った。

「ならぬ。ひと月で仕上げてこい。何が何でも」

「さ、されど」

源四郎は説明した。見栄えのいい絵を作るためにはやはり時間がかかる。扇のような小さなものならばまだしも、軸のような大きなものだともっとかかる。ひと月では大したものは作れない――。

義輝は源四郎の言葉を呑み込みながらも首を横に振った。

「技巧技巧とお前は云うが、それが絵の本質か？」

義輝の言葉が部屋に迅雷の如くに駆け巡る。

「絵とは技術で見せるものなのか？　お前にとって絵とは小手先で作る、そういうものなのか」

「そ、それは――」

「違うというのなら、作って参れ」

にべもなかった。

源四郎の中で何かが疼いた。絵とは何だ？　そもそも絵とは。確かにそうだ。源四郎の手には、これまで元信や松栄から受け継いできた技術がたくさんある。それは、狩野という家が何代にもわたって積み重ね、源四郎がその受け皿となって結実したものだ。もし、受け継いだものだけで形づくられるのが絵なのだとしたら、なんとつまらないものなのだろう。筆を執るのが己でなくともよい、ということになりはしないだろうか。ではなぜ、斯様なことに一所懸命にならねばならない？

裏を返せば――。

もしも、これまで培ってきた技術のすべてを投擲してもなお、人の度肝を抜くものを作れたのなら――。そのとき、わしは、狩野を超えたことになるのかもしれない。

源四郎は目を大きく見開いて、鼻から息を吸い込んだ。

「やります」

「そうか、やってくれるか。――そういえば、画題を伝えそびれておったな」

「画題？　ああ、ご指定がおありなのですね？」

「うむ」

すくりと立ち上がった義輝は、しっかりとした足取りで部屋を出て、日だまりがまどろむ縁側に降り立った。その光の中に身を溶かしながら、ゆっくりと振り返った。

「竜を描け。あの男に贈るには、やはり竜が一番であろう」

くつくつと義輝は笑った。

義輝の顔を眺めながら、源四郎は『竜の絵が似合う』と評される男の姿を思い描いてみようとした。だが、いくら思い浮かべようとしても、その姿を脳裏に描くことは出来なかった。

逢ってみたい。そう思った。

魔境

竜を描け、と義輝に命じられてから数日ののち、源四郎はある人物に呼び出された。突然の呼び出しに少し戸惑いながらも、雲の上の人々にはありがちなことと諦めながら参上すると、その人物は目尻に皺を幾重にも刻みながら源四郎のことを迎えた。脇に刀を携え、仕立てのいい直垂に身を包むその人物は――。

「ご無沙汰いたしております。松永弾正様」

京における権力者であるはずだが、弾正の言葉はずいぶんと気安い。

「いや、突然に呼び出して済まぬのう、いやなに、特段の用事があるわけではないのだがな。たまにはそちの顔を見たいと思うてな」

源四郎は生返事を浮かべる。

この人とは数えるほどしか会ったことがない。こちらはともかく、向こうにそこまで深い印象があるとはとても思えない。

弾正は悩ましげにため息をひとつついた。

「惜しい人を失くしたものぞ」

咄嗟に誰のことを言われたのかが分からなかった。続いて弾正の口から飛び出した言葉によって、ようやく弾正の意を理解することができた。

「かの絵師は見事なものだったのう。あ奴の本道は仏画だったと記憶しているが、花鳥図もよくした。時々戯れに絵を描いてもろうたものよ。一度、本式に絵を描いてもらえばよかった。いつまでも命続くものと心得違いしておったわしが悪いのだがな」

元信のことを言っている。

ようやく相槌を打つことが出来た。

「源四郎、これからはお前が元信のあとを襲い、この松永弾正に参ってこい」

「否、狩野には惣領が――」

「左様なことは関係ない。もし元信が狩野の惣領でなかったとしても、わしはずっとあの者を召しておったろう。あ奴があ奴であったから、わしは元信を好んだ。それと同じことと心得い」

思わず源四郎は平伏した。

しかし、弾正の言葉の意味がよく摑めない。

呆れ声を発した弾正は笑った。

「そちもなかなかの傑物ぞ。そちだけが気付かぬだけよ。もっとも、元信とは随分とその形は違うがな」

話を先に促すと、弾正は目を細めながら続けた。

「どんな生き方をしてきたのかは知らぬ。しかし、あ奴は一幅の絵であった。世に言う名画を前にした時、まるですうと吸い込まれてしまうのではないかと肝を冷やすことがある。元信を前にすると、いつもそういう錯覚に襲われた」

孫である源四郎の知る範囲では、元信は平穏な人生を歩んでいる。ずっと京に居てずっと絵を描いてきただけだ。その『ただ』としか形容できぬ日々の中で、きっと元信は普通の人には見えぬ波乱の中を生きてきたのだろう。

弾正は源四郎を指した。

「そちを前にするとな、ああ、絵師なのだなと心から思う」

絵師。

「そちには予感が漂っておる。何か、面白い絵を作ってくれるのではないかという予感が。元信の絵は周りが認めるところぞ。しかし、元信の絵は、出来上がる前になんとなくこちらの頭の中で完成像が出来上がっている。事実、元信はそういう絵を描く」

それが絵師というものだ。依頼人の意向通りのものを作るのが絵師の第一条件にして至高の条件だ。

「そちは違う。無論、そちに絵を描いてもろうたことはないからあくまでわしの独断を挟んでしまうが、きっとそちは、依頼人の言葉に唯々諾々と従うような作り手ではないだろう。――これまで、多くの作り手を見てきた。だからこそ、分かることもある」

松永弾正。この男は武家であるが、風雅の道にも並々ならぬ関心を示している。短歌などの古道から連歌や生け花、当世流行の茶道まで、この男が興味を示さなかった芸道分野はあまりない。そうしたものに興味を持った人間の性か、芸道の担い手たちと語らうのを好んだ。だからこそ、見えるものがあるのかもしれない。

「そちは、言うなれば、わしら好事家が求める作り手なのかもしれぬ」

「求める、作り手？」

「幾千幾万もの作り手を侍らせても、その中に一人いるかどうかという存在ぞ。かの元信ですらそうはなり切れなかった。もしかするとそちはそういう存在なのかもしれん」

幾万人に一人の才。そんなものが自分にあるのだろうか。

それにそもそも、その才とはいかなるものだろう。

「世の中の作り手たちは依頼人の想像通りのものを作ってくる。しかし、本当にわしらが求めておるのは――、わしの依頼など忘れたかのようなものを作ってきおったくせに、わしを納得せしむるほどのものを突きつけてくる作り手よ」

「は、でもそれは――」

「ともすると、絵師失格ぞ。しかし、心の奥ではわしらはそういうものを求めておるのかもしれん。自分の掌になど収まりきるはずもない大器をな」

狩野を超えろ。じい様はそう言った。ずっと源四郎の中でこだまするその言葉が、別の意味を持って聞こえ始めてきた。もしやじい様は、狩野を超えろ、という言葉の中に、その言葉以上の感慨を盛り込んだのではなかったか。慌ててその言葉を発した時の元信の表情を思い出そうとしてみても、わずか数カ月前のことにもかかわらず、元信の表情をつぶさに思い出すことは出来なかった。

でも。何かが、見え始めた。目の前に垂れ込めていた霧が晴れんとしている。

「そうだ源四郎、ときに」

弾正が切り出してきた。

見え始めた一本の糸を追おうと心の中で手を伸ばしていたものの、その手を引っ込めた。

弾正は横鬢を掻きながら口を開いた。

「ここのところ、公方様の仕事を多く受けておるらしいの」

「は、公方様には格段のお計らいを頂いておりまする」

「悪いことは言わぬ、かの公方様にはあまり深入りせぬ方がよいぞ」

世間話に興じるような口調で、弾正は言った。その言葉とともに、以前弾正から飛び出した言葉が蘇る。公方が尊いのは我らが大人しく頭を下げるからぞ――。

「どういう、ことにございましょう」

「以前言うたと思うが、ついてゆく者を間違えると、たとい絵師と雖も首が飛ぶ。――あの公方様は、恐ろしいお方ぞ」

義輝公が恐ろしい？

「近年稀にみるお方であることは間違いがなかろう。それがどう転ぶかは、わし風情には分からぬがな」

公方・足利義輝と松永弾正は一種の協力関係にある。というより、弾正の主君である三好長慶が将軍との共存を望んだと言うべきか。戦国大名・三好長慶は将軍家に食い込み、その権力を行使することでこの時代に向き合おうとしていた。

三好一党は表向き公方を尊崇している。しかし、本音の部分は違う。

その本音の部分を見せつけられているような、そんな気がした。

自分の言葉に後味の悪さを覚えたのか、やけにのんびりとした口調で弾正は口を開いた。

「そういえば、ここのところ、公方様はどういった絵をご所望なのだ？」

源四郎は天井に目を泳がせながら答えた。

「ええ、扇絵ばかりでございますなあ。あと、数日前、竜の絵の依頼を頂きましてございます」

「ほう、竜の絵」

弾正の目が暗く光ったように見えたが、次の瞬間にはその煌めきは消えていた。

一刻ほど世間話をしたあと、この召し出しも終わりの時がやってきた。長い時間付き合わせて悪かった、と弾正が切り出した。いえいえ、楽しい時間でございました、と源四郎が応じると、満面の笑みを浮かべながら弾正は言った。

「また来い。連歌会にでも呼ぼう。それまでに、少し連歌の勉強をしておけ」

ぐむ。

一人、暗い部屋の中で物思いに沈む。右手で墨を磨りながら。もう墨は十分すぎるほどに黒い。

さあ、どうする源四郎。

何をするのかは決まっている。

ひと月しか時間がない。となれば、使える絵画技術は限られてくる。間違っても色を重ねたり、金箔をはりつけたりといった手のかかることは出来ない。ひと月、と聞いた瞬間に、源四郎の頭の中に去来した絵画技法は、ただ一つだった。

墨絵。

墨のみで描かれる墨絵は、余計な時はかからない。墨の濃淡やかすれで表現するというその性質上、一瞬の筆運びが全体にまで影響を与える。彩色絵とは違う難しさのある画法である。

狩野派である源四郎にとってはむしろ原点回帰となる。

狩野派の祖・狩野正信(まさのぶ)や、祖父の元信が得意としていたのも墨絵だ。尤(もっと)も、源四郎が正面切って墨絵を描くのは初めてとなる。やり方は亡き元信からいくらでも聞いているし、技術のほとんどは源四郎の手の内にある。しかし、源四郎が今描かなくてはならないものは、技術を超えた向こう側にこそある。

墨を置いた源四郎は立ち上がり障子を開け放った。穏やかな春の日の他に、そこには誰もいなかった。庭の花々の間を遊ぶ紋白蝶だけが、柔らかな日差しの上にある。

口に二つ折りにした懐紙をくわえた源四郎は座り、筆を執(と)る。

最初こそ自分の力で腕を動かしていたものの、次第に手が勝手に動き始める。しばらくのちにやってくる、天と地と自分しかいない瞬間。天に配置を任せ、地に描線のあり方を聞く。そして自分は巫のように天と地の間を取り持つだけ。

と——。

「——様！ お前様！」

耳に飛び込んできた金切り声に、思わず源四郎は顔を上げた。

声の方に向くと、不満げな顔をした廉が立っていた。

「何度お呼びしたらいいのですか。もう夕餉のお時間にございますよ！」

思わず源四郎は廉の後ろに広がる庭を見やって声を失った。

いつの間にか、紋白蝶はどこかに行ってしまっていた。あれほど優しげに降り注いでいた陽光も消え失せ、代わりに薄い月明かりが庭に差し込んでいた。温かだったはずの空気もいつしか冷え込んで、源四郎のいる部屋へと吹き込んでくる。

もう、何刻も経っているというのか。

くしゅっ。震えてくしゃみをすると、廉が、もう、と声を上げた。

「四月と雖も夜は寒うございますよ。ご自分でご自分の節制くらいなさったらいかがですか、子供じゃあるまいし」

新婚だというのにこれである。世の中の新婚はもう少し甘いものだと聞いていたが……

源四郎は首をかしげる。けれど、仕方あるまい。夫である己がこんなんなのだから、と諦めることにした。

源四郎は目の前の紙の上に目を落として、首を横に振った。

「すまぬ、いらない」

「え、せっかく作ったのに」

「すまぬ。平に謝る。――わしには、時がない」

源四郎の眼前には、鱗一つしか描き入れられておらぬ紙の姿が広がっていた。圧倒的な空白。果たしてここに本当に竜の絵が浮かび上がるのか、源四郎自身にすら分からなかった。しかし、とにかく、時間がない。

「今という時を逃しては描けなくなってしまう」

源四郎はまた、絵に眼を落として筆を執った。

これ見よがしなため息とともに足音が遠ざかっていった。行ったか、そう当て推量をつけていると、また向こうからこちらへと戻ってくる足音があった。かちゃかちゃというけたたましい音も合わせて聞こえてくる。

顔を上げると、膨れ顔で膳を抱えた廉と、続いてやってきた平次の姿があった。

「お前様」

「なんだ」

「時がない、時がないといいますが、手を動かしていても口は動いていらっしゃいませんでしょう」

廉は膳を畳の上に置いた。その膳の上には、京洛では珍しい海の小魚が載っていた。おお、と声を上げると、廉は頰(ほお)を膨らませた。

「市に出たらたまたま売っておりましたので。でも、お前様はいらないのでしょう」

「あ、いや」

源四郎の心が少し揺れる。

勝ち誇るように、廉はにっこりと笑った。

「では、ここに膳を置いておきます。食べてくださいね。あと平次を侍(はべ)らせておきます。何かあったら平次に申しつけてくださいまし」

それだけ言うと、廉は縁側に出でて母屋へと戻ってしまった。

代わりに部屋に入ってきた平次は、部屋の隅に腰をおろし源四郎に頭を下げた。

「若惣領、力不足とは存じますが、何卒(なにとぞ)なんなりと」

源四郎は頰を指で掻いた。

「もしかして、廉を怒らせてしまったか?」

世間の妻というものはああも冷たくはないのではないか？　少なくとも飯くらい食べる様を見届けてくれるのではないか？

するると平次は楽しげに笑った。

「いや、きっとあれは、奥方さまなりのご配慮なのです」

「どういうことぞ」

「奥方さま、仰ってましたよ。わたしは絵のことが分からないから、平次、あなたに任せるって」

廉はあまり絵のことに詳しくない。むしろ、ほぼ無知に近いと言ってもいい。かの有名な土佐派の子だというのに凄い体たらくだ。

もしかすると廉は、そんな自分のことを後ろめたく思っているのかもしれない。

「さて、若惣領、如何なさいますか。絵を描かれますか。それとも――」

「飯にしよう」

「はい！」

そうして食べた夕餉は、少し塩辛いような気もしたがおいしかった。

この日からというもの、源四郎の部屋籠もりの日々が続いた。厠以外に外に出ることはなく、部屋の中で筆を執り続けた。

あまり筆が進まない。一度しくじっただけで全てが崩れるのが墨絵である。繊細さと同時に果断さも求められる。そんな絵を創り上げるためには、天と地と己しかいない、あの領域にまで至る必要がある。そのためにはとにかく静寂が欲しい。

部屋の前を通る者に静かに歩くようにさせた。縁側に隣接している障子を開け放っておいてその願い出はおかしな話である。平次ですら、「だったら障子を閉めましょうよ」と提案したほどであった。源四郎からすれば、外の世界と繋がっていることこそが絵にとって肝要なことだった。そう言ってもなお平次は「だったらもっと静かな場所で描いたらいいのではないでしょうか」と至極まっとうなことを言った。源四郎にだって分かっている。これは我儘なのだ。

一枚一枚鱗を描き入れて数日が過ぎた頃、部屋の前に波乱が巻き起こった。

非常に静かでうららかな日だった。

源四郎が筆を遊ばせていると、遠くから言い争いの声が聞こえ始めた。思わず源四郎が筆を置いてその方に耳を澄ますと、平次が何やら強い口調を放っている。

「いま、若惣領は誰とも話さぬと申しております！」

怒り混じりの足音は止まる様子がない。どんどん大きくなってくる足音は、やがて源四郎の部屋の前で止まった。

「源四郎！」

野太い声とともに現れたのは——。

「父上」

松栄（しょうえい）だった。

顔を真っ赤にして仁王立ちする松栄は、袖にすがりつく平次のことなど見ていなかった。

小さな部屋の中に座る源四郎にのみその視線を向けている。

松栄は怒気を隠さない。そのままをぶつけてくる。

「扇絵の仕事はどうしたのだ」

「扇絵、でございますか。工房の者に任せてございます」

「お前の分はどうした。まさか、弟子に描かせているのではあるまいな」

悪びれもせずに源四郎は答えた。

「然（しか）り」

「な、なんと！」

それでもいいではないか。源四郎はそう開き直っている。粉本（ふんぽん）の丸写しならば別に自分が介在する理由はどこにもない、というのが源四郎の言い分だった。事実、源四郎が抜けてもなお扇絵はそれなりの評価をもらっている。

「お前という奴は！　なぜお前のおじい様が工房を造ったのか分からんのか！　なぜ粉本を作ったのかも分からんのか！　あれは、おじい様の仕事を分散するためぞ。直接手を下さなくても良いことを他人に任せ、元信の絵を沢山作るためのものぞ」

そうして狩野派は大きくなった。元信、または松栄の絵を模倣することで、狩野派は大きくなった。しかし。

源四郎は頭を振った。

「されど父上、元信の絵は、じい様にしか描けませぬ」

「当たり前ぞ。じい様を何だと思うておる」

「それでは、粉本とはつまり、じい様の絵の抜け殻でございましょう」

「何だと」

誰かの絵をなぞるなぞ、己のやる仕事ではない。源四郎は心中で吐き捨てた。

松栄は怒り心頭のまま、源四郎の絵を見やった。一層の蔑(さげす)みを隠しもせずに顔をしかめた。

「また、その絵か。お前の絵は荒れておる。やはりお前は魔境に入っている」

その言葉のどれもが源四郎に響いてはこない。今の源四郎には見えている。自分は今、絵の大道を歩んでいる。一歩も踏み外すことなく。この道をまっすぐ行けば、もしかすると自分が探しているものが見つかるのかもしれない、そんな予感もある。

聞こえない。天と地の囁き(ささや)の外(ほか)には何も。

源四郎が筆を執り、絵に向かおうと意識を向ける。

「おい源四郎、聞いておるのか!」

松栄が足を部屋に踏み入れようとした、その瞬間だった。

源四郎はゆっくりと松栄に向いた。

「入るな」

自分からどうして斯様(かよう)な声が出るのかと思うほどに、源四郎の声は低く淀んでいた。驚いたのは源四郎だけではなかった。足を振り出そうとしていた松栄も、びくりと身を震わせて止(とど)まった。

源四郎は言葉を継いだ。自分の心のままに。

「今この時、天と地がわしに味方しているのです」

松栄は畏(おそ)れてしまっている。理性と立場で辛うじて持ちこたえたようだった。松栄は口を開いたものの、強い反論とはなりえない。

「それが魔境だと申しておる。お前の絵がいかほどのものぞ」

「いかほどのものかなどわしには分かり兼ねます。しかし——、この絵を待ってくれている方がいらっしゃいます。そうであるからには、わしは絵を描かねばならない」

「馬鹿者が！　狩野の粉本を超えた先に絵などない！」

ついに松栄は部屋の中に足を踏み入れた。

源四郎の方が早かった。手に持っていた細筆を振り出して松栄の顔めがけて投げつけた。墨の乗った筆先は松栄の左頰をかすめて縁側に落ちた。

松栄は動けない。目を血走らせて左頰を何度も撫でている。刃物でも投げつけられたかのように――。

源四郎は気付いていなかった。自分の発する気が、殺気だったということに。場の空気が悲鳴を上げんばかりに張りつめ、息をするのも憚られるような中で、源四郎はぽつりと言った。

「わしは、狩野の絵の先を見る」

「ぐっ……！」

打つ手がないことを悟ったのか、松栄はその場から消えた。

一人残された源四郎は、また絵に向かい、しばらくしてやってくる天と地の気配に耳を澄ました。

心の闇の中に目を向ける。すると、真っ暗だった闇から、何かが湧き出てくる。鹿の角を持ち、虎の牙を生やし、蛇のような身を持つ、自分にしか見えない竜の姿が。その手触りをわし摑みにしたまま、源四郎はただ無心で筆を振るう。

そんな日々が続いて二十日ほど。一枚の絵が出来た。

完成したのは朝のことだった。蠟燭で手元を照らしながら一つの姿を描いていく。不思議なもので、最後の辺りになってくると、もう自分の手は勝手には動いてくれなかった。

天と地の気配も消えている。もう、絵の前には自分しかいなかった。

どうする？

どうする？

どうしたらいい？

いくつも浮かび上がる問いに答えるのは、ただ己だけだ。

試されているかのようだった。

古人は、『画竜点睛を欠く』などといった。絵を描く工程において、ほとんどは大きな意志のようなものに導かれるままに絵を描いているような心持ちがする。しかし、最後の最後になってその巨大な意志は消え去り、ほとんどが完成している絵と自分だけが対峙することになる。だから、しくじる。

最後の工程。点睛。これを欠いた竜は竜ではない。ただの蛇だ。

どう描く？

源四郎は自分に問う。しかし、答えはない。

じい様は何と言っていたか、自問して源四郎は頭を振った。元信のやり方に従うのなら、狩野の枠をまるで超えていないことになる。

では、どうする？　決まってる。

描くことなしに絵は完成しない。ならば、果断であろうが蛮勇であろうが、描くしかない。

怖い、怖い、怖い。

目に瞳を落とす、たったそれだけの作業。ここに己しかいないということがひどく恐ろしい。

だが、これこそが自分の望んだ道だったはず。

筆を握る手に力を入れた源四郎は、目に瞳を落とした。

「なるほど、ねえ」

日乗が何度も頷く。いつの間にか身なりが改まり、どこかの寺持ちの和尚のような法体である。しかし、この男の胡散臭さのようなものはどんなにかしこまった服装でも隠れないらしい。

数日前、日乗から会えないかと連絡が入った。

日乗が指定してきたのは、京洛の端っこにあるうらぶれた廃寺院であった。戸を開くと、雨露をしのぐためにここに住居を決め込んでいる家なしたちが、中に入ってきた源四郎を睨みつけてきた。その視線に負けそうになりながら伽藍の奥に入ると、古びた仏像の足元に日乗がいた。あからさまに身なりがいいというのに、家なしたちは日乗を睨むようなことはせず、尊崇にも似た視線を向けている。

よう分からない人だ。そう思いながらも源四郎は腰をおろし、いろいろな世間話をしているうちに、公方様の竜の絵の話になった。意外にその話が弾み、結局最後まで話す羽目になっていた。

「で、そうやって仕上げた絵、どうだったんだ」

「上々の評判でした」

絵を見せるなり、公方・義輝はああ、と嘆息し、何度も頷いた。そして、うわごとのように、「これ、これぞ」と繰り返し、実に愉快そうに笑った。

『見事ぞ源四郎。わしの期待を遥かに超えるものを作ってきおった！　礼は弾むぞ』

確かにこの件で下賜された礼物はこれまでの絵とは比べものにならない質を誇っていた。

しかし、義輝は気になることを付け加えた。

『あ奴も恐らく喜ぶことだろうな』

恐らくこの竜の絵は誰かの贈り物になるのだろうということは、源四郎にも想像がついていた。相手とは誰のことなのだろう？　源四郎には分からなかったし、問うことも出来ずにいた。

「一体、あの絵は誰に渡るのでしょう」

源四郎の問いは至極当然だっただろう。

日乗は変な顔をした。分かり切ったことを聞いてくるんじゃない、そう言いたげに。

「何を言っておるのだお前は。まさか、本当に分からないわけではあるまいな」

「いや、本当に分からないのですが」

日乗は、かー、と声を上げて頭を抱えた。

「分かっちゃいないねえ。――あれはきっと今頃、越後の長尾景虎の手に渡っただろうよ」

「え!?」

「時機としてもちょうどいいだろう。締め切りが四月の末。で、景虎上洛が五月。それにあの大名行列を見ただろう。あんたの絵を与えるというなら、景虎が一番の候補だろう」

五月の梅雨前、初夏の暑い盛りにやってきたあの一団は、並みの大名行列を遥かに凌いでいた。「毘」と「龍」の旗印を先鋒にした甲冑の一団が延々と練り歩く。遠く越後からやってきたはずなのに、兵たちにまるで疲れの色はなかった。聞けば雪深い冬でも戦う一団なのだという。精強を誇る長い列のどこに噂の長尾景虎がいるのか分からなかったし、結局見ることも叶わなかった。人の波に押されながら、その時ばかりは源四郎も一介の野次馬と化していた。

あのような人の手に渡ったのか。一人、源四郎は手を握る。

一方でつまらなそうなのが日乗である。

「しかし参ったぜ。目をつけた前嗣様が、まさかあんなことをするたあね」

「ああ」

京でも知らないものはない。なんと現関白左大臣・近衛前嗣は、長尾景虎について越後へと下向してしまったのである。

帝と公方に拝謁を終えた景虎は、ひと月ほど京に滞在する間、様々な人に会っている。その中に、関白左大臣である近衛前嗣が含まれているのは当たり前といえば当たり前だろう。元より文でやり取りはしていたようだが、実際に引見してもなお、二人の互いの印象は変わらなかったらしい。

その挙句が前嗣の越後下向である。

噂によれば、義輝までもが慰留したが言うことを聞かなかったともいう。誰にも相談しないままに決まった旅路らしい。

「困ったよ。これで俺の伝手は消滅。まったく、もう少し深くさびを打ち込みたかったが――」

「え？　どういうことです」

「ああいや、こっちの話」

慌てて頭を振った日乗は、ぽつりと言った。

「――ちょいとね、京を離れようと思ってね」

「へ、それは真でございますか」

「嘘をついてどうする。また、生国の美作に戻ろうかと思ってな」

「え、そんな急な」

「そんな顔をするない。いや、今日お前さんを呼び出したのは、しばしのお別れを言いたかっただけのことよ」

「そ、そうだったんですか……」

「そうしょげるなよ」

源四郎の肩を何度も叩いた日乗は、いつも通りのにやけた顔を源四郎に向けた。

「こちらに風が吹いてきたら、また戻るさ。そんなに遠からぬ時期に戻ることになるだろうしな」

怪僧・日乗はしばし京から姿を消した。

思えば、源四郎には友はほとんどない。何の利害も絡まない日乗という男は、年は離れていようが世間の言う『友』なるものとよく関係が似ているような気がしていた。それだけに、この心の奥に沈む思いは格別に痛かった。

源四郎は一人、工房の奥の部屋の戸を開けて中に滑り込んだ。もうすっかり暗い。蠟燭に紙燭(しそく)から火を移してやると、ようやく部屋の中にあるものたちの輪郭がぼうっと浮かび上がってきた。

ようやく下絵が終わった絵たちが、源四郎に気付き、眠りの中から目覚める。

思わず、源四郎は絵一枚一枚に声を掛けてしまいたくなる衝動に駆られた。下絵とはいえ、我褒めをしたくなるほどの絵だ。自分の心の中に描いてきた町の姿。そして、この絵のために、公方様から拝領した筆を振るって描いてきた下絵。これらを図の中に落とし込んでいって、形をなしている。下絵自体は数カ月で出来上がったのだが、一つ、問題があった。構図上、どうしても金箔が必要になるし、金を粉にして作られる金泥や孔雀石から成る緑青、赤味を出すための辰砂など、安からぬ顔料が必要だった。しかし、先の竜の絵の仕事を成功裏のうちに終えたことによって、源四郎の手にはこの絵を形にする元手が入った。

ようやく、描けるか。

源四郎が一人闇の中でため息をついていると、不意に後ろから声がかかった。

「お前様」

後ろに立っていたのは、廉だった。

「ああ、廉か」

どうした、と水を向けると、廉は源四郎に顔を向けた。

「部屋に、入ってもよろしいでしょうか」

「ああ」

ようやく部屋に入ってきた廉は声を上げた。

「いつの間にこんなに進んでらっしゃったのですか」

「毎日、少しずつ描いてきた。五月にはほとんど完成していたんだ。あとは彩色だけだな」

「これで、元信様への品が完成するのですね」

元信のための屛風。作り始めて早四カ月が経つ。これの存在を知るはただ、源四郎と廉のみである。

蠟燭の明かりに揺れる洛中を描いた絵。紙の上に躍る色のない人々を見やりながら、源四郎は笑う。

すると――。

ふいに、背中に温かい感触がのし掛かってきた。

なんだろう。振り返ると、廉が源四郎の胸に手を回し背中に顔をうずめていた。その様がまるで子供のようでなんだかおかしかった。

「変な奴だな。お前は子供か」

顔をうずめながら廉は首を横に振った。

「今、不意に――」

「なんだ」

「不意に、お前様が絵の中に吸い込まれるように見えたのです」

絵の中に？

おかしなことだ。しかし一方で、笑い飛ばせずにいる源四郎もいた。

絵に対して引力を感じることがある。描いている途中、絵に向かい合って没入（ぼつにゅう）してい
る時だ。絵の世界に引きずり込まれ、その中で遊んでいるような気分になる。ほんの瞬き
の間ばかりのつもりでいたのに、半日を過ごしてしまったなどざらのことだ。
もしかして、廉も見えるのだろうか。
だとすれば――。

「廉」

無言で廉は顔を上げた。目に少し涙をためて源四郎のことを見上げる。

「お前、筆を執ってみるか。一から教えるぞ」

廉には才覚がある。そんな気がした。

しかし、廉に迷いはなかった。たった一回だけ、けれどしっかりと首を横に振った。

「結構にございます」

「手慰（てなぐさ）みに覚えても良いのではないか、という話ぞ」

「要りませぬ。だって――」

廉は源四郎の胸を強く抱き寄せた。

「わたしは、お前様の絵を待っております。そして、ともすると絵の世界に引き込まれて
しまう駄目な夫をこうして引き戻すのが、わたしの役目にございます。そんなわたしまで

筆を持ってしまったら、お前様を誰が現世に引き戻すというのです？」

これは敵わない。

源四郎は頷いた。

「そうか。そういうことなら」

廉はぱっと笑みを浮かべた。

「良かった」

背中から顔を離した廉は源四郎の手をとった。

「さ、日も暮れました。もう寝ましょう」

「あ、ああ」

本当はこの元信の屛風の下絵をもう少し描き込みたいところだったのだが、源四郎の手をとる廉の手は強い。目で、『まだ絵を描きたいのだが』と訴えても、廉は目で『駄目です』と返してきた。

むくれる源四郎を前に、廉は言い放った。

「あのう、それにお前様、もう一つお勤めがあることをお忘れでは？」

「お勤め？　なんだそれは」

「決まっておりましょう、後継作りにございます」

こうあけすけに言われてしまうと艶も何もない一方で、迫られないことをいいことに今まで棚上げしていたのも純然たる事実だった。事実、口の端で抗議すると、しれっと廉は言い放った。

「お前様にはそうしてはっきりと言わないと分からないようですし。それに」廉は言葉を重ねる。「いつまでも夫婦二人では、つまらのうございます」

凄い嫁を貰ってしまったようだ。しかし、悪くない。割れ鍋の源四郎の嫁にはぴったりと合うとじ蓋なのかもしれない。

先に廊下の奥へと消えてしまった廉を見送って、源四郎は部屋の中を見渡す。そして、未(いま)だ色のつかない絵を前にして、源四郎は独り、呟いた。あるいは、語りかけた。

「今年中には完成させまする。お待ちくださいませ」

遠くで廉が呼んでいる。源四郎は「ああ」と声を上げると、廉の待つ褥(しとね)へと向かった。

件(くだん)の屏風は、源四郎の宣言通り、この年の十二月には完成した。

こんなにも時間がかかったのはただ単に源四郎が忙しかったからだ。全ての工程を自分で手掛けた上に、その屏風の性質上、時間の合間を縫って作らざるを得ないという事情があった。

次の年、元信の一周忌を機に、狩野家の若惣領として源四郎はその屏風を菩提寺である妙覚寺に納めた。驚いたのは松栄であった。この日の供養のために松栄が仕上げた菊花の軸を遥かに超える大作を己の息子が用意していたのだ。そして、誰が見ても分かるほど、狼狽し、また憤慨していた。

源四郎は刺すような視線に気付きながらも、延々、そして粛々とかわし続けた。

京洛を描いたこの屏風には名がない。

しかし、この名のなき屏風が、あの屏風へとつながる階となるのだが——。このときの源四郎が、もちろんそれを知る由はない。

競絵

ふとした合間に、源四郎は京の町へと出た。

ここのところ、一段と京の町は華やかになっている。ここ数年、京界隈には戦らしい戦はないばかりか、夜盗や山賊、追剝の類さえ出ない。京を少し離れれば、女子供であっても刀の一つは差しておかねば身の保証がないことを思えば、京の平穏はまさにこの世の極楽であろう。極楽に人々が集うのは当たり前のこと、人々は快活な笑みを浮かべ、今世の春を生きていた。

最近では、決まった日にしか立たなかった市がほぼ毎日立つようになった。そのおかげで、裏通りという裏通りが人であふれて歩けない。さりとて表通りに出ても、今度は道行く人々に阻まれて進めない。

随分と変わったものだ。源四郎はひとり呟く。しかし、変わったのは周りばかりではない。

永禄七（一五六四）年。源四郎は二十二歳になっていた。十七からこの時までのことを思い出そうとしても上手くいかない。あまりにこの時期は忙しかった。

唯一思い出らしい思い出があるとすれば、いつぞやの祇園祭を、廉と見に行った記憶か。

ふとした一瞬が、源四郎の息つかぬ日々を慰める。

うっちゃってきた仕事が源四郎の裾を引っ張る。

「戻る、か」

源四郎は、平穏な、華やかな京の町に後ろ髪を引かれる思いを覚えつつも、己の立つ場である、絵描きとしての仕事へと戻った。

工房に帰り着くと、玄関にたらい桶を抱えた廉が現れて源四郎のことを迎えた。

結婚して五年。三つ指をつく様も板についてきた。結婚当初はままごとのようだと周りから言われたものだが、今やそんな冷やかしを言う者はどこにもいなかった。

「おかえりなさいませ」

「ああ、戻った」

いつもだったらたらい桶で足を洗う源四郎のことを無言で見やっているだけの廉だったが、この日は、思い出したかのようにゆっくりと口を開いた。

「お前様、お客様がみえております。奥の客間に通してありますけれど……」

「客？ あれ、今日、約束なんてあったかな」

「あ、いえ、どうもお約束がないようだったんですけど」

約束のない客とは会わないようにしている。簾にも約束のない客は通すなと言ってある。筆を握る時間がなくなるからだ。

だからだろうか、簾は言い訳っぽく言葉を重ねた。

「いえ、それが、お前様の十年来の知り合いだというものだから。京に戻ってきたから挨拶に、って」

源四郎はさらに首をかしげる。はて、そんな知り合い、いただろうかと。

「どんなお方だ？」

すると、簾は答えた。

「ええと、お坊様にございました。金色の袈裟をかけた、それは立派なお方で」

まさか。

足を拭いて玄関に上がり、転がるようにして廊下を進む。客間の襖を開けると、そこには――。

「おう、元気そうで何よりだ」

身なりは変わっているが、その憎らしからぬ人間味は相変わらずだった。いくら年月を重ねてもこの世への未練は切り難いものらしい。生臭坊主っぷりを目の当たりにした源四郎は、なんだか嬉しくなってしまった。

部屋の真ん中に座っているのは、京を離れて故郷に戻ったはずの、日乗であった。

「ご無沙汰してます、いつから京に？」

「そうだな、十日前にやってきたところよ。しかし、見ぬ間に京もずいぶんと変わったものだな」

口角を上げて感慨深げに頷いた日乗は、京の活況が眼前にあるかのごとくに眼を細めた。

「活気がまるで違うな。俺がいた頃も活気があったが、当世はまことに活況。かつてここに都を遷(うつ)した時の闊達(かったつ)を見ているかのようだな」

「見てもいないくせに」

「もののたとえだよ」

軽く日乗は笑う。しかし、その笑顔をひっこめた日乗は、もっとも、と言葉を重ねた。

「京の外は、そうでもないがね」

「ああ」

源四郎は生返事をする。

遠くの国で戦があっただのどこそこの殿様が死んだだのという話は噂程度に知っている

が、その意味するところに興味はなかった。それらの噂を己の側に引きつけることがどうしてもできずにいる。

「随分と天下は変わっておるぞ、源四郎。例えば——、東海道。四年ほど前か。東海随一の弓取りとまで謳われた今川義元が討ち取られたのは知ってるだろう」

今川といえば足利将軍家の連枝に当たる名族で、ついこの前までは東海道のほとんどを睥睨する一大勢力だった。しかし、その当主・義元は、尾張侵攻の際、反攻に遭い死んでいる。

「そして東海で台頭したのが織田と松平よ。この二者が同盟を結んだ。尤も、松平が服従する形の同盟らしいが」

松平なる大名は知らないが、織田は知っている。かつて京に上ってきていた尾張の国主だ。源四郎とあまり年格好の変わらないあの国主が、天下で巨大な存在感を放っていた今川を葬った。あのお方が——。源四郎がこれまで聞いてきた噂の中で、唯一興味を持てたのが、尾張国主・織田某が今川を併呑したという話だった。

それに、と日乗は話を重ねた。

「関東もずいぶんと情勢が変わった。一時期は、越後の長尾——上杉が関東を呑むように見えていたのだが」

長尾景虎――。越後の竜である。将軍義輝への目通りを終え、関白左大臣・近衛前嗣を引き連れ越後に戻ったのちの景虎は、主家である上杉家の養子に入ることになり、上杉の名と関東管領職を引き継いだ。そうして上杉景虎となった越後の竜は、室町幕府における関東の最高権力者である関東管領という立場を背景にして関東への出兵を活発化させる。一時はその勢いに他大名も圧され気味であったが、甲斐の武田、相模の北条の反攻に遭い、この段階では上杉・武田・北条の三つ巴が関東の勢力図となっている。

一方、越後の竜に惚れ込んで下向していた近衛前嗣は、当初こそ上杉と共に行動し、前嗣から前久と名を改めて戦の日々に明け暮れんと気炎を吐いていたようだが、関東の情勢の泥沼化に嫌気がさしたのか、二年ほどで京に戻ってきた。そうして現在では前久の名でもって都にあり、政務を執っているという。

それに。日乗は続ける。

「西に目を向ければ、山陽の毛利も動きが活発であろうな」

かつては安芸の守護代に過ぎなかった毛利の当主である毛利元就は持ち前の調略によって近隣の他大名を突き崩し付け入って、ひたひたとその勢力圏を広げている。そしてこの段階では出雲の国主である尼子氏との戦いに明け暮れている。毛利が尼子を呑み込むのも時間の問題であろうというのが、天下を見る者たちのもっぱらの評判であった。

「分かるか、今現在、平和なのは京くらいのものぞ」

頭では確かに分かる。日本中で戦が起こっていて、勝者が生まれ敗者が死んでいる。しかし、源四郎からすればそれは遠い地方での出来事でしかなかった。

源四郎の心の内が透けて見えるのだろう、日乗はこれ見よがしなため息をついた。

「それに、京とて今の平和は泡沫（うたかた）のようなものぞ」

「何か、あるんですか」

「ああ。まだ分からぬが、な。お前が思う以上に、今の京は危険な綱渡りの上に成り立っておる。言うなれば、卵の殻で石垣を造った城のようなものよ。今は風も吹いておらぬし均衡も保たれておるからそれなりに成り立ってはおるが——、一度均衡が崩れてみよ。卵の殻の石垣は」

割れて崩れ、上の城塞（じょうさい）ごと崩壊することだろう。

この京の平穏が、崩れる？

信じがたいことだった。義輝公の治世は上手く回っている。この治世のどこに綻（ほころ）びがあるというのだろうか。源四郎が気付いていないだけで、本当はとてつもなく危うい均衡の中に、泡沫の泰平があるとでもいうのだろうか。分からない。

「もしかしたら、これは俺の取り越し苦労かもしれんがね。しかし——。源四郎さんよ。

この当世を生き抜くには力が要るぞ。力はなくとも、時代の流れを読む力が、な。それをゆめゆめ忘れるな」

言い放った日乗は、二、三の世間話の後に、また来る、と言い残して源四郎の元を去っていった。

日乗が戻ってきた。源四郎はただ、この男の帰還に、一抹(いちまつ)の不安のようなものを感じ取り始めていた。

「そうか、京の町は穏やかであるか。佳(よ)きことぞ」

呟き、穏やかに義輝は微笑む。

源四郎は思わず義輝の顔をまじまじと見やる。このお人はまるで変わらない、と。

今年この公方様は二十九歳になったはずである。人生五十年の当世にあっては折り返しを過ぎ、多少は落ち着こうかという年齢だが、相変わらずこの公方様のあり方は変わらない。よく笑い、よく論じ、よく怒る。円熟には程遠いものの、全身から溢れる満ち満ちた力を傍(はた)でも感じる。

源四郎の視線に気付いた義輝はあからさまに嫌な顔をした。

「なんぞ源四郎、予の顔に何かついておるか?」

「ああいえ別に」

義輝が京に帰還してから五年。源四郎はずっと義輝の傍にあり続けた。そのうち、義輝はどんどん源四郎への態度を柔らかく、親しいものへと変えていった。もちろん源四郎は臣下の側であるから一線を崩すことはない。しかし、義輝は時折、公方にあるまじき親しげな言葉を源四郎にかけるようになっている。そんな公方に対し、あまりに礼を取り過ぎると逆に失礼になる。試行錯誤を重ねながらも、変わり者の公方への礼の取り方を身につけつつあった。

義輝公は源四郎から少し視線を外し、己の腕を見やった。

「もう、剣術など必要ないかもしれぬな。下々の者たちは、己の身を守るために剣の心得を磨くと聞く。しかし、世が平らかになれば、左様なもの、無用の長物となろう」

源四郎は障子の向こうに広がる春の日差しを見上げながら、一つ頷いた。

二条御所の塀の向こうに広がる京の町の闊達を思い出す。毎日立つ市、市に集う人々。誰もが京に漂う平穏な空気に顔をほころばせていた。事実、ここ数年、京洛には何一つ戦は起こっていない。たまに徒党を組んだ武家同士の小さな小競り合いはあるが、京の治安を担う三好の、つまりは松永弾正の私兵によってその芽は摘まれてしまう。

「将軍である予が左様なことを言うのはおかしなことだが、武とは忌むべきもの。やはり、刀は抜かずに床の間に飾られているのが一番良かろう」

源四郎はただ、ええ、と頷いた。

と、そんな頃、書院の外から御免、という声がかかり、近侍がやってきた。その近侍は山のような書状を義輝の脇に置き、本日中にお目を通されますよう、と釘を刺して辞していった。

しまった、と言いたげに義輝公は顔をしかめる。

「最近は、お忙しいのですか」

源四郎が声を掛けると、うむ、と義輝は頷いて書状に目を落とした。

「ここのところ、関東の動きが少々気になるものでな」

「と、いうと」

「ああ、上杉と武田が小競り合いをしておる。しかしどうやら、どちらもあまり戦を長引かせたくないと思っておるようだが、まだ頃合いではないように思えるな」

「頃合い？　何のでございますか」

「うん？　停戦命令よ」

そんなことをしているのか。

訝しむ源四郎を前に、義輝は地方の大名たちに発した停戦命令を教えた。毛利と大友の戦に対しても間に立って調停を行なっているし、薩摩の島津の戦にも介入している、と義輝は述べた。

しかし――。源四郎の頭には疑問が浮かんだ。

そんなこと、今の公方様に出来るのか、と。

喧嘩の仲裁をするためには、怒り猛った双方を宥めるほどの力を示さないと言うことを聞かない。大の大人が殴り合いの喧嘩をしているのを、子供が仲裁出来ようか。戦だって同じことではないのか。

公方様に力がないとは言わない。だが、少なくとも関東に派兵するような力はない。武力が及ばないという状況の中で、どうして関東の大名たちが停戦命令を聞き入れようか。

さすがに、疑問を口にすることは出来なかった。

察するものがあったのだろう、義輝は薄く微笑んだ。

「そのうち分かる。事実、予はいくつもの戦を止めてきた。これまでも。そしてこれからも」

義輝は文机の上に置かれている筆を執り、敷かれている紙の上にその筆先を躍らせた。

何を書いているのかは源四郎には見えなかった。しかし、源四郎にも分かることがあった。

公方様は恐らく、筆で天下を転がしているのだ、と。もしかするとこのお方は、わしが思う以上に凄いお人なのかもしれない、とも。

筆を振るいながら、義輝はため息をついた。

「尤も、些か予定が狂ったがな。——まさか、前久の目利きが狂うとは」

前久。近衛前嗣改め前久だ。

「輝虎をもってしても、関東を収めることはできなんだは想像外であった」

「輝虎？」

「長尾景虎のことぞ。今では上杉家の家督を継ぎ、予の名を一字与えたゆえ、上杉輝虎を名乗っておる。輝虎の持ちたる才に関東管領の名を与えれば、たちどころに関東が平らかになると踏んでいたのだがな。そうはならなかった。武田や北条が強すぎたのであろう」

源四郎はふと閃くものがあった。

数年前、長尾景虎（上杉輝虎）が上洛した帰り、近衛前久が越後へとついていってしまったことがあった。ということは、もしかすると……。

「一つ、お聞きしてもよろしいでしょうか。いえ、言いにくいことでしたらお答えいただかなくとも結構ですが」

「なんぞ」

思い切って源四郎は口を開いた。

「もしや、数年前の上杉様御上洛の際に、何らかの約定をなさったのですか」

約定とも違うような気がしたが、今の段階ではそう口にするしかない。

義輝は、ああ、と声を上げた。

「その通りぞ。約定と言っても大したものではない。——輝虎と出会った時にな、予感があった」

「予感、でございますか」

こくりと頷く義輝。

「かの男と出会った時。予はかの男の魂に触れた。そして、予の力になってくれると感じた。ゆえに予は奴と約した。『関東の乱を収めた暁には、予と共に天下を治めようではないか』と。もし奴が己の野望のみに身を焦がす男だったのならば斯様なことは言わなかったろうな」

義輝の握る筆は、いつしか震えている。どうしたのか、と顔を見上げると、表情にありありと後悔の念が浮かび上がっていた。しかし、義輝はその表情のままで、ただ筆先を見やるばかりだった。

「予の考えた筋書きはこうぞ。上杉の手により関東を併呑し関東の乱を収める。さすれば関東管領の力が復活し、東海や奥州の大名どもはなりを潜めざるを得なくなる。そして、上杉と予が連携を図ることで、奥州から京までの優位を築き上げる。そしてそののち、西日本の大名たちを従えていく」

つまり、上杉が関東を平定することが前提の計画だったわけだ。

と、いうことは――。

「近衛様が上杉様についていってしまったというのは、この計画に関係が……」

「ああ、あれは、半ばはあ奴の独断よ。しかし、もう半分は予の意志でもある。奴が関東に下向したのは、予と輝虎との約定の証ぞ。しかし、そうは上手くいかなかった。京に戻ってきた前久は、『上杉の手に収まるほど、関東は狭くはなかった』と肩を落としておった」

前久と共に越後に戻るや上杉家の養子に入り関東管領についた上杉輝虎であったが、義輝や前久の目論見通りとはいかなかった。越後の竜の関東管領就任やそれに伴う侵攻は相模の北条や甲斐の武田の反攻に遭って、関東での三竦（すく）みの状況が生まれてしまっただけであった。そして上杉はこの後、関東管領という己の肩書のために関東にこだわり続けるしかなくなってしまった。結局、義輝たちの〝介入〟は関東を更なる混迷に落とし込んだだけだった。

「失敗であった。ただ、それだけのことよ」

義輝は肩を落とした。

源四郎は何も言えない。そもそも、何かを言えるような立場でもなければ天下の情勢に一家言あるような知恵袋でもない。ただの絵師だ。

「そして今、予を守ってくれる後ろ盾はどこにもない」

「三好様や松永様は」

と言いかけて、源四郎は口をつぐんだ。かつて、松永弾正が言っていた言葉を思い出したからだ。三好長慶や松永弾正は形の上では将軍義輝に従ってはいるが、実際は将軍を操ろうと義輝のことをがんじがらめにしようとしている連中だ。情勢が変われば、簡単に見捨てるに決まっている。

首を横に振った義輝は目を細めて小さくため息をついた。

「ずっと予を支えてくれた六角が、今では頼りにならぬ」

近江に根を張る守護大名家の六角氏は、ずっと義輝のことを支えてきた勢力の一つである。ところが、先年にお家騒動が起こって家中が二つに割れているという話は近江商人を通じて京にも流れてきている。恃みには出来まい。

ふと源四郎は、日乗の言葉を思い出した。

卵の殻で作った石垣の城。

微妙な均衡の中に建てられた泡沫の城。何らかの原因でその均衡が崩れれば、一気に殻が割れて崩れ去ってしまうことだろう。では、どの均衡の崩れがこの城を壊すのだろう？現在の時点で、既に崩れ始めているのではないのだろうか。既に建物の下で卵の殻は軋んでいるのではないのだろうか？あとひと押しで、音もなく殻が割れてしまうのではないか？

泡沫の城は今も建っている。

そして、目の前にいる若き公方様がそれを支えている。

義輝は、まるで自分に言い聞かせるようにして口を開いた。

「予は、この天下の形を変えなければならぬ。公方なるものも、その意味を変えていかねばならぬのであろう。これから、忙しくなろうな」

忙しくなる。源四郎の目から見ても、義輝の歩こうとしている道は険しい山道のようにしか見えなかった。いや、道ですらない。誰も歩いたことのない森を鉈一本で切り開いて進んでいくような、そんな途方もない作業のように思えてならなかった。

義輝は、ふふ、と笑った。

「おい源四郎。何を他人行儀なことを言っておるのだ」

「へ？」

「決まっておろう。お前も、予の天下に欠かせぬ男ぞ。予の傍に侍り、予の天下を支えよ。それでは少々居丈高に過ぎるか。――頼む、予の傍にあり、予の天下を支えてくれ」

義輝は、頭を下げた。

仮にも将軍が、二人しかいない場でとはいえ頭を下げた。将軍の頭はけして軽いものではない。しかし、目の前の将軍は、実に屈託なく、頭を下げてみせた。

あまりのことに何も言えずにいる源四郎を尻目に、義輝は顔を上げてさらに重ねた。

「予の天下に、お前はなくてはならぬからな」

異例のことに源四郎は混乱していた。だから源四郎の言葉はどこか間抜けた問いの形になって飛び出してしまった。

「あの、公方様、なぜ公方様はそこまでわしのことを買ってくださるのですか。わしはただの絵師なのに」

すると、義輝は言った。

「お前はずっと予の希望だ。ただ、それだけのことよ」

狩野工房の門前の辻を曲がった頃には、すっかり日が落ちていた。

廉が心配しているかもしれない。今日の夕餉は何だろうか。細々としたことをつらつらと考えながら闇に沈む門まで歩いていくうちに、門の前に小さな人影がぽつりと立っているのに気付いた。誰だ、こんな時間に、といぶかしく思いながら近寄ってみると、そこには――。

「おい、何をしておるのだ、平次」

平次が立っていた。門に寄りかかるでもなく、誰かを待っている風でもなく、ただ背筋を伸ばして立っている。その表情には忸怩たる思いが透け出ているようであった。唇を噛み、目を潤ませながら、下を向いて立っている。

「どうした、平次」

重ねて聞いて初めて、平次は源四郎に向いた。

何も言わずに源四郎の腹に顔をうずめてしゃくりあげ始めた。

「どうしたのだ平次、おい平次、泣いてばかりでは分からんぞ。どうした」

なだめようと頭を撫でようとした、その瞬間だった。

「わしが、門前に立たせた」

冷たい声が源四郎に浴びせかけられた。

振り返るとそこには、父の松栄と、弟の元秀が揃って立っていた。松栄は無表情だった。さして平次と歳の変わらぬ元秀は、ばつ悪げに松栄の横に立っていた。

どういうことです。そう訊くと、松栄は言った。

「平次がまるで言うことを聞かん。斯様な絵師はこの工房には要らん」

「さっぱり仰ることの意味が分かりませぬな、師匠」

あえて父とは呼ばず、師匠と呼んだ。

松栄は、かっと目を見開いた。

「お前だ、源四郎。お前はいったい平次に何を教えているのだ」

何を？　決まっている。絵だ。

平次を絵師にすると決めた時、松栄から反対があった。斯様な氏素性の分からぬ子供が絵を覚えることがあるか、と。だから、源四郎は自分で平次に絵師の技術を教え込んだ。今や、とても元服前の子供とは思えないような絵を描くまでになっている。初めて取った弟子だが、どこに出しても恥ずかしくはない。もちろん、まだ全てを教えたわけではない。教えたいことはたくさんあるのだが、最近は手が離れていた。というのも、源四郎が扇絵の責任者を離れて将軍専任になってしまったために人手が足りなくなってしまい、扇絵の責任者になっている元秀から平次を借りたいと要請があったゆえだ。

言葉にならぬ反論を封殺するかのように、松栄は手に持っていた扇絵を、まるで紙屑でも投げやるようにして源四郎の足元に投げやった。

「これを見よ、何ぞこれは」

拾い上げると、竜の絵が描いてあった。荒削りだが、なかなか勢いがあって悪くはない絵だ。この絵は平次の描いた絵であろう。自分が平次の年齢の頃、斯様な絵を描くことができただろうか。

「この絵が何か」

「このような絵は絵ではない」

源四郎は、松栄の言い分を笑い飛ばした。

「でしょうね、粉本が全ての師匠からすれば、これが絵に見えぬのも致し方なしと言えましょうや。しかし、この絵は絵でございます。もし分からぬのならば、筆を置かれた方がよろしゅう思えまする」

言葉の刺を容赦なく刺す。

「源四郎、お前という奴は！」

既に松栄は顔面蒼白で、さながら幽鬼(ゆうき)のような表情を浮かべている。

「では師匠、こう致しましょう」源四郎は松栄の怒りに応じることはなかった。「平次をわしの手元にお返しください。元々平次は扇絵工房が『人が足りない』というのでお貸ししているに過ぎませぬ。そちらが要らぬといえど、わしには必要な絵師にございますゆえ」

しばしの無言。

松栄は明らかに苛立っている。

源四郎は容赦がない。あえて、松栄の逆鱗に触れるような物言いを重ねる。

「平次は非常に筋がいい。それが分からぬ者の下にいるにはあまりに惜しい」

歯噛みしながら、松栄は短く言い放った。

「良かろう。お前に返す。あとは好きにせよ」

「これはどうもありがとうございまする」

頭を下げる。すると松栄は、ようやく肚の内の澱を少しだけ吐き出した。

「――多少公方様に気に入られているからといって浮かれるでない、魔境入りが」

吐き捨て、松栄は去っていった。

魔境入り。ここのところ、狩野工房で流れ始めている源四郎の渾名のようだ。その渾名をつけたのは恐らく父親である松栄だろうという事実に、源四郎は今も戸惑い続けている。

しばらく、元秀はその場に立ち尽くしていた。松栄の怒号混じりの呼び声に気付いた元秀は、源四郎と平次に頭を下げて父親であり師匠である松栄のあとを追っていった。

そうして二人だけになった門前で、源四郎は未だにしゃくりあげる平次に声を掛けた。

「すまぬ、平次。咎はわしにある」

飾らぬ本心だった。

狩野の絵を超えようと日々絵を描く。これは、源四郎が自分に課したことだ。どんなに異論がぶつけられようとも、妨害や謗りがあろうとも甘んじて引き受けるだけの覚悟はあったが、あくまで自分に向けられたものに対してのみだ。己以外の人間にその矛先が向くなどということは、まるで想像の埒外にあった。それだけに、源四郎の衝撃は大きい。

源四郎は平次を引き連れたまま玄関へと上がり、ある場所へと向かった。

源四郎と廉の部屋である。

八畳ほどのひと間に、やはり廉がいた。布団が二つ敷いてある部屋の隅に座り、背中を丸くしている。針仕事でもしているようにもみえるが、その割には火を灯していない。

「おや、お前様、いかがなすったのです？」

源四郎に気付くと、廉は薄く微笑んだ。

しかし。

「あ、あれ？」

廉が変な声を上げた。

源四郎も遅れて気付いた。微笑んでいるはずの廉の両の目から、涙がこぼれ始めたのだ。

「あれ、おかしいな、なんで」

涙が止まらない。

なぜわしは、気付けなかったのだろう。

廉の泣き顔で、源四郎は悟ってしまった。

狩野の絵を超える。それはつまり、狩野の家にありながら狩野を壊そうとすることに他ならない。そうなれば、自分のみならず、自分に近しい人間への風当たりが強くなるに決まっているではないか。だというのに、わしは何をしているのだろう。

思わず、源四郎は小さな廉の肩を抱きしめた。

声にならない声を上げる廉。源四郎は廉を強く抱きしめた。

「すまぬ、わしのせいで」

わしが悪い。源四郎は自分の心中にあふれるその言葉に吐き気さえ催してきた。

けれど――。

廉は身をよじらせて、源四郎の頭を小突いた。何だか、優しいげんこつだった。

「何を言っているのですか。わたしは――」

廉は涙で顔をしわくちゃにしている。きれいな顔が台無しだ。でも、これほどに愛おしい顔を見るのはずいぶんと久しぶりのような気がした。

「お前様の絵が好きなのです。だから、何があっても我慢できます。お前様、わたしはお前様のことを信じてます」

「廉……」

すると、縁側に立っていた平次も声を上げた。

「わしもでございます」

「平次……」

平次は顔を涙でくしゃくしゃにしながらも、にっこりと微笑んで頷いた。目を廉に移すと、廉もまた同じようにして頷いた。

源四郎の心中に、炎がたぎった。

「わ、若惣領、まだ回られるのですか」

供回りをさせている平次が悲鳴を上げている。振り返った源四郎は頭を掻いてへばる平次を見やる。

「ああ、あと二つほど顔を出したいところがある。悪いが、もう少し付き合ってくれ」

「は、はい……」

返事の威勢が悪い。しかし、仕方のないことだ。

春の頃は過ぎ、夏。日差しが容赦なく源四郎たちに降り注ぐ。京の夏は暑い。三方が山に囲まれているから風が吹き淀んでしまうのである。

「ほれ平次、お前も男だろう、ほれ頑張れ」

かく言う源四郎すら、既にかなり疲れが溜まっている。今日一日だけでも公卿宅や寺社にいくつも参上しているのである。大人である源四郎とて既に疲労困憊（こんぱい）なのだから、子供の平次の疲れはさらに深いことだろう。

「すまぬな平次、わしには時がないのだ」

「はい、も、もちろんです……」

平次はようやく源四郎の横に並んだ。そして、陽炎（かげろう）の舞う炎天下の道の中を歩いていく。

今、源四郎たちがやっているのは、お得意回りである。

今まで、狩野家はこういうことをやってこなかった。いや、むしろ、名のある絵師たちは誰もこんなことをしない。お得意様の軒先を回って仕事の用命を願うなど、下っ端の職人や商人のやることであって、一流の絵師がやることではない。絵師としての名を守るため、絵師集団としての希少性や高級感を守るため、名のある絵師ほど仕事を待って請けるものだ。

しかし、源四郎は違う。時折暇を作っては知己の公卿や寺社を訪ねて、仕事がないか顔見せに伺うことにしたのである。

しかし、これもあまりはかばかしい成果を上げることができない。

そもそもこのような押し売りに近いやり口は、公卿たちや寺社の連中にはそぐわないらしい。中には、『狩野は今困っておるのか？』と聞いてくる公卿さえあったほどである。

それに、絵は塩や醬油ではない。すぐ切らせてしまったり、何カ月かのうちに替えるものでは決してない。

無駄足のような気もする。

しかし、自分に仕事が集まれば集まるほど、廉や平次への風当たりも和らぐ。

そう思うと、あながち無駄なものにも思えなくなってくる。

やろう。そう源四郎が自分を励ましていると――。

両側に壁の続く一本道の遠くの陽炎の向こうから、ぼんやりと人影が現れた。その人影は源四郎を目指してこちらへとやってくる。そして、どんどん近づいてくるうちに、相手の顔形（かおかたち）が判然としてくる。ああ、あれは――。

「おう、元気か」

日乗であった。この暑い時期だというのに重苦しい法衣をきっちりと身につけている。そのせいで剃り上げた頭が茹（ゆ）だっていたのが滑稽ではあった。

「相変わらず、神出鬼没ですね」

そう声を掛けると、日乗は呵呵と笑った。

「おう、これでも神通力法師で通っておるからな」

自慢げに口角を上げた日乗は、じゃな、と声を上げ、源四郎の脇をすり抜けた。おや、今日はいつものような長話はないのかといぶかしく思っていると、思い出したかのように日乗は源四郎の方に振り返った。

「そうだ、源四郎さんよ、一つ、あんたの耳に入れておきたい話がある」

源四郎が一つ頷くと、日乗は声をひそめた。

「三好長慶様のことだ」

三好長慶。近畿一帯を支配している大大名。足利義輝公の擁立者にして幕内における最大の敵でもある。あの曲者、松永弾正を従える相当の難物。源四郎は長慶と面識はないが、京の実質的な支配者であるということは知っているし、当然ある程度の想像図は頭の隅にある。むしろ、義輝公と知己である以上、想像せずにはおれない人物である。

「三好様が、何か」

「ああ、どうやら体調が芳しくないようだな」

「芳しくない、とは」

「聞くところだと、ご危篤だとも」

源四郎の耳の奥で、びし、という音が響いた。それはさながら卵の殻が割れるような——。

「まあ、元々、ここのところの長慶様のいい噂は聞かぬわな」

この前年、つまり永禄六（一五六三）年、管領・細川氏が断絶している。形式的には、将軍家とのつなぎ役として必要な主君筋であったにもかかわらず、長慶は有効な手を打たなかった。

そして明くる永禄七（一五六四）年、長慶は弟であり股肱の臣である安宅冬康を殺してしまっている。

事情知る者は、ああ、と手を叩いた。

『三好長慶殿は、耄碌なすっておる』

未だ長慶、四十三。耄碌するような年齢ではないが、ごくごく最近、長慶の養子である三好義継が上洛し義輝公と引見していることと考え合わせれば、長慶が何らかの病であろうことは想像されるところだった。

しかし、危篤とは——。

「ま、なんだな」日乗は言う。「京の実質の支配者にして、近畿一帯を治めていた大名が逝く。長慶殿は云わば天下の重石のようなものよ。あれが除かれた後には、天下には見たことのない雑草が生い茂り、面妖な花が咲き誇ることだろうな。そのまま混沌に続くか、それとも新たな秩序が生まれるか」

「日乗さんにすら、分からぬのですか」

「ああ、分からん。わしごときには見通せる筈があるまいよ。むしろ、誰にも分からんだろう。それこそ、神も仏もご存じあるまいて」

皮肉っぽく笑った日乗は、ふわりと袖を躍らせて踵を返した。

「ではな、決して、時代の流れを読み誤らぬようにな、お互いに」

日乗は陽炎の中にその身を浸していった。しばらく人の形を取っていた日乗は、やがて陽炎と一帯になり、そして消えた。

源四郎は、日乗の背が消えてもなお、その行く手をずっと見やっていた。

この年の七月、京の影の支配者であった三好長慶は、死んだ。


「うむ、死んだ、な」

三好長慶の死に触れた義輝はひどく落ち着いていた。その日もやはり山のような書状に目を通しながら、前に座る源四郎の言葉を切り返していた。その様はまるで、最初から三好長慶の死を予見していたかのようだった。

なぜだろう？　いぶかしく思っていると、義輝は頰の辺りを搔きながらさっきまで見ていた書状を退けて、次の書状を見やった。

「そもそも、養子の義継が上洛してきたときから、ある程度の覚悟はあったわ」

擁立された養子が突然上洛してきた。いくら考えても理由はただ一つ。三好長慶の体調が思わしくないのだろうという結論には達していた、と義輝は言った。

源四郎は息を吐く。

京洛の混乱には凄まじいものがある。長慶が死んだと分かってからというもの、市の商人たちは店を畳んでしまった。長慶の死によって京の治安が悪化するという噂が流れたからだ。もっとも、松永弾正がその噂を笑い飛ばすかのように、自ら鎧兜に身を包み供回りの百人ほどと一緒に京の町を闊歩したこともあってその噂は立ち消えになり、今では多少鎮静化はしている。しかし、狩野家出入りの商人たちは、口をそろえて「景気が悪い」と噂している。皆、何が起こるか分からないとばかりに目立った買い物を控えているのだろう。

だというのに、目の前の公方様は、まるで長慶という巨大な人物の死の後に開いてしまった大穴を恐れていない。

凄い。肚のうちでそうつぶやく源四郎の前で、義輝はぽつりと口にした。

「まったく、三好め、斯様な時期に死ぬとはな。もう少し早く死んでくれていたなら良かったものを」

その言葉には、普段の義輝にはない深い毒のようなものが確かに漏れ出ていた。

今まで源四郎が見てきた義輝公は、武家の棟梁としての矜持を強く滲ませていた。断じて、他人の死を望むようなことは言う人ではない。敵は正々堂々と戦で獲る。そんな剛直さこそが義輝公である。

発言に違和を抱いていると、義輝公は、さらに言葉を重ねた。飛び出した言葉は、まるで世間話のように軽々しく飛び出したくせに、恐ろしい陰謀の話であった。

「実はな。何度も三好筑前長慶を殺そうと試みたことがある」

え？

「一度とて成功はせなんだ。色々な方法を試みたよ。毒殺、事故に見せかけた暗殺、刺客を差し向けたこともあったが、そのどれもが阻まれた。しかしな、長慶とは不思議な男であった。予が命じたのだと露見した件もあったろう。だというのに、あ奴は予を除こうとはせなんだ」

義輝公が、長慶殿を暗殺？　しかも、長慶はそれを許した？　理解出来ぬ関係だ。しかしそれこそが、義輝と長慶の主従関係だったのだろう。

「不思議なものよな。あれほど予の目の上にあって邪魔だったはずのたんこぶがなくなってみると、少し寂しいような気にもなる」

そして。

義輝が物憂げに口にしたのは、今後に対する不安だった。

「三好が消えた。となれば、京の情勢は少々不安定になる。暫くは松永弾正がおるから問題はなかろうがな。だが、長い目で見れば綱渡りには変わりがない。だからこそ、上杉との連携が欠かせなかったのだが……上杉は未だ武田と対陣。近江の六角の内紛も収まる様子はなし。困ったことだ」

「どうなさる、おつもりなのですか」

「む？」

源四郎は言葉を選びながら、ゆっくりと続けた。

「頼りになる者がいないこの状況、三好もどう動くか分からない。こんな中で、公方様はどうお振る舞いになられるのですか」

「そうだな」

義輝は不意に立ち上がり、奥書院から縁側へと立った。逆光のせいで義輝の姿が真っ黒く塗りつぶされている。目を細めながら、源四郎は続くであろう言葉の先をずっと待っていた。

ゆっくりと、義輝は口を開いた。

「変わらぬよ。予は武家の棟梁である。そして、武家の棟梁であるからには棟梁として世の中を平らかにせねばならん。とにかく今は、懸案である関東の上杉・武田の両氏の陣の間に入り、あの戦を終わらせねばならん」

「そして、上杉の力でもって、京を睥睨なさると」

「いや」

義輝は首を横に振った。

「予は、誰の力をも借りず、この不安定な世に安寧を作ってみようと思うのだ」

そんなこと、出来るのか？　源四郎の疑問は尽きない。

世の中に安寧をもたらすのは常に力だ。鎌倉に幕府を開いた源頼朝公も、南北朝の動乱に引導を渡した足利義満公も、結局は武力があったがゆえに偉業を為すことが出来たはずだ。武家の棟梁である義輝公がその真理を知らぬはずがない。今の義輝公には武力などない。だというのに、独力で安寧を作ると言ってのけている。

源四郎の顔にそんな心中の疑問が漏れていたのだろう。義輝は、ふ、と鼻を鳴らして、自分に言い聞かせるようにして口を開いた。

「否、何としても安寧を作ってみせる。まずは越後の竜と甲斐の虎の諍い(いさか)を鎮めてみせよう。もしそれが成れば、予は武力を超えた力を得ることが出来ようぞ」

出来るのか?

いや、目の前のお人は、それを為そうとしている。

ならば。源四郎は独り、頷いた。

源四郎はこれみよがしなため息をついた。大人げないことは分かってはいるが、実際に時がないのは事実なのだ。余計なことを、そんな思いでいっぱいである。

横を歩く弟の元秀が、申し訳なさそうに眉をひそめる。

「あ、兄上、此度は誠に申し訳なく……。お忙しいのは十分承知の上だったのでございますが」

「いや、別にお前が悪いというわけでもあるまい」

年端のいかない弟を前にさすがに子供が過ぎるか、と弟を見やる。元秀はすこし眉をひそめながら、下を向いてしまった。

と、後ろを歩く陰気な弟子が、元秀のことをとりなした。

「ああ元秀様！　大丈夫にございますよ。如何に源四郎様がご多忙とはいえ、弟君の仰ることを無下になさるはずはございますまい？」

源四郎の心を代弁しているかのような顔をして、その男は源四郎に向いた。その訳知り顔が忌々しいが、あえて捨て置くことにして、源四郎は隣の元秀を横目に見た。

しばらく見ない間にこの弟はずいぶんと大きくなった。共に遊んだ記憶もないし、絵を教えたことだってないゆえ、あまり弟という感じがしない。源四郎は幼い頃から絵師として筆を執っていたし、元秀が物心ついた頃には既に公方様との付き合いが出始めている。弟にあまり兄らしいことが出来なかったのも致し方ないとも言える。一方で、そんな自分の言い分が逃げ口上であることが分からないほど、源四郎は阿呆でもない。

自然、二人の会話は途切れがちになる。共通の話題などないのだ。

唯一あるとすれば――。

源四郎は口を開いた。

「元秀、絵を描くのは楽しいか」

結局、絵の話である。

元秀は顔をほころばせた。

「ええ、楽しゅうございます。もちろん、安殿に怒られることもありまするが」

　今、元秀は扇絵の責任者の任についている。とはいっても、実際には狩野の高弟が何くれと面倒を見ているから、要は名ばかりの責任者であるが、評判は上々のようだ。『狩野の若衆は幼いといえど侮りがたし』『若き天才』などとそやされている。そしてそれこそが、松栄が元秀を扇絵の責任者に据えた理由らしい。要は若い頃から名を売っておこう、という、実に松栄らしいやり口である。

　松栄が元秀に肩入れをするということはどういうことか——。

　まあ、いい。

　元秀には関係のない話だ。

「楽しい、か。佳きことぞ。なあ、元秀」

「はい、何にございましょうや」

「わしはな、お前くらいの時分、絵を描くのが嫌であったぞ」

「え？　兄上が、ですか」

　信じられない。そう言いたげな顔だった。それはそうだろう。この弟は、絵を描くと称して閉じ籠もってばかりの兄しか見ていない。

「わしはな、何を描きたいのか、何を描くべきなのかが見えている。だが、どうしても描

「そうか」

けなくてな。お前くらいの頃は、ひどく難儀したものだ」

「――では、今は、如何にございますか」

「そうだな、絵を描くこと自体は楽しい。一方で、そのために色々なものを投げやってしまったからな。世の中は実によく出来ていると思うよ。楽しいことがあれば同じだけ楽しくないことも起こる」

分からない、と言いたげに顔をしかめる元秀を眺めながら、源四郎は心の中で話しかける。

今は分からんでもいい。そのうちにでも分かれば――。

足を運んだのは随分と久しぶりだ。表通りに構える店は、相変わらずの盛況ぶりだ。かつてよりはるかに客が多いかもしれない。少し懐かしくなって、人ごみの間から店の中を覗き込む。棚に並ぶ色とりどりの扇たち。九月だというのに、この店の棚には春夏秋冬すべてが揃っている。春の花、夏の日差し、秋の唐紅(からくれない)、冬の寂寥(せきりょう)。様々な色味が並ぶ。京でも随一の扇屋である、美玉屋(みたまや)。

「おお、源四郎さん。お久しぶり」

振り返らずとも分かる。

「久しいですね、安さん」

振り返るとやはり、安が立っていた。丸々と太った体型、そして、福々しい顔も相変わらずだ。まったく変わっていない。ただ、重ねた年輪分だけ老けただけだ。もっとも、あまり源四郎と年齢が変わらないのだから、むしろこれは「大人びた」と言い換えた方がいいのかもしれない。

「まったく久しぶりですなあ。しかし、源四郎さんがこんなに薄情だとは思いませんでしたよ」

「は？」

「いや、扇絵の元締が元秀さんに代わってから、一回も逢いに来てくれなかったじゃありませんか」

源四郎が町衆向け扇絵から足を洗った一番大きな理由は、半ば源四郎が公方様専任になってしまったからだった。絵の依頼も多いし召し出しも多い。最近では公卿や寺社のところに顔を出すようにしているから多少は改まったが、かつては二条御所と工房とを往き来して絵を描くか公方様と謁見するか、その繰り返しの日々であった。

「いや、すいません」

安は楽しげに笑って、場の空気を和ませた。

「まあ、お忙しいということはいいことです」

するとお安はいつもの恵比寿顔を浮かべて手を叩いた。

「さて、皆さんの揃いのことで。では行きましょうか」

「ん？」源四郎は声を上げた。「なんだ、今日は美玉屋で用があると聞いてたんだが、どこかに行くのか？」

最初に聞いていた話と違う。

後ろの高弟からは、源四郎に話があるから是非とも美玉屋に来てほしいという旨の安の言伝を聞いていた。てっきり美玉屋で何か相談するのだとばかり思っていたのだが。

そうして見てみれば、安はいつもの紋付よりもはるかに上等な物をまとっている。これはまるで何かのお召しのようではないか。

すると、安は、あれ？　と頓狂な声を上げる。

「いや、伝わってませんか？　これから、行くんですよ」

「ど、どこに」

「え、本当に伝わっておらぬのですか」呆れ顔の安は言った。「いや、松永弾正様の御屋敷に」

安が言うには──。

この前、松永弾正が安にある打診をしてきたのだという。たまには狩野の御曹司の顔が見たい、と。そこで今日このようにお呼び立てたんですけど、と。

源四郎は思わず後ろの高弟を睨む。しかしこの陰気な高弟はそっぽを向いていやらしく笑っているばかりだった。

はめられたか？　それともいやがらせか。

そんなことはどうでもいい。問題なのは。

「あのう、そうとは聞いておらなんだものだから、格好が……」

正装を用意していない。普段着のままだ。

すると、あれ、とまた安は声を上げた。

「それも聞いていないんですか。普段着で結構、とのことですわ。やることがやることですからなあ」

普段着でいい？　どういうことだ。訳が分からない。

ようやく源四郎が全く何も聞かされていないことに気付いたのだろう、安が、ああ、と得心めいた唸り声を上げて手をひとつ叩いた。

「ってことは、これもご存じないってことでしょうかね。実は今回、御前で……」

その言葉は阻まれた。

後ろの高弟に、である。さっきまでそっぽを向いていたはずの高弟が、突然安の前に立って、さあ先を急ぎましょう、時もございませぬゆえ、と促した。すると安もそれに困惑しながらも同意して、「さ、行きましょうか」と話を切り上げて歩き出してしまった。

話が途中で切られてしまった形になった源四郎だったが、何か不穏なものを感じ取っていた。

何かが隠されている。

源四郎は考え直す。いくら今詮索したところで分かりはしない。結局は出たとこ勝負じゃないか。

と――。

横を歩く元秀が、ぽつりと口を開いた。

「兄上、申し訳ございませぬ」

その声はあまりに細くはかない。後ろを歩く高弟のことをちらちらと見やりながら口にしたところを見ると、元秀は今回の件について全て聞かされて、高弟に口止めされていると見える。あの高弟の背後には松栄がいるのだろう。

源四郎は小声で応じた。

「お前のせいじゃない。咎があると言うのなら、わしにあろう」

逆風はすべて自分の咎だ。自分を通すために己が招いてしまったことなのだ。逆風が吹いていることを嘆くほど、己は子供じゃない。だってこれが、己の望んだことなのだから。

源四郎は、肚の中で呟いた。


松永弾正邸の庭は華やかな喧騒の中にあった。

見れば、山海の珍味が所狭しと並べられ、酒樽がいくつも並べられている。重陽の節句の宴会らしい。昼間から宴会をするようで、呼ばれた客たちは思い思いに酒をあおって顔を真っ赤にしていた。ちゃかちゃかと使用人たちの運ぶ酒器が音を立て、誰かが奏でる琵琶の音色も聞こえてくる。かと思えば向こうの方では田楽の太鼓の音さえ聞こえてくる有様で、お祭りのような様相を呈している。

何より目を引くのが、菊の花の数々である。場を飛び回る用人たちは髪に菊の花をあしらっているし、垣や縁側、酒盃やふとした料理にまで菊の花弁が散らしてある。辺りには菊花の瑞々しい香りが満ちている。

主君筋の三好長慶の死からひと月ほどしか経っていないはずだが、この宴会の盛大さは何だろう？　疑問が頭をかすめた源四郎であったが、あまり気にしないことにした。

「いやー、盛大なことですなあ、さすがは松永弾正殿」

無邪気な安。

この時期に宴会を開くのは意味のあることなのかもしれない。三好長慶という巨大な重石が消えたのち、人々は新たな礎石を求めている。その中で、斯様な大きい催しをすることで、我こそがその礎石である、と天下に宣言する意味を考えた。事実、ここに集う者の多くは松永弾正こそ次なる京の礎石であると当たりをつけた者たちなのだ。順当である。聞けば長慶の養子である義継は年少だし、三好一族や家臣たちもこの数年で随分世代交代してしまったらしい。長慶とともに戦ってきた古株はもはや松永弾正くらいしか残っていないらしい。

人々の思惑が入り混じる庭で――。

不意に、田楽の太鼓が止み、続いて琵琶の音色がぴたりとその音を止めた。人々のざわめきもやがて少しずつ収まっていく。まるでそれは、かつて源四郎が見た、日蝕の前の静けさのようだった。

庭に面した縁側に立ったのは――。

そう、松永弾正であった。

殿より挨拶にございます！　殿より挨拶にございます！　そう触れ回る小者たち。誰もが手を止めて、その視線を縁側に立つ弾正に向ける。源四郎もまた、双眸で弾正を捉える。縁側に立つ弾正は実に堂々としていた。その様は、ひと月前に偉大なる主君を失くした家臣とはとても思えなかった。それどころか、いっそ清々しいと言いたげな顔すら浮かべている。遠巻きに眺めている源四郎にさえ分かるほど、今の松永弾正は体力気力ともに充実しきっている。遠くで眺めている源四郎とてそうなのだから、近くにいる客たちなどは、冷や汗が止まらないことだろう。

ぴたりとすべての音が止んだところで、弾正はゆっくりと口を開いた。

「今日は皆、よくぞお越しいただいた。ささやかにはござるが、是非とも音曲と珍味、酒気を楽しんでいただきたい。ぜひ、ごゆるりとなされよ」

穏やかな物言いだったが、言葉には張りつめた弓のようなこわばりを背後に感じる。鏃(やじり)を向けられて弓を引かれているような、圧倒的な緊張が源四郎を襲う。

「本日は、いくつも余興を準備しておる。合わせてご堪能いただきたい」

その宣言と共に、松永弾正流の重陽の節句が始まった。

趣向の凝らされた酒宴である。

何せ、余興に相当力が入っている。大したものではないだろうと高を括(くく)っていたのだが、見当違いであった。菊酒(きくざけ)をしこたま飲んだ上での弓射りや剣術演武といったいかにも武家風のものから、連歌や田楽舞といった当世町衆の流行芸能、はたまた蹴鞠(けまり)や即興歌といった公家風の遊びまでを網羅するものだった。ここに呼ばれている人々の立場はまちまちだ。

公家もあれば武家もあり町衆もある。だからこその配慮なのかもしれない。しかし、ごった混ぜの中にあっても、一流同士がぶつかり合った際に飛び出る火花が源四郎の心中を強く揺さぶる。源四郎に絵以外の嗜(たしな)みはないが、異能やずば抜けた芸を見抜く鋭敏な感覚はある。

余興の演目を見ているだけでも時間が潰れる。このまま酒宴もたけなわに至ればいい、そう思っていたのだが――。

余興の取り仕切りを行なう用人が、今終わったばかりの傾(かぶ)き舞の横で、声を上げた。

「最後の演目となりまする！　最後の演目は――」

何をやるんだ？　源四郎は身を乗り出した。しかし次の瞬間、思わずそのままつんのめった。

「絵師・狩野家の二人の御曹司による、絵の競演にございまする！」

見れば、元秀は既に襷(たすき)を掛けて余興の場に立っている。

これでようやく分かってきた。これを隠していたわけか、と。

源四郎は人垣を掻き分けて、さっきまで傾き舞が行なわれていた場に歩を進めた。庭の上に畳を敷き、その上に毛氈(もうせん)が敷かれるその場には、松栄の用人たちの手によって絵の道具が運ばれてくる。薬研(やげん)や膠(にかわ)といった彩色の道具はない。両手持ちの大筆が用意してあるところをみれば、なんとなくその趣向の意味も分かってくる。

つまるところ、この場において即興で絵を仕上げて、その出来を競おうということだろう。

本来、絵師はこういう仕事を好まない。体面もあるが、何より絵とは即興で描くものではないからだ。綿密な計算や配置の工夫、技術や意図の積み重ね。百世に残る絵を描くのが絵描きの矜持というものだ。しかし、何事も勝負事になりがちな当世にあってはそんな言い訳は利かない。

源四郎は肚の内で得心したと同時に顔をしかめた。

親父殿め。やってくれる。

この競演が狩野家の名を傷つけることは一切ない。戦うのは源四郎と弟の元秀、つまりは共に狩野家なのだ。法論ではないが、「どっちが勝っても狩野家の栄光」である。しかしこの勝負、負けて傷がつくのは個人である。公衆の面前で天秤にかけられる格好になる。そして、こういうところでの評判が絵師としての今後の活動に関わってこよう。

この場においては、圧倒的に源四郎が不利である。源四郎は今の今まで何も聞かされていない。何の用意もなかったのだ。一方の元秀はこのような催しがあることを聞かされていただろう。何を描くのかも既に聞いているかもしれないし、練習もしているかもしれない。このような即興での競演の場合、何を描くか事前に決められて伝えられている場合も多い。

そして、もし自分が失敗をすればどうなるか。

『狩野家の嫡男は下手』という噂が流れ、仕事に差し障りが出てくるだろう。そして、それに反比例するように元秀に仕事が入ってくるようになる。

それこそが、松栄の狙いなのだろう。

馬鹿げた話だ。

一畳ほどの紙が敷かれたところで、用人が声を上げた。

「さて、今回の趣向をご説明いたします。狩野の若き絵師お二人に、あの紙の上に菊花を描いていただきます！　今回、彩色は無し、墨絵にて描いていただきます」

では――。用人は、縁側に座る弾正に向いた。

弾正は一つ頷いてその場に立った。

「そこな二人は、公方様の覚えめでたき若き狩野絵師と、才気溢れるその弟である。どちらも優れた絵を描くと聞く。狩野の絵の内奥をこの場で魅せてくれることであろうな」

弾正の言葉が終わったのを見計らうかのように、酒に酔った客たちが思い思いに声を上げる。とても絵を描くような状況ではないが、これが競作の場の現実である。

と――。

源四郎は気付いた。横の弟の変化に。

元秀は肩を震わせて顔を真っ青にしていた。震える右手でげんこつをつくり左手で包んではいるが、その左手も震えているのだから止まるわけがない。

源四郎は怒りが湧いた。誰ならぬ、松栄に、だ。

「おい、元秀」

降り注ぐ人々の放つ言葉の雨に負けぬように、源四郎は腹から声を出した。すると、歯を鳴らしながら、元秀は源四郎に向き直った。

「そう緊張するな。緊張してもいい絵は描けぬぞ」

「しかし兄上。わしはなんとしても兄上に勝たねばならぬのです。勝たねば――」

「父上に顔向け出来ぬか」

「……！」

図星らしい。

まったくもって、あの親父殿は罪作りだ。このような子供に要らぬ重圧を掛けるとは。

いや、罪作りはわしか。そう心の中で呟いた源四郎は、元秀の頭を撫でてやった。形のいい頭が手によくなじんだ。

「なあ、元秀。絵とは、勝負のための道具か？　他の人間と争うための道具なのか」

「この場においては、そうにございましょう」

震えた声で、元秀は応じた。

誤解は仕方ないことだとも言える。趣向に視線を向けている客たちも、この趣向を取り仕切る用人も、松永弾正も。そしてここにいない松栄も。これを居並ぶ二人の勝負だと誤解している。

しかし、他人の用意した理屈に従ってやる理由はどこにもない。

「違うな。どの場においても、絵を描いている瞬間は勝負ではない。ただ、描くと決めたものを紙の上に描き出すだけ。そこには自分以外誰もいない。実に静かなものだ」

源四郎は空を見上げた。もう、源四郎の耳には周りの人々の声は聞こえない。ただ、自分の心音（しんおん）と元秀の衣擦（きぬず）れの音だけが聞こえる。

「兄上がお強いだけのことにございます」

「違うよ元秀。本当に絵に埋没している時には、誰の声も聞こえないし誰の考えも頭を掠（かす）めない。ただ、自分があるだけだ。どの場にあってもそう。絵とはただ、自分と向き合うだけのもののはずだ。勝負だ何だというのは、絵の外の出来事だ」

突然、元秀が動いた。

何をするのかと思えば、頭を撫でる源四郎の手を振り払いにかかったのだった。

おお！　突然のことに、客たちが声を上げた。勝負前の鞘当だとでも思っているのだろうか。遅れて「もっとやれ」と声がかかってくる。

「元秀」

源四郎が声を掛ける。しかし、元秀は源四郎に応じようともしなかった。まるで、紡いでいる糸が切れてしまったような声を、元秀は肚の奥からひねり出した。

「兄上はあまりにお強い！　わしの気持ちなど分かろうはずがありませぬ！　――わしは、わしは、凡庸でございます！　兄上と比べてしまえば、ただの塵芥にございます」

布を裂くような元秀の叫びは二人をあおる人々の声にかき消される。

「なのに、父上は兄上に勝てと言う！　父上はわしが凡庸だと知っておられるのに！　わしは、わしは――」

「元秀」

源四郎の一言が、元秀の言葉を阻んだ。

本当なら、元秀の思いの丈をすべて呑み込んでやるのが兄としての務めなのだろう。無用な圧力を掛けられ、身丈以上の期待を掛けられているのは、兄が不甲斐ないからだ。だが、源四郎はそれを拒んだ。

元秀が凡庸かどうかなど分からない。自分がどうかなどもっと分からない。傍から見れば天才と呼ばれる人間なのかもしれないし、ただの狂人なのかもしれない。だが、そんなこと、どうでもいいことではないか。なにせ――。

「元秀。わしはな、絵を描くだけの人間ぞ。自分が何者かなぞどうでもよい。周りが何を言おうがどうでもよい。わしは、わしの描きたい絵を描く。ただそれだけだ。己が天才であろうが阿呆であろうが、それは変わらぬ」

その言葉が元秀を貫いた。

一瞬苦しげに唸った元秀だったが、いつしか手の震えは消えていた。

「兄上」

その目は、まるで赤子のように澄み切っていた。

「何ぞ」

応じると、元秀は言った。

「兄上はそう仰います。されど、今日、この場においては兄に挑ませていただきます。兄上は意味のないこととお言いでしょうが」

「そうか」

源四郎はただ一言だけで応じた。

そのうち分かる時が来る。

用意が整ったようであった。庭に敷かれた畳の上に真っ白な紙が二つ敷かれ、その横に細筆から大筆までが揃っている。赤い毛氈に二人が上がり込むと、何もしていないというのに客たちが声を上げる。

人々の声が聞こえる。しかし、雑音でしかない。

皆の視線が刺さる。だがそれは蚊の一刺しにも満たない些細なものだ。

場を支配する松永弾正の視線を感じる。しかし、真っ白な紙を前にすれば、大した問題ではない。

すう、と息を吸い、白紙の前に立ち、合図を待つ。

そして。

「始め！」

用人の声がこの勝負の始まりを告げた。

源四郎はあえて筆を取らなかった。少し離れたところで大筆を構える元秀の姿を眺める。

ふらふらと大筆に踊らされながらも、実に雄大に筆を進めているようであった。その様はまるで、侍が刀を振り回しているような風情すらある。皆の視線が元秀に集まる。筆の運びを見ながら、源四郎は嘆息した。

見ない間に弟は腕を上げたのだな、と。

弟は己を指して凡庸と評していたが、あの筆の流れ一つだけでも相当のものだ。

松栄が、己の後継者にしようと思うのもよく分かる。

だが。

源四郎は独り、笑った。

今のわしには関係のないことだ。何もかもが。

呟いた源四郎は、いったん毛氈から降りて、辺りの垣に散らせてあった菊花を取り上げて戻った。そしてそれを白紙の脇に置いた。

息を整えて大筆を取り、たらいに入った墨の中にその先を浸した。大筆は墨を吸うと途端に重くなる。この時もそうだった。両の腕にずしんと重みがかかる。しかし、その筆を抱えて白紙の前に立った瞬間、その重みすらも忘れた。

幾百の客の視線も、松永弾正も。松栄だろうが元秀だろうが。天下の形勢がどうなろうが今の自分には関係がない。

目の前に白い紙があり、天と地の間に自分がいる。

そして、天と地の間で、ただ己が筆を振るうだけ。

源四郎はただ、無心で大筆を振るった。

夜になっても、松永弾正邸での宴会は続いていた。

役目を終えた源四郎は独り菊酒をあおっていた。誰とも話す気がしない。さりとて、酒宴の場では所在なげにしていると誰かが話しかけてくる。この晩はやけにそういう手合いが多かった。出来るだけ静かな場所を探して独り酒器を抱え、飲めない酒を飲んでいる。そういう場所を見つけるのはひどく簡単だった。庭でやっている宴会だ。人目の届かないところなどいくらでもある。

そうやって、一人、喉の奥を酒で焼いていると——。

「おお、探したぞ」

頭の上から声が浴びせられた。誰だ、そう思って顔を上げると、そこには顔を真っ赤にして立っている松永弾正の姿があった。怒っているのかとも思ったが、どうやら酒に酔っているだけらしい。それが証拠に足元が覚束（おぼつか）ない様子だった。

慌てて頭を下げようとしたが、弾正はそれを手で制し、横を指した。

「そこに座ってよいか」

断るわけにはいかない。

答えを聞く前に弾正は源四郎の横に腰をおろした。弾正の体はすごく酒臭い。色んな客に酒を飲まされているのだろう。

「何をしておる」

そう言われても。源四郎は答えた。

「酒を飲んでおりました」

「見れば分かるわ。今日一番の殊勲者が何をこそこそと飲んでおるのかと聞いているのだ」

「殊勲、ですか。ただ、絵を描いただけにございます」

「あまりの謙虚は不遜に映るぞ、気を付けい」

結局、今日の昼間の趣向で一番盛り上がったのが、狩野絵師二人による絵の勝負だった。元秀は菊の花を優美に描いて見せた。会場の皆が褒めそやし、さすが狩野の若君、と惜しみない賛辞を贈った。その花の可憐さは『当代の一流絵師にも比肩されよう』と松永弾正が手放しで褒めたほどである。

そして源四郎の菊の絵である。この場にいた誰もが、他人の言葉を待つかのような態度を取った。しかし、弾正の震える一言で場の空気は一変した。

『わし如きに評価すること能わず』

評価することすら憚られるほどの名品、と弾正は述べたのである。この言葉を経て、ようやく場の人々は口々に源四郎の絵を褒め始めた。

勝負は、松永弾正により『評価する必要なし』と宣言された。すなわち、どちらも卓越して素晴らしい故に甲乙をつけてはならぬ、甲乙つけるのはこの名品二つに対する冒瀆である、そう釘を刺したのだった。

弾正は月がぽっかりと浮かんだ空を見上げた。

「見事な絵であったぞ。誰もが息を呑んだ。綺麗な絵や緻密な絵を褒めるのは容易い。しかし、心に入り込んで内から食い破ってくるような絵に対した時、人は何も言えなくなる。何を言っても的外れになるからな」

我が事を語るかのように、弾正は言葉を重ねる。

「それに、お前の筆運びは実に見ていて面白かった。舞っておるかのようだったぞ」

記憶がない。絵を描いている時にどう手を動かすかなどいちいち覚えていない。

体全体を使って筆を運ぶ様がそう見えたのであろう。すべてが終わってへたり込んだ時に全身に圧し掛かってきた疲れを思い返してみると、確かに一心不乱、体全体で筆を振るっていたのだろう。

「さあ、覚えておりませぬ。ただ一所懸命に筆を振るっておりました」

「ははは、お前という奴は。――しばらく見ぬ間に随分と大きな男になりおった。もしお前が武働きをする男だったなら、とうの昔に抱えておるところぞ」

弾正とこうして顔を突き合わせるのも随分と久しぶりだ。二条御所ですれ違ったりすることは何度もあったが、ずっと会釈ばかりの付き合いだった。

「のう、狩野源四郎」

「はい」

いつの間にか、弾正の表情からは酒気が抜け去って、狡猾な老人の表情そのものになっていた。こうして不用意に相手を戦慄させる表情を浮かべているということ自体が、弾正に酔いが回っている何よりの証拠のような気もした。

「わしの元に来ないか」

「弾正様の元に?」

「お前の才を見せてもらった。思えば、お前がああして絵を描くのを見るのは初めてであった。まさか、狩野の御曹司がこれほどの高みにいたとは今まで気付かなんだ。――三好が、お前たち一族を抱えよう。さすればお前たちも仕事がしやすかろう？　確か狩野家はどこにも仕えずに様々な公家衆や大名家に絵を卸しておるようだが」

正確には、一応足利将軍家に出仕している形を取っている。しかし、そんなものは既に有名無実化しているし、土地を安堵してもらっているわけではない。だったら、どこかの大名家に抱えられ、土地でも安堵してもらった方が実利は大きかろう。

と、松栄だったら思うことだろう。

「とにかくだ。お前さえよければ、三好はいつでもお前のために席を用意しようではないか。どうだ」

破格の取り計らいだ。それは痛いほどに分かる。

源四郎は菊酒を舐めながら、弾正の口説き文句をへらへらとかわすばかりだった。

なにせ源四郎は既に生涯を賭けて仕えるべき相手が見えていた。それこそ、子供の時分から。

「祝着至極に存じます」

源四郎が頭を下げると、公方義輝ははにかんだ笑みを浮かべた。

「別に祝着がどうのということはない。ただ、やるべきことをやったのみぞ」

照れる主君を見るのは初めてのことだった。おかしくて源四郎は思わず噴き出した。

「笑うでないわ」

照れをごまかすように、義輝は口をひん曲げた。

義輝は、大事を為したのである。

この年の十月、信濃国（しなののくに）の川中島（かわなかじま）で対陣していた上杉と武田の撤兵が成った。双方が義輝の和解提案に乗ったのである。越後の竜と甲斐の虎は、共に己の穴蔵に帰っていった。しかし、義輝には自分の随意（ずいい）となる武力はほとんど存在しない。いつぞやの前言通り、義輝は後ろ盾がまるでない状態であっても調停者の役を見事に果たしたのであった。

「とにかく、祝着至極なことで」

また源四郎が頭を下げると、ふんと義輝はそっぽを向く。

「まあ、今年中に終わる戦であったことに変わりはないがな」

信濃国は雪深い地方で、これ以上戦が長引けば雪中での対陣となる。さすれば上杉・武田ともに兵力の激しい消耗のみが延々積み重なる厳しい戦となる。川中島はもともと係争地であり、一度の勝ち程度では簡単に獲得できる地域ではない。そもそもこの戦は冬の到来までに終結する見通しの戦であった。

停戦命令がなくともいつか終結した戦だった。

しかし、義輝公は続けた。この停戦において、予の働きは無意味ではなかった、と。

「恐らく、上杉・武田共に冬の到来を睨みながら対陣しておったろう。そして、いつ戦を終わらせようかと思案を巡らしておったはず。しかし、自分から撤兵すれば負けを認めるようなもの。そうして両軍とも動けない。そんな膠着（こうちゃく）が続いておったのではないか？」

義輝は扇を取り出して、畳を叩いた。

「予の停戦命令。これが両軍にとっての言い訳になったのではないか？　『公方様の言うことだから、守らねばならぬ』という大義名分が立つのでな。無駄な体面争いとなって、いたずらに陣を張っていた両陣の矛先を収めさせたのだから、全くの無意味とは思わん」

源四郎の中で疑問が湧いてきた。

それは――。

「今までの公方様とはまるで――」

「いや、お前の言わんとするところは分かる。しかし、こうも思わんか？」義輝は薄く微笑んだ。「公方とは、この日本におる大名どもや寺社どもの諍いを止めるだけの役割を負えばそれでよいのではないか？」

「諍いを、止めるだけ？」

わけが分からない。義輝は続ける。

「のう源四郎、昔、お前に問いを発したことがあったな」

「は？　どの問いにございましょう」

これまで、源四郎は何度も義輝の無理難題に翻弄されてきた。身に覚えが多すぎて、義輝の言う『問い』がどれのことなのかまったく見当がつかない。

「ならばもう一度聞こう。闘鶏(とうけい)における勝ちは誰のものぞ」

ん？　源四郎の心の中に引っかかるものがあった。どこかで聞いたことのあるような気がする。

思った答えをそのまま口にした。

「は？　決まっておりましょう。勝った鶏のものでしょう」

ふ。短く笑った義輝は、顔を源四郎に向けた。

源四郎は思い出した。不意に義輝の顔が、昔の義輝の顔と重なった。あの頃の表情のまま、義輝は今ここに座っている。あれはいつだったか。遥(はる)か遠い昔、まだ源四郎が元信に背負われるほどに幼かった頃、同じく幼かった義輝が源四郎に言ったこと。

『この闘鶏の勝ちは誰ぞ』

闘鶏が終わった時、義輝から放たれた問いだった。源四郎はその問いに、今と同じ答えを返した。すると、義輝は不満げにこう述べたのだった。

『本当にそうか？　予はまったく別の感想を持っておるぞ』と。

随分前に問われた言葉だ。あまりに遠い昔過ぎて、かつてそんな問いがあったことさえ忘れていた。今まで義輝が一度としてその答えを問い質(ただ)してこなかったということは、きっと義輝にとってあの問いは源四郎に向けられた言葉ではなかったのだろう。きっとこの公方は、子供の時分からこの疑問を抱え続けてきた。三好によって京を追われてもなお。そして、三好に半ば屈服する形で京に戻ってきてからも。公方として座にあり続けた日々の間も、ずっと。

聞きたい。源四郎は思わず身を乗り出した。

そんな源四郎を知ってか知らずか、義輝は、満面の笑みを浮かべた。

「闘鶏の勝ちは誰か。それは、闘鶏を取り仕切る、主よ」

義輝の言葉がこの場に反響した。

「表層では、やれ白い鶏が勝ったの茶色い鶏が勝ったのと言うが、実際には、場を取り持って勝負を眺め、適切な時を待って勝負を終わらせる主こそ、真の勝者ではないか？　闘鶏で賭けでもやってみろ。一番得をするのは闘鶏の主なのは自明なことであろう」

言われてみればその通りだ。傷つけあう軍鶏たちは、ただ懸命に爪を相手に突き立てているだけで、まるで利益はない。闘鶏の場を支配しているのは、義輝の言う通り、軍鶏の首に縄をつけ勝負の推移を見守っている軍鶏の主だ。

思うに。

義輝は言葉を重ねた。

「天下も、そうなのではないか」

「と、いうと」

「今、天下には大小さまざまな武家がおる。かと思えば公卿もおるし坊主や神主もおる。はたまた町衆もおるな。そういった者たちがぶつかり合っておるのが当世よ。まるで嘴をつつき合う軍鶏どものようにな。そんな時を生きる予はどうなるべきか。——恐らく予は、闘鶏の主となるべきなのだ」

義輝は源四郎を一直線に見据えている。このひたむきな視線が、一番恐ろしい。

「この国に溢れ返っている軍鶏どもの首に見えない糸をくりつけ、ことが起これば予がその糸を引っ張る。そして戦の火種を早いうちに消していく。さすれば、世の中は平らかになろう」

「しかし、そう上手くいくでしょうか」

「そこで、此度の成功が生きてくる。関東の上杉と武田が予の命令を聞いた。この事実が他の軍鶏の首を縛る強い糸となるだろう」

将軍の命を受け、上杉・武田が矛を収めた。それは、見方を変えればその二者が将軍の権威に屈服したとも映る。それに義輝はこれまでいくつもの停戦命令を発し、他大名たちを従わせている。その実績がある種の権威となり、やがて逆らい難い隠然とした力となる。

そして。義輝は強い口調を重ねた。

「予は、この国の闘鶏の主となる」

永禄八（一五六五）年の正月は、ひどく寒かった。

年始回りの時には雪が降った。そんな中、平次と共に「寒い」と言い合っては室町通りを往復する正月となってしまった。正月二日などは京には珍しくひどい吹雪（ふぶき）となって、前が見えないほどであった。

今年は、荒れますなぁ。

珍しい吹雪を障子越しに見やりながら、京の人々は噂し合った。しかし、源四郎の耳にはそんな言葉は飛び込んでこない。

三好長慶の死から早数カ月。三好家中は落ち着きからは程遠い情勢のようだ。噂によれば、新当主である義継にあまり発言権がないらしい。そして、老臣の代表である松永弾正や、三好長慶の一族といった有力者による合議体制へと移行したらしい。

三好長慶という巨像が消えた。

京は少しずつ、しかし着実に軋（きし）み始めている。

それが証拠に、今年はいやに町衆の正月飾りが地味になっており、正月にかこつけて家々を回る芸人たちの姿もまばらでしかない。もちろん、前も見えない吹雪の日に、あえて芸人が芸を売ることなんてありえないから仕方がないこととはいえ、正月らしさは遥か彼方に消え失せている。

源四郎は肌で世の中の変化を感じ始めていた。

「いかが、なすったのですか」

ふいに、平次が声を上げた。

「あ、いや。少しな、気になることがあって」

「ああ、絵のことにございますか」

「そうだな」

源四郎は正直に頷いた。

絵師にとり、年末年始は一つの書き入れ時である。年末には正月用の掛け軸を欲しがり、正月にはなんとなく財布の紐(ひも)が緩むのが人情というものだ。無論、この年末年始もそのつもりで方々を回っているのだが、絵の依頼は入らなかった。その代わり、皆が口を揃えるのは、『これから、どうなるやろか』という、漠然とした疑問の言葉だった。

絵などというものは所詮、あってもなくてもいい、生活の「おまけ」のようなものである。日本のどこかで戦が起これば途端に売れなくなり、日本のどこかの戦が終わればまた売れるようになる。そんな現金なものなのである。

とはいっても、ここまでの乱高下は今までになかっただけに、源四郎の驚きは大きかった。

「大丈夫にございましょう」平次は頬を雪で真っ白にしていた。「天気のせいにございます」

「だと、いいがな」

源四郎の心は今一つ晴れなかった。

源四郎自身、気付いている。京という町が、少しずつ力を失くしていることに。あれほどの活況を持っていたはずの町衆たちも元気がない。武家などもっと元気がない。この空気の変化が三好長慶の死によってもたらされたものだとするのなら、長慶はあまりに大きな男だった。どんどん勢いを失くししぼんでいく京の空気の中で、自分までもが押し潰されてしまうのではないかという不安が圧し掛かってくる。

どうしたものか。

源四郎がそう心の隅で呟いていると——。

吹雪の間を掻き分けるようにして、一人の男が源四郎の前に立った。その男は、まるで自分の存在を知らせようとしているかのように、腕で何度も何度も錫杖をゆすり鳴らした。しかし折からの吹雪のせいで、その音さえも半ばかき消されてしまう。頭に笠をかぶり、蓑（みの）を全身にかぶっているのは——。

「相変わらず、神出鬼没ですね」

口を開くと、中に横殴りの雪が飛び込んでくる。

一間先が真っ白に塗りたくられたかのような雪景色の中で、その男は莞爾（かんじ）として笑った。

「おう。神出鬼没なるがゆえに、日乗よ」

源四郎が苦笑いを浮かべると、日乗は脇の大荷物を抱える平次を見やって、ははん、と唸った。

「いや、お察しするぞ。正月から大変だな」

「分かりますか」

「おう、分かるさ。俺だって挨拶回りだ」

そう言って、錫杖を持つ手とは反対の手を掲げると、その手には大きな包みがぶら下がっていた。心付けとばかりに配っているのだろう。

「俺たちみたいな小者は、せせこましく歩き回って大物のおこぼれに与（あずか）るしかないわな」

源四郎は答えなかった。

それを促しと取ったのか、蓑笠姿の日乗は笠の雪を落として口を開いた。

「そうそう、こりゃあ、日乗の神通力、つまりは予言なんだがな」

「はい？」

「そう変な顔をするなよ。俺は怪力乱神を語る坊主なんだからよ。昔からそうだろうが」

「いや、そりゃそうですが」

しゃらん。しゃらん。何度も錫杖を鳴らし、日乗は源四郎のことをじっと見やる。いや、源四郎の顔を見ているわけでもない。さながらそれは、源四郎の瞳の奥にある心の鏡を覗き込んでいるかのような、そんな深いところを見る目をした。

「恐らく、今年中に、公方様は公方様でなくなるぞ」

え？　義輝公が？

どういうことです、そう訊こうとしたものの、日乗の方が一枚上手だった。源四郎が口を開くよりも一瞬早く、日乗も口を開いた。

「まああくまでこれは予言ぞ。当たるも八卦(はっけ)当たらぬも……というだろ。あれみたいなものだ。よって信じるも結構信じぬも結構。当たる保証もないし当たらぬ保証もない」

鼓動の高まりが収まらない。

「何か、ご存じなのですか」

「知っているといえば知っているし、知らぬといえば何も知らぬ。ただ――。いずれにせよ、俺やお前さんは、結局のところ碁盤(ごばん)の端っこにある小石みたいなものだ。天下の中央を占める石たちが如何な働きをしているかなど分からんよ。ま、俺たちは結局、どの石と仲良くできるか、ってだけしか選ぶことができないんだろうな。――お互い、せいぜい弾かれないように頑張ろうじゃねえか」

日乗は何かを知っている。聞くところだと日乗は様々な公卿や大名のところに出入りしているというし、正月回りもその一環なのだろう。源四郎よりはるかに要領よく立ち回り、色々なことを耳にしているに違いない。

そして、なぜかこの男は源四郎にそうやって得た情報の一部を惜しげもなくくれる。

「なぜにございましょうか。なぜ、日乗殿はこうもわしに色々と教えてくれるのです」

日乗は源四郎から視線を外し、雪の降る様を眺めるように視線を泳がせた。それはまるで、心の中に浮かぶ幾つもの言葉を選び取っているようにも、無理矢理紡ぎ出しているようにも見えた。そのせいか、日乗の口から飛び出したのは、極めて理路整然とした言葉だった。

「言うなれば、お前さんという人間に価値があるからだな」

「わしに、価値？」

「公方様の秘蔵っ子の絵師。となれば、お前さんには相当の価値がある。たとえばだ、俺がお前さんをある大名に口利きすれば、恐らく俺はたんまりと礼を貰えることだろうね。

お前さんは今、公方様の専任だ。それが鞍替えしたとなれば、お前さんが思う以上にその意味は大きいんだよ」

なんとなく、分かる気がする。

ま、と日乗は言った。

「別に、無理にとは言わないよ。付き合いがいい加減長いんだ。どうせ、お前さんは自分の思うがままにしか動かないんだろ？　だったら言うだけ無駄ってもんだ。だが――」

その瞬間、さらに雪が強まった。源四郎のかぶる笠もばさばさと悲鳴を上げ、日乗の肩に降り積もっていた雪は音もなく風に吹き誘われて、降る雪たちの中に溶けていった。

「もしも、もしもだ。危なくなったと感じたら、俺を訪ねてこい。さすれば、お前に紹介できるお人がいる。公方様と変わらぬほどの力を持ったお方ぞ。悪いようにはならん。それだけ、覚えておいてくれや」

そう言い残すと、日乗は踵を返し、雪景色の中、一歩一歩、足元を確かめるようにして歩き始めた。最初は明瞭に見えていた背中も、大雪のせいですぐに霞み出し、数間も離れてしまえば何も見えなくなってしまった。

その残像をいつまでも眺めていると、平次が源四郎の袖を摑んで引っ張った。振り返ると、平次は不安げな顔をしながら源四郎のことを見やっていた。

「どうなるのでしょうか、これから」

この少年はこの少年なりに、京の変化に気付き始めているのだろう。

源四郎は答えた。

「大丈夫だ」

果たしてこの言葉は、本当に平次に向けている言葉なのだろうか。口にしながら、源四郎はひたすらに自問を重ねていた。もしかすると、この言葉は、わしがわし自身に向けている言葉なのではないか？　平次に言い聞かせたふりをしているだけで、本当は自分で自分を納得させたいだけなのではないか？

しかし、そんな疑問は、いつまで経っても降り止むことのない雪にかき消されていった。

「大層な、雪であるな」

奥書院の障子越しに真っ白な庭を眺めながら、義輝は独りごちた。前の日とは打って変わり晴れ渡った空の下、前日の雪が弱い日差しを反射して光が目に飛び込んでくる。思いのほか明るい景色に、つられて表の景色を眺めた源四郎は顔をしかめた。

義輝は短く笑った。

「しかし、昨日年始回りをした連中は大変だったろうな」

「ええ、大変でしたよ」

「なんと、あのような雪の中を回ったのか。いや、大変だったな。尤も予も一昨日昨日と禁裏に上っておったから、まあ似たようなものか」

義輝も昨日まで帝のところに参上していたらしい。公方様がわざわざ訪ねるほどの人となると、もはや帝くらいしかいないだろう。とにかく、この公方様唯一の正月回りが早々に終わったその次の日、源四郎は義輝に呼ばれ、こうして二条御所にやってきたのだった。

ふいに、どしゃりと音がした。見れば、庇から雪が落ちたようだ。軒先に大きな雪の山が出来ていた。

「さて、源四郎。今年の抱負は決めたか」

「抱負にございまするか。決めておりませぬ」

「ほう、なぜだ」

「人は正月がなんだと言いまするが、結局正月は、昨日までの積み重ねによる明日にございましょう」

源四郎の手元には、年末と年始をまたいで描いている絵も沢山ある。すると、あまり正月をのんびり祝う気になれない。事実この後、工房に戻り絵を描くつもりでいる。正月だからといって気持ちを新たにすることなどまずない。正月とは、世間の都合に合わせてなんとなく腰が落ち着かない、変な時節である。

　すると、義輝は声高く笑った。

「そうか。その昔、一休坊主が『冥土の旅のなんとか』と歌ったらしいが、お前には関係のないことか。実にお前らしいことだ」

「では、公方様にはおありなのですか」源四郎は訊いた。「今年の抱負が」

　すると、義輝は大きく頷いた。

「ああ、あるぞ。そうだな、今年までに、この日ノ本のめぼしい者たちの首に、縄をつける」

「縄、にございまするか」

「ああ」義輝は頷いた。「先年三好筑前が死んだことで、近畿における武家勢力が弱くなった。しかし、一方で機でもある。不安定な場に、遠国の力ある大名どもが入る隙間が出来たとも言えるだろう。その亀裂に、上杉や武田、朝倉や毛利を打ち込む」

　これまで、京一帯は三好の力が強く影響していた地であったが、三好長慶が死んだことにより三好家内部でも混乱があり、行使出来る力が弱まっている。京に生活する源四郎とて肌で感ずるところである。そんな京の只中に、地方大名たちの足場を与える。

　しかしそれは――。

源四郎の不安を察したのか、義輝は脇息に寄りかかりながら鼻を鳴らした。

「むろん、応仁の大乱のようにはならぬ。応仁の大乱でかくも諸大名どもの抑えが利かなかったのは、結局公方が定まっておらなんだからよ」

応仁の乱の一因に、当時の政治的空白がある。当時の公方・足利義政は政治向きに興味を示さず作庭に血道を上げていた。その義政の後継者争いがあの大乱の遠因であった。唯一調停者として動くことが出来たはずの義政は全く動かず、己の芸道の高みを目指して、独り自分の精神の中に逃げ込んでいた。

「当たり前のことよ。応仁の大乱はたとえるなら、主のおらぬ闘鶏のようなものよ。お互いに退くことを忘れ、死ぬ寸前まで爪を向け合った結果のな。しかし、今の京には予がおる。予が立ち回り、諸大名どもが牽制しあうように仕向ける」

それが、義輝公の天下か。源四郎は息を吐いた。

今、公方そのものに武力はないが、足利将軍家・武家の棟梁という格式はある。義輝が言うのは、格式をもって武力を持つ大名たちと相対しようということだ。足利将軍家という名をもって戦の調停に走り、武家の棟梁という格式でもって、新しく興ってきた力に対抗しようとしている。

しかし、この義輝公のやり方は、言うなれば秤を操るが如きことだ。

絶えず秤が水平を指しているように分銅を操らなくてはならない。吹く風や、突然重くなる皿にも注意を払わねばならない。そうやってようやく秤の均衡は保たれる。しかし、一度でも分銅の重さを読み間違えたり、もう片方の皿の重さを見誤ったりすれば。

ふん。義輝は源四郎の顔を覗き込んだ。不敵な表情で。

「天下を睥睨するとは、まさに闘鶏の主のようなものよ。絶えず天下の安寧を願わねばなるまい。……それに、もう、京から離れたくはない」

え？

源四郎は義輝の言葉の中に哀調が混じっているのを感じ取った。この公方様が感情をにじませることなどほとんどないだけに、源四郎は続く言葉の先が気になって仕方がなかった。

義輝は続ける。

「予には、弟がおる」

これまで、弟君の話など聞いたこともなかった。

「生まれてすぐ、奈良に坊主として出された。予とて、幾度も会ったことはない。たしか三つで奈良に向かわされたはず。向こうは予のことなど覚えておるまい。それだけではない。予には何人も弟がいるが、会ったことなどない」

話の先が分からない。黙っていると、義輝は言葉を選ぶかのように目を泳がせた。

「子供の頃、京の町をよく歩いた。そこで、予は闘鶏を見た。町の民草たちを見た。その二つが目から離れぬ。闘鶏から予は天下の法を学んだ。町の民草からは、家族を見た」

「家族」

「ああ。兄と手をつないで走る弟。ままごとに興じる姉と妹。手をつないで歩く親子。そして、じい様に肩車をされ、鼻血で絵を描く子供」

そうだ。幼い頃から都を追われて過ごしてきた義輝にとり、血縁のつながりなど意識する暇などなかっただろう。いつ殺されるか分からない中において、家族の温かさなどあったかどうか。

「源四郎。予はな、最初、お前たち町衆が羨ましゅうて仕方がなかった。しかし、予にはどうしても手に入らなんだ」

家族。それはもしかすると源四郎とてそうかもしれなかった。外からどう見えているかは知らないが、少なくとも今は、義輝が憧れているだろう家族は源四郎だって持ち合わせてはいない。

「しかしな源四郎。予はこう思うようになったのだ。予が手に入らなんだものを持っている者たちを、なんとしても守らねばならぬ、とな。――そのために、武力を用いるなどもってのほか。尤も、予に随意になる兵などおらぬから、そもそもその考えはなかったか」

自嘲気味に笑う。しかし、その笑いを抑え込み、ふと義輝は真顔に戻る。

「だから予は、戦を止める公方として君臨し、諸大名どもを抑え込もうと決めたのだ」

初めて、源四郎は目の前の公方様の描き出す天下の形を見たような気がした。そして、その天下の形は、義輝公という一人の人間のあり方に収斂(しゅうれん)している。

わしは、間違いではなかった。源四郎は独り、頷いた。

「しかしな、源四郎」

義輝は源四郎に向いた。

「予にこうして覚悟が決まったのは、実はお前のおかげぞ」

は？　わしが何かしてしまったのだろうか。いくら思い返してみても、その答えは見えてこない。

すると、義輝は微笑を口の端にためながら答えた。

「子供の時分。お前が鼻血で描いた絵。あれを見た時、予は心の奥に衝撃を受けた。いや、決して上手くはなかった。しかし、その絵の奥にお前という人間の力が満ち満ちているかのようだった。屋敷に戻って色んな絵とお前の絵を比べても、やはりお前の絵の方が、遥かに力があった」

　それからぞ。義輝は言った。

「お前の絵に魅せられるようになったのは。絵を描かせてみれば、お前はあの頃と変わらぬ絵を描いてきおった。予もあれから、色々と絵を見てきたし学んでもきた。しかし、それでもなお、お前の絵が褪(あ)せることはなかった。では、お前の描く絵の力とは何ぞ？　そう考えるうち、一つの結論に達した」

「結論、ですか」

　いつしか、義輝の表情は紅潮していた。

「ああ。お前の絵の力は、お前のものぞ。お前という人間の持つ強さ。それが絵を輝かせているのだと思うた。ならば――、予はその時決めたのよ。予も、お前に負けぬような心でもって、政(まつりごと)の場で戦ってやろう、と」

「勿体(もったい)ないお言葉に――」

「よい。源四郎、謙遜(けんそん)はよせ。お前は予の師であり友だ。遅ればせながら、これからは、師として、そして友としてお前を遇(ぐう)する」

　その日のうちに、義輝のこの言葉は現実のものとなる。

　義輝の元を辞去して一刻も経たないうちに、二条御所から使いがやってきた。その使いが懐から差し出してきた文に曰く――。

次回訪問より、大小の帯刀を許す。

脇差を差すことですら、相当の身分の者か側近にしか許されない特権である。だというのに、将軍は御前での大の刀の佩用まで源四郎に認めたのである。この国において、将軍の御前で刀を差していい人間がいるとすれば、先将軍か帝くらいのものであろう。

この年の春、雪解けを待ったかのように、義輝公の名前で諸大名に命令が出された。

『兵を参集の上、上洛すべし』

義輝は、天下の秤皿に一つ、大きな分銅を投げ入れたのだった。

京の春は華やかだ。

夏や冬は極端に過ぎ、あまり好ましい季節ではない。その代わり、春と秋は格別である。山が近いこともあり、季節の変化が分かりやすい。秋となれば赤や黄色に山が燃える。春先は、ところどころで梅が白い花をつけ、桜のつぼみが膨らんで薄い紅色の花を咲かせる。風も柔らかい。吹く風に暖かな陽光が混じる。

不思議なものだ。人心はこうも定まらないというのに、季節はただただ刻々と、そして当たり前のことであるかのように移り変わっていく。

そんな中、源四郎は平次を連れて京の町を歩いていた。

源四郎の手には、義輝から拝領した筆。平次には、風呂敷を二つ持たせている。以前よりも人通りの減った室町通りを歩いていた源四郎は、ふとあるところで足を止めた。

「よし、ここにしようか」

声も上げずに、平次は風呂敷の一方を広げた。その中には小さな卓と座布団が入っている。それらを道の端っこに据えて源四郎を見やる。源四郎は据えられた座布団の上に座り、懐から半紙を取り出した。道行く人々の怪訝な目など気にはしていられない。源四郎は卓の上に半紙を広げ、卓の向こう、ちょうど室町通りを挟んで反対側に建つ寺を見上げ、筆を躍らせた。

一刻も経たない間に、半紙の中にはその寺の門や壁が描き出された。

乾くのを待って、源四郎は平次にその半紙をやる。すると平次は、もう一方の風呂敷包みを開き、その絵を収めた。

平次に卓と座布団を片付けさせると、また室町通りの人の波に加わっていく。

そんなことを何度も繰り返す。

辻で目立つことをやっていれば、当然知り合いに会う。室町通りといえば京の都の大路である。そこで人に会わぬはずはないのだ。

やはり、この日もそうだった。

「源四郎さん、なにをしているんですか」

ある公卿の家を描いていた時、聞き覚えのある声に気付いて顔を上げると安の姿があった。どこか商い先からの帰りの様子だ。

最近どうですかご商売は。そう声をかけると、安は顔をしかめた。

「まったくいけませんな、売れなくて。でも、確か公方様が大名たちに上洛を命令したんでしょ？ってことは、この不景気もあと数カ月の辛抱ですわな」

安は顔をしかめた。

「何をしているんです、こんなところで絵を描くなんて」

「ああ、公方様のご命令にございますれば」

「命令？」

数日前、直々にもらった仕事だった。

もちろん、絵師としての仕事である。

「それはどんな？」

「ええ、京洛の絵を描けと仰せで」

ある日、源四郎が顔を出すなり、義輝は興奮気味に言葉を投げやってきた。

『この前、妙覚寺（みょうかくじ）で絵を見た。お前の筆であろう。あれは何ぞ』

妙覚寺というと、狩野家の墓のあることからも分かる通り、狩野家との付き合いの長い寺である。その関係もあって大小様々な絵を納めている、いわゆるお得意様である。どの絵のことを言っているのかにわかには分からなかったが、続く言葉によって義輝の言う絵が何なのか、ようやく合点がいった。

『あの京の町が描かれている屛風よ』

祖父・元信の供養のために寺に寄進したものだ。普通そういう品は死蔵させておくものだが、一度寄進したものをどう使うかは先方の都合というものだ。

して、その絵が如何致しましたか？　そう訊くと、義輝は即座に口を開いた。

『あれを超える京洛の絵を描いて欲しい。いくら時をかけてもよい。天下の主たる予が持つに値すると思う逸品を作ってこい』

途轍もない依頼だった。

あの絵は亡き元信のことを思って源四郎が描き上げたものだ。誰かのために、何かのために、と気負って描いた絵はその筆の乗りがまるで違う。描き終えた後にすら、筆先に感じていた絵そのものの力を思い出すことが出来るほどだ。忙しい最中に描いたものだが、源四郎の中でも納得のいった作である。

それを超えたものを作ってこい、とは——。

しかし、義輝はこう付け加えた。

『予の天下を描いてこい』

義輝公の天下――。

そうして源四郎は、義輝の言葉の意味が分からないままに、京の町に繰り出して写生に精を出しているのであった。

小首をかしげながら、安が声を上げる。

「ほう、面妖な依頼ですなあ」

「ええ、これがなかなか」源四郎は筆の尻で頰を掻いた。「義輝公の天下を描いてこいとはどういうことなのでございましょう」

「うーん、わしには分かりかねますがな」と、だぶついた顎を揺らしながら、それでも安は応じた。「この御代こそが、公方様の天下ではないかと」

確かに安の言う通りだ。

もし公方様の心中が安の言葉通りだとすれば、わざわざ源四郎に言明する必要はない。あの言葉には何か含みがあるのではないかという気がしてならないのだが、義輝公の真意がどうしても見えてこない。

「まあ、これはあなたにしか解けぬ難題でしょうな」

一瞬、足元が覚束なくなるような錯覚に襲われた。

源四郎は頭を振った。それこそが、自分の歩いてきた道ではないか。子供の頃から粉本を否んだ。周りから我儘と後ろ指をさされながらも、ずっと自分の流儀を通してきた。そして、祖父の元信には、『狩野を超えろ』と遺言された。今更、何を恐れることがある。元々わしは、こういう道を超えてきたのではないか。

源四郎は筆先を半紙の上に落とし、目の前の公卿邸を紙の上に写し取っていく。縦横無尽に筆を振るい、自分の見たままを描いていく。

筆先が動き始める。絵の描く様を見やりながら淡く微笑む安は、ぽつりと口を開いた。

「しかし、源四郎さんは、最後までわしの掌に収まってはくれませんでしたな」

源四郎は手を止めて安を見上げた。

一方の安はといえば、さっきの微笑からまるで表情を変えない。そしてその表情が、商人としての安の表の顔であることも源四郎は知っている。

安は頭を掻いた。

「ここからは、商人の本音ということでお聞き流しいただきたいのですがね。――狩野の皆様から絵を卸していただいて商売している身ではありますがね、実は、商人にとってそんな上下の関係なんて、いくらでも引っくり返すことの出来るものなんですよ」

源四郎の横で、平次もまた小首をかしげている。

安は言葉を重ねた。実に穏やかに。しかし、その口から飛び出したのは、少々の毒と、鋭い切っ先を隠している言葉たちだった。

「狩野は扇絵を販売する御免状をお持ちです。されど、実際に扇絵を商うのはわしら美玉屋。つまり、わしらがおらねばいくら御免状があったところで狩野には一銭も金が入らん仕組みです。わしらが扇絵を売らなければ、狩野は立ち行かなくなるんですからな」

「な……」

顔色を変えたのは横の平次だった。

しかし、源四郎は今にも非難の声を上げそうな平次を手で制した。

安が言うことは事実だ。

源四郎の心中には単に興味があった。そういえば、安という男も、恵比寿顔の奥にある本音を見せることがまずない。この男の幾重にも重ねられた面の皮の向こうにどんな本音が隠れているのか。源四郎の目は、既に安の内奥に向いている。

顔をしかめて、安は顔を振った。

「あなたに、その理屈は通じなかった。最初は『現実が見えておらんのか』と思っていたんですが、どうもそれも違う。四代目の坊のくせに、何だかむしろ、手負いの狼みたいなお人でしたわ。常に何かに飢えてる。周りに襲いかからんと牙を剝いている。――御しづらい。そう思いましたわ」

それでも最初は上手くいってたと思うんですけどなあ。独り言をつぶやくように、安は続けた。

「公方様に呼ばれるようになってから。その頃から、あなたはずいぶんと手に負えんようになってきましたわ。そして今では、扇絵なんてなくても独りで食っていけるだけの力を手に入れた。悔しくてなりませんわ」

ゆっくりとかぶりを振った安は、にっこりと笑って見せた。

「あなたと、仕事をしたかったんですけどなあ」

「もしも」源四郎は答えた。「わしが今描いている絵がお望みなら、わしはいくらでも安殿と仕事をしますよ」

「はは、冗談。その絵はいけません。なにせあなたの絵は――新しすぎる。この絵を町衆が欲しがるまでに、あと三十年はかかるのと違いますかな」

新しい。安の言葉が、源四郎の胸にゆっくりと、けれどひたひたと染入った。

「安殿から褒められたのは初めてのような気がします」

「馬鹿おっしゃいな。わしはずっと、あなたのことを褒めてきましたよ。けど、あなたの描きたいものは、町衆には売れん。だから商売人として見た時、あなたの描きたい絵は要らん。それだけのことです」

安はくるりと踵を返した。

行くのですか。そう訊くと、安はうん、と頷いた。

「もしも、金に困ることがあったら、また一緒に仕事させてくださいな。けど、その時には、町衆の好みに合わせて描いてもらうのがご条件ですからね」

「ええ、分かりました」

源四郎は、その言葉の中に万感の思いを込めたつもりだった。感謝、そして拒絶。通じたかどうかは源四郎には分からない。

一方の安はといえば、一度だけ振り返って一つ頭を下げると、その大きな体を揺らしながら室町通りの往来の中に消えようとしていた。少し寂しそうに見えたのは、源四郎の感傷のなせる業だろうか。

「若惣領」

平次が源四郎の顔を覗き込む。

「あの人の心持ちが分かりませぬ」

「わしには分かる気がするぞ」

「あの方は、如何な心持ちなのでございましょうや」

「お前にも、そのうち分かる時が来る」

己の道を通すということはそういうことだ。人は周りを気遣いながら大路を歩いている。そうでなくば周りに迷惑がかかるからだ。しかし、野放図に道を歩きたいというのならば、大路を通るのではなく、暗くじめじめした裏路地を独りで歩くしかない。野放図に道を歩きたいといって大路を我が者顔で闊歩するのはよほどの粗忽者か乱暴者のやることだ。少なくとも源四郎は、野放図に道を歩きたいと願い、裏路地を選ぶ人間だ。

安はずっと、源四郎を大路の側に引っ張っていてくれた人だったのかもしれない。

源四郎は心の隅で呟いた。こうしてわしは、どんどん、取り返しのつかない内奥にまで迫っていくのだな、と。

ずっと源四郎の脳裏にあった光景である。自分を通す。すると周りに人がいなくなっていく。最後には、暗い獣道を自分一人で歩く羽目になってしまう。一方で源四郎には見えている。暗く狭い獣道の涯に一条の光が差し込んでいるのが。

要は、どちらを取るか。

源四郎には、ただそれだけのことのように思えた。そして、自分は、真っ暗な闇の中を独りで歩んででも、一筋の光を手に取ってみたいと願った人間だと思えてならなかった。

光に誘われる蛾のように。

だが、その先に何があるのか、源四郎は知らない。

家の画房にて、平次と一緒に描いてきた絵を並べてみる。八畳敷きほどの部屋を京に見立て、色々な建物を配置していく。京の町は条坊によって区切られた碁盤の目のような町である。四角い部屋をその基盤に見立てるのは難しいことではない。

だが――。

置かれた半紙を前にして、源四郎はすっかり弱ってしまった。

源四郎の心の内を代弁するように、平次が声を上げた。

「だいぶ、偏ってますね」

考えれば当たり前のことなのだ。条坊によって都が区切られていたのは遠い昔のことである。平安の中頃には右京は荒れ果て左京のみが残った。そして、応仁の大乱や天文法華一揆やこの時代に重なった大火により、京の町は左京北部の上京と、左京南部の下京のみになってしまった。その上京と下京を繋ぐように、大通りである室町通りが南北に走っている。よって、正確な位置を落とし込むと、北と南に半紙が集中してしまうのである。上京、下京を外れたところには、何もない。ただ、先の大火で発生した夥しい灰燼が残るばかりだ。昨今、多少人々が住むようにはなったが、ここが町として機能し始めるのは随分と後のことになろう。

致し方なし、か。

解決する方法は幾らでもある。

「まあ、どうにかなるだろう」

「どうなさるんです？　こんなに偏っていて屛風の中に収まりましょうか」

源四郎は平次に笑いかけた。

「絵とはな。己の眼に入ったものをそのまま描くものではないぞ」

「え？　それはつまり、粉本を用いると？」

「違うよ。——ああ、違わなくもないか」

すると、分からない、とても言いたげな顔を浮かべた平次は唇を曲げた。

「どういうことにございましょうや。お教えくださいませ！」

「そうだな——」

源四郎が口を開こうとした、まさにその瞬間だった。

部屋の戸が勢い良く開き、折悪くも外から吹いてきた風が、部屋に敷き詰めていた半紙を弄び、並びをしっちゃかめっちゃかにしてしまった。

「誰――」

思わず声を荒らげようとして、源四郎は口をつぐんだ。

立っていたのは、松栄だった。

日に日に、親父殿の顔からは生気が失われていく。源四郎は心密かにそう呟いた。そう嘆きたくなるほど、松栄の顔は沈み込んでいる。目の下には隈が出来、あれほどがっちりとしていた肩は痩せに痩せてしまった。眼窩も落ちくぼみ、頬もすっかりこけた様は、元の年齢よりもはるかに老け込んで見えた。

水気のない頬の肌に皺を寄せながら、松栄は口を開いた。

「お前は、一体何なのだ」

松栄は、ちらりと平次を見た。どうやら平次に聞かれてはまずいことらしい。源四郎は平次に、しばらくの休憩を命じた。何かを悟ったのか、一つ、こくりと頷いた平次は、心配げに源四郎の顔を見上げながらも一つ頭を下げて部屋を辞していった。

しばしの沈黙。どんなに居心地が悪かろうが、源四郎から口を開くことはない。まるで松栄など最初からここにいないかのように、散らばった半紙を拾い上げにかかった。

松栄は足元に落ちている絵の一枚を拾い上げた。

思わず手を伸ばすと、松栄はその絵の両端を指でつまみ、こともなげに破いた。源四郎の目の前で縦一文字に切り裂かれたのは、昨日源四郎が描いてきた妙覚寺の図だった。

破かれた亀裂の間から、幽鬼のような松栄の顔が覗く。

「お前が悪いのだぞ。お前が災厄を運んできたのだ」

「どういうことにございましょうや」

真っ二つに破かれた絵をくしゃくしゃに丸めて後ろに投げやった松栄は、手を細かく震わせながら源四郎の首元に手を伸ばした。そして襟を掴むなり、さっきまでの弱々しい手つきからは想像出来ないような強力(ごうりき)で源四郎の胸倉を掴み上げた。

「お前が、お前がすべてを奪った。何ということをしたのだお前は」

「わしが何をしたというのです！」

「先の、弾正様邸での競絵(きそいえ)ぞ」

ああ。しかしあれは――。

「仕掛けたのは、師匠の方にございましょう」

「ふざけるな。わしは、お前の負けを見越しておったのだ。なのに勝ちおって」

「しかし、あの競絵は、勝負預かりということになったはず」

「それは弾正様のご判断であろうが。しかし、周りの公家衆や武家衆はそうは見なかった」

松栄や元秀のことなど知らない。源四郎は今、自分の目の前の仕事のことしか見えない。しかし、自分の目の届く範囲で言えば、源四郎の仕事は増えに増えている。特に、これまで親交のなかった公家衆からの依頼も多く舞い込むようになった。ということは自然――。

「お前の持っている仕事の一部は、本来なら元秀が請けるはずの仕事だったのだ。にもかかわらず、わしの頭を飛び越えて、お前の元へと降りてしまった」

源四郎が忙しい分、割を食う人間がいるということだ。

だが。源四郎の我慢も限界だった。そもそも、こうなるように仕組んだのは。

激情のままに、源四郎は声を荒げた。

「これを望んだのは、師匠でございましょう」

源四郎と元秀を競わせたのは、間違いなく松栄だ。いや、それだけではない。ここまでに至る源四郎と元秀と松栄の深い溝を作り上げたのは。

松栄も負けていなかった。

「お前ぞ。お前が悪いのだ。なぜお前はこうも恵まれて生まれてきた」

「如何なる意味にございまするか」

「お前には子供の時から目映（まばゆ）いばかりの才能があった。お前のじい様も、そのお前の才を愛して手元に置いていたほどぞ。しかし」

松栄は苦々しげに言葉を吐き出した。

「わしにとっては、ただの憎々しい子供でしかなかった。なにせ、わしには才覚がない。自分とは比べ物にならぬ才を持つ我が子が怖くて仕方なかった。そして、長じるにつれて、憎くてたまらなくなった」

傷つかぬ源四郎ではない。

今、松栄が吐き出している言葉は、既に源四郎自身がこの人生の内で感じ取ってきたものだった。それだけに、痛みは鈍い。たしかに痛いが、我慢出来ぬほどではない。

「お前はなぜ、わしの息子に生まれてきた？　なぜ、わしを越える大器として生まれてきた？　なぜ、わしはお前の持ちたるものを何一つ持っておらぬのだ」

理由などない。あるのはただ、巡り合わせだ。松栄の息子に生まれたのも、多少の器を持って生まれたのも、あくまで巡り合わせ、運のようなものだ。

源四郎には、全てがあべこべに思えた。

わしは——。源四郎はぼそりと口を開いた。

「本当なら、わしだって普通の絵師に生まれとうございました」

「何だと」

「父上の言う器が本当にわしにあるのかは分かりかねまする。左様なわしとて、自分が他の絵師とは違うことくらいは分かりまする。けれど。わしは、普通の絵師に生まれたかった。粉本を使って絵を描いて、町衆の扇をのんびり作るような、そんな職人の一人になりとうございました。しかし」

「しかし、何だというのだ」

「わしはもう、出来ぬのです。わしの手がそれを許してくれませぬ。わしの手はもうわしの手ではない。わしにとて理屈は分かりませぬが、わしの手はひとりでに筆を取り、何かを描き出そうとしておるのです。わしの思いなんてはるか後ろにおいてけぼりにして」

自分の思うままを口にしてようやく、源四郎は自分の心の内を理解したような気がした。

これまでずっと、自分はずっとはるか高みを目指していたような気がしていた。しかし、それは違った。高みを目指しているのは、源四郎の意思ではない。源四郎の手だった。筆を取った源四郎の手は、源四郎の体を魂ごとどんどんと高みへと引っ張っていってしまう。そのせいで、源四郎自身も、自分が高みに上りたいのだと誤解していた。しかし、心の命じるままに口を動かしてみて初めて自分の心を目の当たりにしてみると、一職人として終わりたい、とすら願っている自分の姿が顔を覗かせた。

しかし、もう、許されはしない。

「父上。わしは超える。狩野を。否、目の前にあるものすべてを。そうでなくばわしは、わしではなくなる」

源四郎の気が部屋いっぱいに広がった。散らばる紙の一枚一枚が、びしりと悲鳴を上げた。

源四郎も気付いている。『超える』のではない。好むと好まざるとにかかわらず、『超えるしかない』。滝を昇る鯉が、いつまでも滝を泳ぎ続けるわけにはいかないのと同じ理屈だ。高みに上るにせよ、滝に呑まれて滝壺に呑み込まれるにせよ、いつかは滝から離れなければならない。

わしがわしであるために。わしは、狩野を超える。

源四郎の顔を覗き込む松栄。いつの間にか、そこに怒りの表情はなかった。優しい、とも違う。呆れ、とも違う。憐れみ、とも違う。言うなればそれは、愛おしいものを見やっているかのような。源四郎にとって、松栄がそんな表情を向けてくること自体が初めてのことだった。

松栄はぽつりと口を開いた。

「――わしは、間違っていたのか」

「ち、父上？」

「わしはずっと、お前を狩野の惣領として育ててきた。わしが歩んできた『狩野の惣領』

という枠に、お前を当てはめて、その中に収めようとしてきた。しかし、ようやく分かった気がするぞ」

松栄は天井を見やり、短く息を吐いた。

「お前はそもそも、『狩野の惣領』などという小さな枠に収まらなかったのだ。最初からわしは、お前という人間を見誤っていたということなのだろう。お前は、はるかに大きかったのだ」

天井に向けていたその目を源四郎に戻した松栄。その瞳は雨上がりの青空のように澄み切っていた。

「勝手にせい、源四郎。それが、お前なのであろう？ そして、それが我が子、狩野源四郎なのだろう？」

源四郎は一つ、大きく頷いた。すると、憑き物が落ちたかのように穏やかに薄く微笑んだ松栄は、のっそりと振り返って部屋から去っていった。

その背中には、一人の男の人生が深く刻まれていた。狩野家の画風を確立した父親の元に生まれ、優れた絵の力を持ちながら父親の影にならざるを得なかった、そして、父親の言うがままにその画風を守り、お家を大事に振る舞ってきた、そんな男の。

そして、きかんぼうな子供を持ち、ずっとその子供との折り合いをつけられずにいた、一人の父親の。

源四郎は独り、肩を落とした。

しかし。振り返っている時間などない。

源四郎が畳の上に散乱する絵を取り上げようとかがみ込んだ、その瞬間だった。

「お前様。今、お義父上が青い顔をなさっておりましたが」

「ああ、別に何でもない」

「だといいんですけど」

眉をひそめて廊下を見やる廉が部屋に現れた。

部屋に入るなり、廉は戸を閉じて源四郎の前に座った。ほんのりと緊張の糸が張っている。珍しいことだった。この嫁はあまり気負いをするような性質ではない。むしろいつもあっけらかんとしている姿ばかりを見せている。

それだけに、調子が狂う。

「どうした？　何かあったのか」

やり切れないことがあったのだろうか。そういぶかしんだ源四郎であったが、その想像は外れのようであった。

ゆっくりとかぶりを振った廉は、何かを言いたげな顔をした。しかし、踏ん切りがつかないのか口だけが空回りする。

どうした？　重ねて聞いて、ようやく廉は口を開いた。

「その、あの……」

飛び出してくるのは歯切れの悪い言葉だった。何だか恥じらっているようにも思える。

こんなしおらしい廉の姿を見るのも初めてだ。

うむ？　訳も分からずに首をかしげていると、ようやく廉が、明確に言葉を形にした。

自分の帯のあたりをさすりながら。

「ややを授かったようにございまする」

やや。ややこ。赤子のことだ。話の流れからするに、まさか、お隣さんの細君が子供を授かったとか、近所の家の犬に子供が出来たとか、そんな話ではあるまい。

「ええと、一応確認なんだが、お前に、出来たのか」

「もちろん。お前様の子にございます」

頭に重たいものがぶつかったような衝撃が走った。

そうか、わしに、子が。

二十と三。廉と契り（ちぎ）をかわして既に六年になる。そろそろ授かってもおかしくない年齢ではある。

「そうか、良かった」

源四郎は言った。

しかし、廉の顔は浮かなかった。

「どうした?」

そう訊くと、廉は諦めたようにため息をついた。

「思った通り、お前様はあまり喜んでくれませぬ」

「いや、そんなことは」

慌てて取り繕った源四郎だったが、心中を言い当てられたような気分に冷や汗をかいている。確かに、ほのかに嬉しいような気分はある。しかし、その感覚はうわべのものだ。肚の底はひどく冷え切っている。源四郎の心の奥底では、ただ絵の世界に向き合おうとしている自分がいた。

何も言えない源四郎に、廉は眼を伏せた。しかし、その表情を一瞬でひっこめると、にっこりと笑った。

「大丈夫にございます。分かっております。お前様は絵に恋しているのでしょう? ならば、絵に打ち込んでくださいまし。諸事はわたしにおまかせください」

「いや、そうでは」

「大丈夫にございます。わたしとて、お前様の絵を第一に好いておるのです。――絵を、描いて下さいませ」

　その笑顔が、痛々しかった。

源四郎にだって分かっている。これは廉なりの気遣いだ。

「すまぬ」

「謝ることではございません。でも――。一つ、我儘を言っても」

「ああ」

「ずっと、傍に添わせてくださいませ。たとえ、お前様が絵のことしか愛せなくなったとしても。お前様の横で、お前様の絵をお見せ下さいませ」

源四郎は頷いた。否、頷くしかなかった。

廉はぱっと頬を緩めて立ち上がった。

「それだけ、お聞きしたかったのです。お仕事のお邪魔をしました」

　そう言い残し、廉は部屋を後にした。

部屋に一人残された源四郎は、独り、呟いた。

「わしは、こうして歩んでいくしかないのか」

しかし、それがわしの望んだ道ではないか。

源四郎は頭の隅に浮かんだ一抹の負の感情をどこかへと追いやって、また畳の上に散らばる半紙を拾い上げにかかった。

余計な挨拶はよい。

義輝はそう口にして、居ずまいを崩せ、と源四郎に述べた。

面を上げると、満面の笑みを浮かべる義輝公の姿があった。しかし、満面の笑顔であるはずなのに、この日の義輝には一抹の憂いのようなものがにじんでいた。

義輝は源四郎の脇を指した。

「おや、お前、刀はどうした？　大小を帯びてもよいと述べたはずだが」

源四郎の右脇には、ただ脇差が一振り置かれているだけで、大の刀はない。

理由を、源四郎は手短に述べた。

「わしは、絵師にございます」

「そうか。なるほど」

なぜか悲しげな顔を浮かべた義輝だったが、すぐに気を取り直したのか、きりっと表情を作り、源四郎に向いた。

「さて、依頼しておった京洛の屏風であるが。下絵がある程度出来たようだな」

「はい。下絵、というよりは、習作、とでもいうべきにございましょうや」

「では、早速見せてもらおうか」

源四郎は、後ろに丸めてあった大判の紙を義輝の前で広げた。一畳ほどの大きさの紙を丁寧に広げた瞬間、義輝は感嘆の声を上げた。

「ほう、習作といえど、なかなか見ごたえがあるな」

義輝の眼下には、源四郎の描いた白黒の京洛の姿が広がっている。

源四郎は首を横に振った。

「実際にはもっと大きなものになりまする。それに、これはまだ半分にございます」

一畳では、六曲一双（ろっきょくいっそう）の屏風の一扇（せん）程度の大きさにしかならない。実際にはこれを何倍にも引き伸ばさねばならない。しかも、この絵はまだ、一双のうちの半分、右隻（うせき）の分でしかない。

「なるほど。右隻に内裏（だいり）、左隻（させき）に公方邸。東西で分けたか」

「ご明察にございまする」

京は上と下に分化しており、まとまりに欠ける。それを図像上に示すには。源四郎が考え続けて辿（たど）りついた結論がこれだった。

屏風は大抵、一双といって右隻と左隻の二つ立てるものである。右隻を下京、左隻を上京に充てでしまおうとするのは突飛な考えではないが、屛風の左右で華やかさにばらつきが出てしまう。そこで考えたのが、都の景物を大まかに東西に分け、金雲によって空間を省略するというやり方であった。これにより、右隻に内裏、左隻に公方邸という主題を与えることができた。

そして——。

「うむ？」

義輝が眉をひそめた。

何かおありですか？　そう声をかけると、義輝は首をかしげたまま言葉を重ねた。

「おかしい。普通、屛風といえば、右隻に春夏、左隻に秋冬を描くものであろう？」

特に、こういった風景物の場合、この形式が強いとされる。

源四郎の描いてきた下書きは——。

「季節がてんでばらばらではないか」

既に右隻に、その傾向が強く出ている。右隻左側、第四扇から第六扇にかけては正月の内裏の姿が描かれている。形式通りであろう。だが、本来ならば春夏があてがわれている右隻の右側、第一扇から第三扇に、秋の光景である盂蘭盆会が描かれている。それだけではない。内裏の華やかな正月が描かれているのと同じ扇面に、秋の象徴、頭を垂れる稲穂が描かれている。

義輝は、挑むような笑みを洩(も)らした。

「お前とあろうものが間違えたわけではあるまい」

「無論にございます。わしが描くのは、ここに描かれたものが一番引き立つ時にございます」

たとえば、内裏。内裏の華は正月だろうという独断で、内裏はお屠蘇(とそ)気分の中に描かれている。さらにそれだけでは飽き足らず、内裏の一部には正月と並んで晴れがましい時期である節句も描き込んでいる。右隻の第一扇から三扇に描かれている祇園が一番光り輝くのは、夏の祇園祭であろう。一方で、内裏の少し外に広がる黄金に輝く稲穂の美しさも捨てがたい。また、下京で夏場になると開かれる風流踊(ふりゅうおどり)を無視するわけにもいかない。

「一番引き立つ時のみを拾い集めませれば、形式などは二の次にございます」

まるで試すような視線を義輝に向ける。

「はっ。刀を帯びてはおらぬが、よっぽど不遜な奴だな。予の嵩を測るつもりか」

義輝の口調は楽しげだった。

慌てて源四郎は頭を振る。

「いえ、滅相も」

「うむ、そのまま進めよ」

そして――。源四郎は切り出した。

「左隻で、公方様の御所を描こうかと考えておりまするが、それも正月の光景として描こうかと思っておりまする」

「ほう？」

左隻は秋と冬が当てられている。初春の光景である正月を描くのは明らかに形式から外れている。

理由について、源四郎は短く述べた。

「形式に従っては、全体の体配を崩しまする」

義輝はそれだけで思いが至ったらしい、うむ、と短く唸った。

「そうか、もしも予の御所を形式に従って右隻に描いてしまったら、左隻に描くものがなくなるな。内裏と予の御所が並ぶのはいささか不都合か」

よく分かっている。源四郎は義輝の感覚の鋭さに舌を巻いていた。

京において、内裏と公方御所は第一に重いものである。京の絵を描くのならば、この二つが主題となろう。一双の屏風に描くのならば、各々(おのおの)の隻に配するのが素直である。むしろ、どちらかの隻に偏らせては、屏風としての――換言(かんげん)すれば絵としての――調和を欠いてしまうことだろう。

「やはり、公方様の御所も春、正月が美しゅうございましょう」

「しかし、思い切ったことをする」

帝の内裏の近くに、公方様の御所がある。もし写実に徹すればこの配置はあり得ない。

「そうせねば――」

「全体の体配を崩しまする、か」

義輝は頷いた。しかし、ただし、と言葉を重ねた。

「左隻について、描いて欲しいものがある」

「はあ、何にございましょうや」

「まず、元よりおった細川や高畠（たかばたけ）の屋敷を描くのは当然としても、松永弾正邸と三好筑前邸は必ず描け」

面妖な命令にも思えた。松永弾正や、三好筑前の屋敷を描けなど。特に三好に対して、義輝はあまりいい感情を持っていないはずではないか。しかし。

「三好さえも予の作る秩序の中に収めねばならぬ」

そうであった。公方様は、今世に溢れている全ての勢力を認めた上で、それらの共存を目指していたお人だった。源四郎ははたと思い出し、頭を垂れた。

「畏(かしこ)まりました」

「あと、もう一つ」

「何にございましょう」

義輝は指を一本立てた。

「どこかに、上杉を描いて欲しい」

「上杉を、でございますか？」

まだ上杉は京に屋敷を持っていない。ないものを描けと言うのか。

「ああ。来るべき世に、関東管領の上杉の力を無視するわけにはいかぬ。いずれ世が収まれば、上杉に関東を任せる日が来よう。その前触(さきぶ)れとなるようなものを絵の上に描け」

「分かりましてございます」

形は見えない。しかし、源四郎は頷いた。

思えば、義輝から今までいくつもの絵の依頼を受けてきたが、具体的にああしろこうしろと言われたのは初めてのことだった。

「そうか。任せるぞ」

義輝は笑い、開け放たれた障子の外を見やった。

「もう、葉桜の季節であるか」

あれほど咲き誇っていた花は散り、風は既に温かくなってきている。もうひと月もすればじめじめとした長雨の頃になり、そして気付けばうだるような暑さに苛まれる夏となる。四月という場に立つと、夏の終わりまでの様が見通せるような気がする。それは、なんとなく四月の陽光が夏を思わせるからだろうか。

「しかし、まだ、来ぬな。天下の国主たちは」

この年の頭、義輝は全国の大名に上洛を命じた。戦をしている者たちは停戦してでもやってくるように、と御内書（将軍の下知状）に記したとも伝わる。しかし、未だ京には上洛する勢力がない。

「朝倉や六角は足元が定まらぬと聞く。毛利は大内との戦の最中であるし、三好は家中が荒れておるようだ。やはり、雪解けを待って上杉が上洛してくるのが一番早いか」

各々の家の事情を把握しているかのようであった。

「諸家の様子は摑んでおる。しかし、上杉のみに上洛を命じれば色々と差し障りがあろう。よって、各大名どもに命じたのだ」

と、いうことは、義輝公の本命はやはり――。

「上杉はただ関東を平定するのみの器に非ず。予の右腕に是非迎えたい男よ。さればこそ」

上杉は律儀者と聞く。その上杉の武力と己の権威を用いて、天下に均衡をもたらそうとしている。

「世が収まれば、きっとお前にとってもよきことぞ」

その意味を聞くと、義輝は真面目くさった顔をした。

「武が衰えれば文が成る。それが世の習いよ。お前の仕事にもよききざしとなろう」

既に、義輝のまなざしの向こうには、太平の世が見えているようだった。

源四郎は、その義輝公の世に賭けてみたい。そう心から思った。

業火

その日、源四郎は独り、絵を描いていた。

描いているのは無論、義輝依頼の六曲一双である。既に二隻の構想をすべて終え、下絵作業へと入っていた。その下絵作業も終わりへと差しかかっている。左隻の公方様邸。前言通り、正月の沸き立つ空気の中で鎮座する公方御所と、義輝の依頼通り、上杉を描き込んだ。

正月、公方御所を訪ねる、大名行列として。

何の因果か、下絵最後の意匠はこの大名行列の輿だった。あるいは、最後の最後に残してしまったのかもしれない。この絵に上杉の存在があるかないかは、竜の絵の瞳のようなものだ。予感が源四郎にあって、後延べにしていただけかもしれない。

細筆を用いて線を描く。未だ顔すら見たことのない、義輝の右腕になるべき男の輿を描き込む。そこに全身全霊を込め、技術の全てを注ぎ込んだ。

輿の姿を描き終えたところで、源四郎はほう、とため息をついて筆を置いた。

「終わった」

源四郎の眼前には、自分の思い描いた——そして、義輝が思い描いた天下の形があった。細川をはじめとしたかつての守護職の屋敷に並び、三好や松永といった戦国の新勢力たちの館も描かれている。古き権威である帝の内裏や公家の屋敷や大小さまざまな寺社も描かれる。それだけではない。町をゆく町衆の姿や、町の中で生きる商人や職人の姿、また洛外に目を向ければ脱穀に精を出す農の者や田起こしの様、鷹狩や鵜飼なども描き込んだ。人事のみではない。雪や四季折々の花々、紅葉といった自然の風景をも取り込んだ。自分がこれまで見てきたものも中にある。ふとした京の町の表情。廉と観た紅葉、祇園祭。今は亡き元信と観た寺社や大名邸が。産衣に包まれていた頃からずっと見、感じ続けてきた風景を。

この中には、京の全てが収まっている。これまでの京の姿が。そして、これからやってくるであろう王城の姿が。皆が秩序の中で安寧に暮らす、王道楽土の姿が。そして、その中で絵を描く自分の姿までも。

湯飲みを拾い上げ、水を呑んだ。ひどく冷たい。体がひどく熱い。

忙しいのはここからだ。一流の材料は既に集めてある。あとは、平次と二人で薬研を用いて岩を磨って、膠(にかわ)を溶かして混ぜ合わせて顔料を作り、この色のない京の風景に極彩色を与えていかねばならない。さらに、残している空白に金箔を貼りつけていく作業もある。数カ月はかかる大仕事だ。

道半ばを思えば、手を休めるべきではない。

しかし――。今、休んでも、誰も文句は言うまい。

源四郎は独り、達成感に浸っていた。

と――。

不意に、障子の外の空気が入れ替わった。

なんだ。源四郎は縁側に立って耳を澄ます。最初は何も聞こえなかったものの、やがて意識を集中させるうちに、外が騒がしいことに気付く。

源四郎は思わず空を見上げた。ここのところ、昼と夜の区別なく部屋に籠もり絵を描いているせいで時の感覚がまったくといっていいほどない。太陽は東にある。まだ午前であろう。

目を閉じて、耳を澄ます。そうすることで、はるか遠くから流れてくる音声の正体が分かる気がした。

風向きが変わった。その瞬間、わずかだったはずのその音が、源四郎の耳に届いた。

おー、おー。

低い声で響き渡る、男たちの怒声がわずかに聞き取れた。それも、一人や二人ではない。はるか遠くで繰り広げられる何千もの人々の叫びが一つになってこちらに響いてくる。そんな響き方だった。

まさか。絵以外のことに疎い源四郎でも、声の正体に思い当たるものがあった。

鬨(とき)の声?

戦場において武士の軍団が景気づけに、士気の高揚を狙い上げる鬨の声。戦場の風物詩にして、これから起こる修羅場を周囲に告げる宣告でもある。

何が起こった。

源四郎は縁側を回り玄関に出、自分の履物を履いた。と、その時だった。

「何をなさっておいでなのです!」

外に飛び出そうとした瞬間、呼び止められて振り返ると、玄関先には青い顔をした廉が立っていた。

「外を見てくる」

「お武家さまが家々を触れ回って外出するなと言っております! 出れば命の保証は出来ぬと」

「だったらなおのことだ、家を頼む」

　廉はそれをよしとしなかった。裸足のまま源四郎の脇をすり抜けて、両手を広げて源四郎の前に立ちはだかった。ふと見れば、細くしなやかだった廉の腰のあたりは、少し膨らみ始めていた。己の画業に努めるがあまり、妻の大きな変化にさえ無頓着(むとんちゃく)でいた自分にはたと気付く。

「行かせませぬ」

「行かせてくれ、頼む」

「何があってもなりませぬ」

「行かねば、きっと一生後悔する」

　しかし、廉は退かなかった。

「一生後悔なさいませ。ここでお前様を行かせてもしも死なせてしまったら、お腹(なか)の中のややに合わせる顔がありませぬ」

「死にはせぬ。必ず生きて帰ってくる」

「必ずなどありませぬ」

　手を伸ばした源四郎は強引に廉を押しのけた。短く悲鳴を上げて、廉は横に倒れた。そうやって開いた隙間を、源四郎は越えて行った。

「済まぬ、行く」

「お前様！」

廉の呼ぶ声に振り返りはしなかった。門を飛び出し、関の声の飛んでくる方角を見やる。

関の声が響く北の方から、黒煙が上がっている。ボヤ程度のものではない。それこそ、町三つが一気に焼かれた大火のごとくにもうもうと立ち上がっている。

源四郎は地面を蹴ろうと力を込めた。と。

「若惣領（わかそうりょう）！」

声がかかり、振り返ると、そこには平次が立っていた。

「平次、危ないゆえ狩野（かのう）の家におれ」

「いいえ。平次は若惣領の一の弟子にございます！　されば、ご一緒させてくださいまし！」

「馬鹿を言うな」

「本気でございます。若惣領がそちらに向かわれると言うのなら、わしも一緒に！」

源四郎は平次のことをねめつける。しかし、平次のまっすぐな瞳は源四郎を見据えて離さない。

思えば、わしもそうであった。源四郎はふと、子供の頃の自分を平次に重ね合わせていた。なれば、説得など無駄なことも即座に想像がついた。

「分かった。怪我しても泣くなよ」

「子供扱いしないでください！」

二人は、黒煙を目指して駆け出した。

何が起こっている？　源四郎はその双眸を大きく広げて町の様を脳裏に焼き付けて進む。町衆たちは家の戸を閉め切って嵐が去るのを待とうとしている。店も同じだった。こんなに天気がいいというのに棚をしまって店じまいしている。町ゆく人もほとんどない。ただ、黒煙の方角から時折ひいひいと小さな悲鳴を上げながら人々が走ってくる。

その一人を捕まえる。背中に大荷物を背負った連雀（れんじゃく）商人の一人だった。東国の訛（なま）りが強すぎるゆえに話を聞くのは骨が折れたが、清水寺（きよみずでら）にいた一万もの大群が突如洛中に現れたのだという。

一万……。源四郎は思わず息を呑んだ。そんな大軍が鬨の声を上げて京の町に現れれば、確かに混乱となろう。しかも、あの太い黒煙を見やれば、その一万が何をしているかなど一目瞭然である。

戦が起こっている。

源四郎には一つ、嫌な予感がある。

どこの軍勢なのかは分からない。だが、問題はその一万がなぜ洛中にやってきたのかである。わざわざ誰かが軍を差し向けるべき存在。そんなもの、京を探しても一人しかいない。

将軍、足利義輝。

そして、源四郎はその予感が的中したことを知る。

公方の御所、二条御所のあたりに差しかかった時、源四郎はようやく一万ともいう軍勢と突き当たった。揃いの漆塗り陣笠をかぶる足軽衆、そしてその足軽衆たちの後ろに控える馬上の武者たち。そんな兵たちが、幾重にも包囲網を敷いて、二条御所の堀の外に陣していた。そして、堀の水面に映る二条御所は、真っ赤な炎のゆらゆら揺れるその先から夥しい黒煙を上げていた。

源四郎は目を凝らす。御所にかかる橋の上で未だに戦いが続いている。しかし、御所を守る兵たちのほうが些か不利のようだった。橋の上での攻防戦も、少しずつではあるが寄せ手側に勝利が傾いていった。

家人が逃げてしまって人影のない小さな商家の屋根に上がった源四郎は、御所を囲む軍勢の陣を見やった。と、大手門のちょうど正面に、大きな帷幄が張られている。あれが本陣に相違ない。

下に降りた源四郎は、ふらりと陣に向かって歩を進めた。

「若惣領！　どちらへ」

「決まっておろう。誰がこの戦を仕掛けたのかを見に行くのみよ」

「お命をお投げになるおつもりですか」

源四郎は頭を振った。

知りたかった。足利義輝を襲ったのは、そして義輝の夢見た天下を阻んだのは誰だったのかと。

源四郎の願いはすぐに軍勢によって阻まれた。源四郎の姿に気付いた兵たちが騒ぎ始めたのだ。源四郎が武器を持っていないことに気付くや、兵たちはここから離れるようにと源四郎を払った。それでも源四郎は引き下がらない。引き下がれない。やがて足軽たちとの争いとなった。源四郎は足軽たちの素槍に打ち据えられ地面に突っ伏す。源四郎は諦めずに立ち上がる。

と、そんないざこざの気配を察したのか、陣の奥から、馬上の武者がやってきた。

「何をしておる」

騎馬武者は、源四郎の身なりを見るなり、面頬の奥の目を少し細めた。そして、

「そこな、姓名を名乗れ」

と言ってきた。

源四郎が慌てて己の姓名を名乗ると、騎馬武者はいきり立つ足軽たちを手の槍でなだめ、散らせた。

「お前が狩野源四郎か」

その武者は、顎をしゃくった。

「こちらへ来い。殿がお待ちだ」

殿？　源四郎は首をかしげた。その殿とやら、つまりはこの軍の寄せ手の主はわしのことを知っておるのか。

兵の前を抜けて帷幄の中に案内され、その主の顔を見た時、源四郎は、

「あ」

と間抜けた声を上げた。

帷幄の奥、床机(しょうぎ)に深々と腰をかける大将を見た瞬間、源四郎は自身が思い違いをしていたということに気付いた。政治向きや雅事に秀でた人だと思い込んでいたが、元々この人は武家であった。

兜を脱ぎ、烏帽子(えぼし)に式正の鎧姿で、二条御所に物憂げな表情を向けるのは、三好(みよし)家の家宰(かさい)にして第一の家臣、松永弾正(まつながだんじょう)その人であった。

片足を組み、その上で肘をつく弾正だったが、やがて源四郎の現れたことに気付いた。まるでまどろみから醒めるように、弾正は何度もまばたきをした。

「おお、やはり来たか。さすがは狩野の若惣領」

「何をしておられるのです」

「決まっておろう。まさか、ここで茶の野点をしておるわけがなかろう」

左様なことを聞いておりませぬ。源四郎は声を張り上げた。

「なぜ、弾正様が御所を攻めておいでなのです。弾正様は、義輝様の家臣ではございませぬか」

うむ……。力なく頷いた弾正は、顎のあたりを指でなぞった。

「本来ならば、こうなるはずはなかった」

「どういう、意味にございまするか」

「まさか、戦になるとは思ってもみなかったのだ」

先日、三好党は、清水寺の参拝を名目に軍を動かし、洛外にまで進めていた。その意図は実に単純なものだった。強訴である。古くは興福寺や叡山の僧兵たちが行なっていたものを真似したに過ぎない。尤も、この時代の強訴となれば、神輿など担ぐ必要はなく、槍を担いで脅してやればよい。松永弾正ら三好党は、義輝公の築いた権威を嫌った。股肱の臣の更迭（こうてつ）か、あるいは将軍職の返上か。そう迫った。しかし、義輝はそのどちらをも吞まなかった。前日には三好党の動きを察知した義輝公は二条御所から脱出していたにもかかわらず、危険が迫る二条御所に戻り、篝火（かがりび）を焚いて弓の弦（つる）を張り、御所を囲む三好勢に弓を射かけた。これをもって、この戦は始まってしまった。

「公方様が、御条件をお吞みになればよかったのだ。せめて、臣下を罷免（ひめん）しわしらの傀儡（かいらい）となればそれで済んだ話。臣下が大事なれば、将軍職を擲（なげう）たれてもよかった。にもかかわらず、公方様は籠城（ろうじょう）を選ばれた。まったく厄介なことをしてくれたものだ」

義輝公は、関白左大臣家である近衛家との深い繋がりがある。義輝公を弑逆（しぎゃく）してしまえば、当然近衛家との関係にも溝が出来る。のみならず、ひいては内裏との関係にもひびが入りかねない。京一帯に基盤を持つ三好党にとり、あまり得策なこととはいえない。

燃え盛る二条御所を帷幄の向こうに見やりながら、弾正はぼやいた。

「なぜ、籠城など選んだのだ。簡単であろう、臣下の更迭なぞ。少なくとも、己が命を投げ捨てねばならぬほど、大事な臣下がおるとはとても思えぬ」

なんとなく、義輝の思いが分かる気がした。

源四郎はぽつりと言った。

「公方様には、もう、何も残されていなかったのでしょう」

目を瞠る弾正の促しに乗って、源四郎は言葉を重ねる。

「弾正様に譲れぬものがあったとして、それが閉ざされた時、破れかぶれになってしまうことがありはしませぬか」

しばし黙考していた弾正だったが、一つ、頷いた。

「あるやもしれぬ」

「公方様には守りたいものがおありだった。そして、それを守るため、弾正様の要求を呑むことなく、こうして」

「左様か。そちが言うのならば、恐らく、公方様は斯様な心内だったのだろうな」

床几に座ったままの弾正は、目の前の卓の上に置かれた、真っ白な紙を源四郎に投げやった。ひらひらと舞うそれは、源四郎の足元に落ちた。

これは？　そう訊くと、弾正は、依頼じゃ、そう答えた。

「絵を描け。今すぐにだ」

「絵を、ですと」

「この燃え盛る二条の御所を描け。そちにならば描けるはずだ。否、描け」

弾正の老成した瞳の奥に、恐ろしく強く重い、そんな黒い影を感じる。これこそが、一族に非ずして三好党の第一の席次を得ている男の凄みだった。戦国という時代を才覚と策謀で乗り越えてきた、松永弾正という男のありようそのものだった。

源四郎は、懐から筆を取り出した。壺の中に墨が入っていない。横の平次に目配せすると、平次は墨の入った小さな陶製の瓶を取り出し、源四郎に捧げた。それを受け取った源四郎は、貰った半紙を卓の上に広げて、墨を筆先につけた。

だが――。源四郎の手は、全く動かなかった。

目の前の半紙のことなど頭に入らなかった。源四郎はひたすら、自分の心の中の声と戦っていた。

数えて十の時からの主従となるから、もう、十数年にはなる。大人たちや老人たちはたかが十数年と笑うことだろう。齢二十三の若造にとって、十数年という歳月は三世（さんぜ）と見紛うほどに長い歳月だった。

長い間、色んな事があった。日輪の絵を描いてみよ。お前のものだという絵を描いてこい。竜の絵をひと月で描いてこい。どれも無理難題だった。しかし、源四郎が今、あのとき絵師として生きていたと実感を覚えるのは、それらの無理難題があったからだった。

いつしか源四郎はあの公方様の背中を追いかけていた。公方様と一緒に、どこまでも天下を歩いていけそうな気がしていた。

「わ、若惣領？」

平次が源四郎の顔を覗き込む。

しかし——。

半紙の上に、ぽとり、と音を立てて、透明なしみが丸い縁取りを作った。

と——。歌うような口調で、弾正は言った。

「宇治拾遺物語に曰く、かつて、京に良秀なる絵仏師がおったそうだ。己が家の焼ける様を見て、絵の奥義に目覚めたというぞ？　お前は、良秀のようにはいかんか」

馬鹿を言うな。源四郎は思わず怒鳴りかけそうになった。今、わしの目の前で焼けているのは己が家ではない。今、目の前で焼けているのは、自分が見た夢ぞ。そして、その夢を見せてくれた、恩人そのものぞ。絵仏師良秀が何者かなど知らぬ。知ったことか。

それを見た弾正は、ふん、と鼻を鳴らした。

「描かぬか、源四郎。いや、描けぬか」

源四郎は何も言えない。持っていた筆を、思わず取り落とす。筆が転がった白い紙を前に、ただ瞠目するばかりだった。

「お前の画境とは、それ程度のものか」

いつの間にか、弾正は床几から立ち上がっていた。右手に古い式の太刀を引きずり、鎧の札の触れ合う音を立てながら源四郎にゆっくりと迫ってくる。

弾正は、源四郎の襟を摑んで引き回した。そしてそのまま、力任せに地面に抑えつけた。

「わしはやってのけてしもうたぞ！　将軍を弑し奉ってしもうた！　そちは、この老骨を超えることすらできぬか！」

見上げる弾正の眼の奥に、暗く光るものがあるのを源四郎は感じていた。

『己が正しさを守るがため、世間の法を曲げるのかもしれぬな』

ふと、かつて弾正に浴びせられた言葉が蘇る。

ああ、そういうことだったか。地面を舐めながら、ようやく、源四郎は得心した。

弾正様は、己が正しさを守るために、世間の法を曲げてしまったのだと。

恐ろしい。でも――、羨ましい。

でも、わしには。

「成程、先の公方様に一番近かった男が、これ程度の絵師であったか」

放るように源四郎の襟を離した弾正は、もう話すことはない、と言い放ち、供回りを地面に倒れる源四郎の横に立たせた。

「下がれ。二度とわしの前に姿を現すな」

源四郎は、供回りの者たちに引きずられるようにして、陣の外へと追いやられてしまった。

と、そのとき、大きな物音が辺りに響いた。

振り返って見れば、火を上げていた二条御所の主殿が、ついに崩れる音であった。火によって大黒柱が焼け落ちたのだろう。それとともに火の粉が無数に上がり、虚空で赤く輝いていた。この戦で命散らした者たちの魂が、天に上っていくようだった。

命ある源四郎は、その様を見上げながら、吸い込まれそうなほどに青い空のことを思った。

空の先に、極楽はあるのだろうか。

詮無きことをずっと、なんとはなしに考えていた。

この戦は長くはかからなかった。昼までにはあらかたの戦闘を終え、戦の趨勢は定まった。

二条御所に籠もった将軍方の働きは目覚ましいものがあった。中には三好方の兵五人を討ち取った猛者までいたという。

何より、将軍義輝の振る舞いは鬼神の如くだったという。義輝は、奥書院に自分の身の置き場を決めるや、足利家伝来の宝刀、霊刀の鞘を一振り一振り払っては畳の上に刺していき、刀の林を作り上げてから周囲に火を放った。やがて三好方の手のものが殺到すると、畳の上の刀を一振り引き抜いて、一人、また一人と斬り伏せたのだという。しかし、鎧に身を固める兵を斬れば刀毀れを起こす。そうなって切れ味が悪くなった刀を投げ捨てて、次なる刀を手にとってまた斬り捨てる。まるで、舞台の上で神楽を舞っているようですらあったというその様に、三好方も迂闊に手を出すことが出来なかった。結局のところ、義輝の奮戦に業を煮やした武者たちが畳を盾にして抑え込むことで、ようやく首を取ることが叶ったらしい。

さすがは公方様よと噂し合う町衆たちの言葉を耳の端に聞きながら、源四郎は、空を見上げてぽつりと呟いた。

あなた様は、最期まで夢を見ておられましたか？　と。

しかし、もう、その疑問に答えることの出来る者はどこにもいなかった。

後に、永禄の変と呼ばれたこの弑逆は、源四郎の運命を大きく変えた。

義輝公がいなくなった京にやってきたのは、季節外れの疫病であった。

何の不思議もない。戦が起これば死者が出る。打ち捨てられた死体が腐り、その死肉を烏や野良犬が喰らう。そうしてそれらの動物たちが死の汚穢をはるか遠くへと運んでいく。

しかし、そんな理屈ずくのことではないのだろう。

将軍義輝公が弑された。その事実が、京全体に深い暗雲を呼んでいる。その空気に毒された人々は気力を削がれ、普段だったならば風邪にしかならない体調の崩れが深刻な不調となる。そして、その不調の隙を突くようにして、たまたま忍び込んできた疫病が猛威を振るったということなのだろう。

京の人々はこの疫病を義輝公の祟(たた)りと呼んで恐れ、その恐怖がまた人々を弱らせた。

しとしとと続く長雨の中で。

その疫病は、源四郎たち狩野工房にもやってきていた。

「も、申し訳ございませぬ」

普段は他の門人たちと一緒に眠らせているが、こうなっては隔離(かくり)するしかない。小さな部屋の一室を与え、その身を横たえさせている。しかし、素人目に見ても衰弱(すいじゃく)が進んでいる。一刻に一度は下痢(げり)を出し、水も喉を通らないという。子供特有の瑞々しい肌は枯れかけの花のようにその水気を失って、かさかさになっている。そのくせ目の輝きだけは異様に強い。まるで、眼だけが生きていて、他の部分が枯れているかのようですらあった。

疫病の標的になったのは、平次であった。小さな体がさらに小さくなった。そして、横たえる身の背後に、死の影がこびりついている。

枕元に座る源四郎は頭を振った。

「否、何を謝ることがある」

「いえ、若物領の画業に障るのが何に代えても辛うございます」

思えば平次はよく出来た弟子だった。まだまだ我儘を言いたい盛りであろうし、遊びたい盛りであったろう。だというのに、まるで長年主に仕える老僕のように源四郎に従ってきた。この少年の祖父がこの小さな体に乗り移っているかのようだった。

「養生せい。しっかり治して、またわしの絵を手伝ってくれ」

わしは、どの面を下げてこんなことを言っているのだろう。源四郎は心の中で呟いた。

医者は既に平次の容体に匙を投げている。今は最期の小康状態だ、今回の疫病は皆そうなのだ、病状が収まる数日間の後に昏睡が続き、そのまま逝くことになろう。そう医者は言った。

源四郎に向かって、床の平次は微笑んだ。まるで、源四郎の嘘を笑っているかのようだった。

「若物領。我儘を申し上げてもよろしいですか」

「なんなりと申せ。お前はわしの第一の弟子ぞ。なんとしても聞いてやる」

「――ならば、平次に絵を教えてくださいませ」

思考の間隙を突かれた思いだった。

力なく、苦しげに平次は笑った。

「ずっと、若物領の元にいたのに、若物領のように絵が描けないのです。昔より、職人たるもの師から技術を盗め、と言うものなのに。駄目な弟子で、本当に相すみませぬ」

源四郎は頭を振った。駄目なのは、このわしのほうだ、と。

師といいながら、源四郎は自分の画業に勤しむあまり、平次に絵を教えることをしなかった。もちろん、絵のいろはは教えてきたし、必要とあれば粉本を引いて絵の技術を教えた。しかし、師から弟子に相伝しなくてはならないはずの『魂』をずっと伝えそびれていた。そう、源四郎が、元信から絵の魂を引き継いだように。

すぐに人を呼んで紙と墨、筆を用意させた。

「うれしゅう、ございます」

上体を起こすだけで、平次は苦しげに顔を歪めた。すぐにも突っ伏しそうになる体を、源四郎が支えてやる。

小さな座卓を平次の前に置いて、その上に半紙を広げた。

「平次。白い紙を見て、お前はなんとする」

「これから描こうとするものを、どう紙の中に収めようか、と考えまする」

「そうか。――しかしそれは、凡百の絵師がすることぞ」

「では、若物領は如何に絵を描かれるのです」

源四郎は独り、天井を見上げた。いや、源四郎は天井のさらに上、空のはるか上、天頂にまたたく星のさらに向こう。この無辺の天地の内奥へと心の目を向けていた。

「そうだな。わしが思い浮かべるのは――。この天地すべてだ」

本来、口にするものではない。なにせ、自分の絵の奥義のようなものだ。さりとて、奥義とは不思議なもので、言葉にしてみるとひどく空虚で、当たり前の言葉の羅列にしかならない。説明しようとする時に魂が褪せていってしまう。

「わしは、白い紙を目の前にした時、まず三世の森羅万象を思う。今まで自分が見てきたもの、想像してきたもの、見てこなかったもの、想像すら出来なかったもの。その中に自分が抱かれている、そんな自分を思う。そして、その中から、描くべきものを拾い上げていく」

これが、源四郎の絵への向き合い方だった。

これが平次に通ずるものか。心配に思い顔を見やると、平次はなぜか薄く笑い、一つ頷いた。

「やってみまする」

筆を渡してやろうと手を伸ばすと、平次は首を横に振った。

「否、これがありまする」

平次は懐に手を差し入れて、筆を取り出した。

見覚えがある。これは――。

すっかり節立った指でその細筆を捧げ持ち、力なく平次は笑う。顔の肉も削げ落ちて、まるで骸骨（がいこつ）が笑っているようにすら見えた。

「若惣領から頂いた筆にございます」

いつぞや、平次に筆を買ってやったことがあった。廉と祝言を上げる前のことだから、もうずっと前のことだ。

「筆は消耗品ぞ。後生大事に取っておくものではない」

「されど、若惣領から頂いた品を、どうしても使うことは出来ませなんだ」

まるで、お笑いくださいませ、と言わんばかりだった。

笑うことは出来なかった。今更になって、すまぬ、という思いばかりが源四郎の心中に吹き荒（すさ）ぶ。

罪悪感に押しつぶされそうになりながら、源四郎は平次に、

「さあ、描け。わしが見届けてやろう」

と促した。

はい――。ふるふると手を震わせながら、平次はすっかり筆先が乱れてしまっている筆

を墨の中に浸し、紙の上に置いた。

と——。

乾いた音を立てて、平次の指先から細筆がこぼれた。黒い点を描いていた筆先はくるりと回って紙の上で止まった。

ああ。平次は天井を睨んで嘆息した。

「申し訳ございませぬ。若惣領」

平次の肩から、ふうと力が抜けた。

「もう、この平次めには、力が残っておりませぬ。やはり、若惣領のようには描けぬようです。こんな駄目な弟子が、もう一つ我儘を言っても許されますでしょうか」

ああ。何度も頷く源四郎。すると、平次は悲しげに笑い、虚ろに口を動かした。

「何十年の後であっても結構です。もし、あの世でこの平次と顔を合わせることがありましたら、なにとぞ、この不肖の弟子に絵を教えてくださいませ」

「何を言う。これから教える。今すぐにだ」

この弟子は、もう己が生を諦めている。

源四郎はただ、死にゆく弟子に嘘をつくことしかできない。

「また、絵を……教えて……くださいませ。わか、そうりょう」

羽が地面に降り落ちるかのように、平次はその身を横たえ、そのまま深い眠りへと入ってしまった。

再び平次が目覚めることはなかった。

数日の昏睡を経て、平次はさらに細くなっていった。胸の上下だけがその枯れ木のような体の主の命の灯(ともしび)を物語っていたものの、胸の動きさえ絶え絶えになり、そして止(や)んだ。

なにぶん疫病であった。慌ただしく簡素な葬儀を済ませ、その遺骸を墓の下に収めた後になって、ようやく、平次がこの天地のどこにもいないという現実に気付くという有様だった。

源四郎の耳には、何かが壊れていく音が確かに聞えた。

自分を取り巻いていたすべてのものが崩れていく。

源四郎は、耳を塞いだ。

源四郎はかれこれ数カ月、家の中に籠もっている。

何をするでもない。描きかけの絵の仕事は病気と称してすべて断るなり、狩野の他の絵師に引き継ぐなりしてしまった。自分専用の工房に使っていた、八畳ほどの部屋の端っこに座り、何もせずに日々を見送っている。そんな廃人同然の生活の中でも、外の変化は聞こえてくる。そしてその変化に、到底納得ができない源四郎がいた。

京は、松永弾正以下、三好家の重臣たちによって牛耳られている、という。

将軍義輝を弑したとなれば、縁戚関係にある関白左大臣・近衛との関係が悪化してしかるべきはずであった。しかし、近衛の当主・近衛前久は弾正らの行動を黙認し、弾正らの擁立した新将軍の誕生を寿いだ。義輝公の描いた世の中は急速に過去のものになりつつある。

外の話など聞きたくはなかった。

しかし――。

「お前様」

また、来たか。

戸を開いて部屋の中に入ってきたのは、廉だった。

源四郎の前に座った廉は、すっかり大きくなったお腹を大儀そうにさすりながら、源四郎を見据えた。

「いつまでそうしているおつもりなのですか」

「いつまで、か」

このまま腐れ落ちてもいい、とすら思っている。

京でも随一の絵師である狩野家には、いくらでも仕事が入ってくる。不肖の息子の嫁や子の面倒を見るくらいの甲斐性は松栄にもあろう。

廉は源四郎をねめつけた。

「お前様が斯様な人でなしとは思っておりませんでした」

「何とでも言うがいい。しかし、もうわしには、力がない」

口をわななかせながら源四郎を睨む廉。しかし、源四郎の顔を見るや、みるみるうちに表情から怒りの色がしぼんでいく。代わりに廉の顔に浮かんでくるのは、哀れみにも似た表情だった。

やめてくれ、そんな目でわしを見ないでくれ。

声にならない声は廉には届かない。

「お前様。今はお休みくださいませ。でも——。今は、でございます。いつの日か、また絵を描いてくださいませ。きっとそれが、平次への何よりの供養ともなりましょう。そして、公方様の」

そう言い残して立ち上がった廉は、部屋を後にした。

ああ。部屋の中で独り、源四郎は声を上げた。

誰の声も聞こえぬ、誰のまなざしをも届かぬ闇の中、赤子のように眠ってしまいたい。

そう心の中で呟いて、ふと、源四郎の胸に、ちくちくと何かが痛むような感覚が襲いかかってきた。

なんだろう？　誰かが、呼んでいる。そして、何かをせよと叫んでいる。

わしには、何かやり残しがあっただろうか？

と――。不意に、何か、懐かしい匂いがした。獣じみた、甘さとえぐみの混じったこの匂いは――。

「膠（にかわ）」

思わず、源四郎は廊下に飛び出した。

冷静に考えれば、絵工房である狩野家で膠などありふれたものでしかない。しかし、この時に嗅いだ膠の臭いは、源四郎の心の深いところを捉えて離さなかった。

臭いに誘われるがままに縁側を抜け、ふらふらと歩くうちに、源四郎の足がある部屋の前で止まった。

この部屋は。源四郎は、その部屋の障子を開いた。と――。

人影があった。

小さな影。暗がりの中にあるせいで、背格好しか分からない。子供だ。思わず、一瞬、平次の姿と間違えたほどだった。しかし、それは――。

「何をしている、元秀」

部屋の中にいたのは、弟の元秀だった。

弾正邸での競絵以来、顔を合わせていなかった。いや、避けてきたと言ってもいい。仮に家の中で見かけても、忙しいふりをして顔を背けていた。

合わせる顔がなかった、という方が正しい。

一瞬だけ、怯えたような目を源四郎に向けた元秀だったが、やがて、その視線を外し、元の場所に戻した。元秀の視線に沿わせるように視線を動かすと、その先には、源四郎がずっと描いていた義輝公依頼の屏風の下絵が床に整然と並べられていた。

元秀が、ぽつりと口を開いた。

「これは、兄上の筆によるものでございますか」

「そうだ。いや、そうだった、というべきか」

「だった？」

「これは、亡き足利義輝公からの依頼であった」

源四郎は己の描いた絵を見下ろす。この絵の中の人々は、皆が生き生きと己が生を誇っている。誰もが、次第に落ち着いていく天下に安堵している。この絵の有様は、まさに義輝公が弑される前の、源四郎の心象風景に他ならなかった。

「これを、完成させぬのですか」

「ああ。させぬ、というよりは、出来ぬ」

「なぜでございまするか」

「この絵に描かれている天下は既にもうどこにもない。義輝公が夢見、わしが憧れた王道楽土は今世から消えた。もう、この絵は、形にできぬ」

源四郎は肩を落とした。

この世に、既に義輝公はいない。

そのことが、源四郎の肩に圧し掛かる。この絵を受け取ってくれる人も、もうない。

しかし、元秀は、源四郎に向いて、こう口にした。

「兄上、この絵を形になさいませ」

「……もう、この絵に価値はない。そう言ったであろう」

「価値云々ではございませぬ」

元秀は小さな手で六曲一双にならずに消え行こうとしている白と黒の絵を指し、眉根を ひそめながら言葉を重ねた。

「この絵からは、兄上の魂を感じまする。時代遅れであろうが受け取り手がなかろうが、兄上はこの絵を描かねばなりませぬ。兄上が兄上であるために」

「わしが、わしであるために？」

「兄上は申されましたな。絵とは『ただ、描くと決めたものを紙の上に描き出すだけ』と」

競絵の時。元秀が緊張で肩を震わせている時。あの時に確かに言った。

「それが、兄上の絵なのでございましょう？　己が描こうとしたものを描き出すのが兄上なのでしょう？　ならば、お描きくださいませ」

「しかし――」

「お分かりになりませぬか！」元秀は強い声を発した。「この絵は、兄上にしか描けぬのです！　どんなにわしが研鑽を積んだとしても、この絵は描けませぬ！　兄上は天賦の才をお持ちです。わしのように才乏しい者とは違いまする」

「いや、わしに天賦の才など」

「否、自分のことゆえ分からぬだけです。兄上には才がある。そして、才ある人間には責がございましょう。才なき人間を踏みつけにしているからには、その分、血反吐を吐いてでも絵を作ってもらわねば困りまする」

元秀は唇を噛んでいる。前歯が唇に食い込み、一筋の血が流れ落ちる。

元秀が言うのなら、きっとそうなのだろう。源四郎は一人心の中で呟いた。

「兄上、この絵を完成なさいませ」

「……しかし、手伝う者がない」

かつて源四郎の横には平次がいた。若いながら勘のいい絵師だった。平次の存在こそがこれまでの源四郎の画業を支えていた。

ならば。元秀は言った。

「わしが手伝いまする」

「お前が、だと」

「平次の代わりになるかは分かりませぬが」

狩野家の次男である。当然、狩野家の惣領格として一流の手ほどきを受けている。不足などあろうはずもない。

「良いのか」

「構いませぬ。――わしは、あの競絵の時以来、心に決めたのでございます。兄上に従って生きて行くと」

ふう、と長く息を吐いた元秀は言った。

「あの競絵の時。兄上が即興で描かれた絵に、思わずわしは見惚(みと)れておりました。確かにその絵は粉本から大きく逸脱したものにございましょう。しかし、わしは、あの絵を美しいと思った。その瞬間から、兄上の絵を支えよう、そう決めたのです」

だから。元秀は言った。

「こんなところで、終わらないでくださいませ。兄上」

そうか。ようやく、源四郎は肚が決まった。わしは、こんなところで終わってはならぬのだ。

「描くぞ」

「ええ。それでこそ、わしの兄、狩野源四郎です」

そうして、源四郎はまた絵筆を握る日々に戻った。

殆ど、この屛風の下絵作業は終わっている。

彩色の段になって、下絵の運筆を確認する。そのとき、源四郎はあるものを発見した。

下絵の右隻第六扇、ある邸のあたりである。

門前で、闘鶏の図が描かれていた。二羽の鶏が対峙する闘鶏を見守る人々の中に、従者たちを引き連れた、明らかに身なりが美しい貴人風の子供がいる。そしてもう一人、老人に手を引かれた粗末な身なりの少年もいる。

当の源四郎がこれを描いた記憶がまるでなかった。平次が描いたのかとも疑ったが、どう見ても己の手仕事であった。無我夢中で描いている中で紛れ込んでしまったものだろう。

思わず、頬を掻いた。

「む？」それに気付いた元秀が、源四郎の脇から絵を覗き込んできた。「いかがなさいましたか」

「いや、絵とは面白いと思ってな」

初期の構想では、左隻の公方御所に公方様が鎮座しているはずなのだ。でなくば、正月参りに公方御所に挨拶にやってくる貴人の行列が意味を為さなくなる。だというのに。

「元秀、この絵をどう思う」

「闘鶏の図にございますね？ 京の闘達を表すにはいい図であると思いまする」

源四郎はふと笑みをこぼす。闘鶏での出会いを知っているのは、この世にはもうわししかおらなんだ。ならば、誰がこの矛盾に気付こうか。そう心中で呟く。

だが――。

「元秀。少し相談がある」

「はい？」

「闘鶏の見物人だがな」源四郎は、己と祖父・元信（もとのぶ）の像を指した。「これを消そうと思うのだが、どう思う」

「賛成にございまする。絵の配置上、老人を消せば闘鶏そのものがよく見えるようになります。されど、子供を消してしまうと、少々全体の体配が崩れてしまうようにも見受けられますが」

源四郎は思わず、老人の姿を指でなぞる。追いついたとさえ思えていない。超えたなどとは夢にも思っていない。

源四郎は頷いた。

「同感だ」

そうして、彩色の際に老人の絵は消され、少年のみが残った。最初は粗末な身なりであった少年は、少し晴れがましい服へと代えられている。

そして、源四郎は一つ、いたずらを書き入れた。

闘鶏が行なわれている門前に「武衛邸（ぶえい）」と書き入れたのである。

武衛、とは、義輝公の御所のある一帯で、二条御所の別名である。つまりこの絵の上では既に公方邸として描かれているが、書き込んでしまった。どうせ誰にもこの矛盾など分かりはしない。そう高を括って。

この年の暮れ、義輝公依頼の六曲一双は完成した。

しかし、受け取り手がいないこの絵は、しばらく、狩野家の蔵の中に収められることとなった。

久々に訪ねると、日乗は人好きのする笑顔で源四郎を迎えた。

「おう、久しぶりだねえ」

ままも、立ち話もなんだ、入りな。そう源四郎を促して、荒廃に任せたままの寺の講堂に通した日乗は、ふわりと袖を躍らせて下座に腰を下ろした。

「どうしたい、突然俺を訪ねてくるとは——。さては、俺の伝手を使ってくれる気になったかい」

かつて、困ったことがあったらお前に紹介したい人がいると言っていた。日乗が言う伝手とはそのことだろう。

源四郎は慌てて頭を振った。

「いや、あなたの広い顔を見込んで、頼みが一つあります」

「へえ、なんだい」

「近衛前久様と、会いたいのです」

「へ？　前久様と？　おいおい、狩野家は近衛家とは繋がりあるだろうが」

その通りだ。近衛家は元々の顧客である。しかし、その仕事は全て松栄が一手に握っている。

しかし。源四郎は言った。

「わしは、近衛前久様と二人でだけ、膝を突き合わせて話をしたいのです」

「ふうむ、なるほどねえ……」日乗の目が暗く光った。「まさかお前、前久様と刺し違えるつもりではないよな。先将軍公の意趣返しに」

近衛前久は義輝公の友にして義弟であった。にもかかわらず、義輝公が殺された際、何ら有効な手を取らなかった。もしも、近衛が禁裏の意見をまとめ、将軍弑殺の下手人である三好家を許さぬ、と号令すれば、三好家の立場は地に落ちるはずだった。

恨み。そう言われると、まったく恨みがないでもない。

だが――。

「わしはもう、前に進まなくてはなりません」

悟るものがあったのだろう、日乗は、はっと笑った。

「――大きくなったねえ。よっしゃ。分かった。前久様の件は、俺に任せておけ」

「ありがとうございまする」

源四郎は頭を下げた。

日乗は、言いにくそうに唇を伸ばしてそっぽを向いた。

「あのよ、今からする話は、ちょいと面倒な話なんで、もしお前が聞きたくないっていうなら口をつぐむつもりなんだが……。聞きたいか」

「どういう話かにもよりまするが」

「わしの正体ぞ」

「日乗さんの？」

「どうだ、聞いておくか」

「聞いた後、わしを斬ったりしないのであれば、聞きたいです」

呵呵と日乗は笑った。

「お前を斬る意味なんてあるまいよ。――そうだな、単刀直入に。わしは、毛利の間者ぞ」

間者というと、隠密裡、闇から闇へと身をやつすようにしてやるものではないのか？　そんな疑問が頭を掠める。この男の振る舞いは万事につけて目立ち過ぎる。こんなので間者が務まるのか。

「間者といってもいろいろあっての。わしのように随意な立場を利用して、様々な大名や公家と知己となり、そこで得た情報を主に伝えるような間者もおる。毛利公から命じられたのは、公家の動向と京の情勢を伝えることぞ。の、わしにしか出来ない仕事だろう」

が、これも終わりぞ。日乗は踏ん切りをつけるように言った。

「もう毛利の間者は止めだ。京に人脈も出来たことだし、独り立ちしてせいぜい己を天下に売り込んでやらあな」

この後、日乗は近衛前久に仕え、さらに織田信長の知遇を得ることになる。しかし、この男の山師めいたところは終生消えることはない。最後までこの男らしいといえばこの男らしい生涯を送ることになるのだが、この段階の日乗が、それを知る由はない。

数日後、日乗より源四郎のもとに文が届いた。

会ってもよい、との返事が前久からあったという。


公式の会談とはいかないようであった。

向こうが指定してきたのは、京洛外の鷹場へと続く道の途上であった。比較的なだらかな道が続く途上に、一軒の小屋が立っている。見ればその小屋には粗末な作りの縁台がいくつも置かれ、旅姿の連雀商人たちが何かを飲み食いしている。あまり京では見かけないが、旅人向けに食べ物屋を開いているらしい。

源四郎がふと辺りを見渡すと、縁台の一つに、既に前久が座っていた。

鷹場から抜け出してきたのだろう。頭巾にたっつけ袴、左手の韘を脇に外して、ぶらぶらと足を放り出している。やはり、日焼けした顔は公家らしからず、雰囲気は武士のそれだ。まるで変わってはいなかった。かつて会った時よりも、十は老け込んだようにも見える。

源四郎が横に腰を掛けると、前久が声を上げた。

「済まぬが、ここには先約がおる。悪いが――」

「わしが、その先約でございます」

声をかけると、ああ、と前久は唸った。

「おお、お前が日乗の言っておった男か。――日乗の顔を立てる故に会ってやったが、時がない。麻呂を呼び出すとはいかなる用件」

叶ったりだ。こちらにとて時はない。

「一つ、お聞きしたいことがございました。――前久様は、次なる天下の主は誰と考えておりまするか」

「ほう?」

前久は顎に手をやった。

「次の天下の主を知りたい。それがゆえ、人見の名人と知られる前久様にお聞きしたかったのです」

「それだけのために、関白左大臣を呼び出すとはな。不遜な男よ。まあよいわ。――心して聞けい」

「はっ」

「三好ではありえぬ。かつて、長慶という大きな重石があったゆえ、かの家中はまとまっておった。されど、長慶は死に、後継は力不足。先の公方様の弑殺でも分かる通り、今、三好を握っておるのは松永弾正をはじめとした重臣連中よ。しかし、あ奴ら、やがて仲違いをすることであろうよ」

　そして。前久は続ける。

「毛利や朝倉などもおるが、あの辺りもどうかな。毛利は毛利で西の勢力に阻まれておると聞くし、朝倉はそもそも天下に野心なしとも聞く」

「では――、どこが」

「そうだな。亡き将軍公からは、一点張りをするなと怒られそうだが、あえて言ってやろう」前久は膝を叩いた。「尾張の国主・織田信長であろう」

　前久は言う。尾張の国主・織田は長年の仇敵であった今川を討ち、新たに駿河国主になった松平と同盟を結んでいる。とりあえず後顧の憂いはない。水面下の話ではあるが、尾張からの上洛の途上にある大名たちを懐柔しているという。

「次に来るは、この男であろう。しかし、なぜお前は斯様なことを気にする？」

源四郎は即答した。

「義輝様の仇を取りたいがため」

「ほう」前久は目を細めた。懐かしい風景を思い出すがごとく。「三好を討つつもりか。されど、お前が手を下さずとも奴らにはいずれ天罰が落ちよう」

源四郎は思わず首をかしげた。

「それは、前久様の人見の名人としてのご発言にございまするか。それとも、近衛前久様という一人の人間としてのご意見にございまするか」

ほんの少し。あくまでほんの少しだが、天罰、と口にした時の言葉尻に、前久という人間の本音が滲んだような気がした。

はは、短く笑った前久は、顔をしかめた。

「鋭いのう。――少しは、私怨（しえん）も入っておろうな」

「ではなぜ、前久様は弾正たちをお赦（ゆる）しに――」

許せぬのならば赦さなくてもよかったはずなのだ。なのに、なぜ――。

「理由か。簡単ぞ。麻呂たちが生き残るため」

「生き残る？」

「関白左大臣などと人は言うが、実際には一兵卒も使えぬ力弱き者でしかない。平たく言えば、三好の軍勢に屈服せざるを得なかった。そういうことじゃ」

前久の言葉には悲壮感はない。

「要は、生き残ればよい。何が何でも生き残って、己の創りたい世のために手足を動かす。さすれば立つ瀬もあろうよ。――わしはまだ、わしが夢見た世の実現を諦めてはおらぬ。いずれ機あらば雄飛（ゆうひ）もしよう。生きること。それが、義輝公が麻呂たちに遺（のこ）してくれた教訓ではないか」

前久の言葉は、実に整然としていた。

この男はこの男なりに、ずっと考え続けていたのだろう。義輝公の死の意味を。これからの己のあり様を。

そしてこの公家様は、新たな天下に向かって歩き出そうとしている。

されど――。前久は言葉を継いだ。

「仇討ちとは感心せぬな。今更、弾正の命を奪ったとて何にもなるまい」

源四郎は笑った。

「はは、どうも拙者は言葉が苦手のようです。本当の思いが言葉から零（こぼ）れてしまう。拙者は――」

前久の言う意味での『仇討ち』では断じてない。源四郎は空を見上げた。真っ青な空の向こうに、かの将軍公の面影が浮かんだような気がした。源四郎はその面影に頭を下げた。

「義輝公の夢見た世を、描き出してみたいのです。もう一度」

「ほう――」

嘆息した前久は、目をしばたたかせた。茶を少しだけすすり、ふむ、とため息をついた。

「……狩が待っておる」

「は、はい、ありがとうございました」

縁台から立ち上がった前久は、伸びをして、はたと源四郎の方に向いた。

「そうだ。思い出したぞ。お前、確か以前、日乗と一緒に麻呂の酒宴に来ておったな。――名乗れ」

「狩野源四郎と申します」

「何と狩野の御曹司であったか。ならば丁度よい。麻呂の家の襖絵（ふすま）を描いてくれろ。前の襖が傷んだものでな」

「喜んで」

前久はいつぞやと同じく、お歯黒の歯を覗かせた。

それから数年、源四郎はただ絵に没頭した。

政治向きからは距離を置き、どの大名や公家、寺社の依頼をも受けた。

そして、源四郎は仕事に倦んだりすると、蔵の中に眠る京洛屏風の外箱を眺めては、自分を奮い立たせた。

義輝公と夢見た京はここにある。そしてわしは、今は雌伏せねばならぬ。

この頃の源四郎は、『狩野を超える』などとは言わなかった。

源四郎が戦っている相手はもはや、狩野のはるか先にある、大きな壁であった。

そして、永禄十一（一五六八）年、七月――。

義輝公の弟であった足利義昭を伴い、尾張の国主・織田信長が上洛してきたのであった。

終

源四郎の、長い話が終わった。

上座の織田信長は、瞑目しながらずっとその話を聞いていた。問いを挟むことさえしない。ただ、源四郎の言葉の流れゆくままを、ただ耳で追っていた。

源四郎の背中は汗でびっしょりだった。

喋らされている。そんな感覚が源四郎を蝕む。事実、この尾張の国主は、まだ若いというのに不思議な重さを持っている。何を考えているのかも分からない白い細面が、ただ源四郎の前にあった。

話が終わったことを察知したのだろう。信長は目を開いた。

「成程、で、貴様が持ってきたのが――」

「はい。今は亡き義輝公が拙者に依頼なすった屏風。――未だ、名は付いておりませぬ」

義輝公の夢見た京の町が、二人の従者によって運ばれてくる。源四郎の後ろに、金で縁取りされた京の町の六曲一双が現れた。

「ほう」

信長は目を輝かせた。しかし、その輝きを一瞬のうちに引っ込めて、源四郎に向いた。

「で、なぜこれをわしのところへ持ってきた？」

「天下に、一番近いお方ゆえにございます」

「ほう、新たな天下人へのおもねりか」

「まさか。新たな天下人であるあなた様に挑みに来たのです」源四郎は首を横に振った。

「義輝公と運命を同じく出来なかった拙者がここにあるわけ。それは、義輝公の代わりに公の目指した天下を描くことにございます」

源四郎の目指すもの。それは、義輝の目指す王道楽土を次なる天下人に伝えることであった。義輝公の目指した天下の形に賛同している、というよりは、かつてあのような天下人があったという爪跡を次の天下人に遺したい。源四郎は左様な思い――妄執に駆られていた。

それがために、かつて描いた京洛の屏風を献上し、かつて義輝公が描いていた天下を見せつけた。義輝公亡きあとの天下に、義輝公の名を、魂を残すことが出来るかもしれない。己が主君を永遠（とわ）のものとしたかった。ただそれだけであった。

源四郎は声を上げた。

「ここをご覧くださいませ。あれほど対立していた三好邸や、弾正邸も描かれておりまする。義輝公が望んだる天下とは、融和の天下にございました」

と──。

上座の信長は、眉をひそめて、ぽつりと呟いた。

「で？」

「は」

「で？と聞いておる。義輝公の思い描いた天下は、わしの描く天下と何の関係がある？」

何も言えずにいると、信長は言葉を重ねた。

「わしはわしの天下を描くぞ、狩野の若惣領。誰のものでもない。織田信長の、な」

大きい。源四郎は舌を巻いた。

京で信長とすれ違ったことがあった。あのときも、信長の人物の大きさに感付いていたが、あの頃より一段も二段も大きくなってここに座っている。

元より勝ち目の薄い戦いだったと言うべきだが、源四郎は、さらに信長に挑みかかった。

「あなた様は、亡き公方様の描いた天下を超えるお方なのですか」

しばしの、沈黙。

ややあって、信長は鼻を鳴らした。

「お主は絵師でありながらにして、目の前に座る男の魂をも見通せぬのか」

吐き出す気宇はもはや天下人のそれであった。あまりに大きく、あまりに遼遠たるところに、信長は既にいる。

何も言えずにいると、信長は視線を京洛の屏風に移した。

「さて、この屏風は確かに頂戴しようぞ。出来作には違いない」

信長は、脇に置かれた『圧し切り長谷部』の鞘を音もなく払い、のっそりと立ち上がった。抜き身の刀を引きずりながら源四郎の脇を抜け、京洛の屏風の前に立った。

「見事な絵ぞ。しかし、この絵はお前一人による作ではない。お前と、亡き公方様との合作である。ゆえの、この輝きよ」

くるりと踵を返し上座に戻る信長は、また源四郎の脇を抜けて上座の虎図屏風の前に立った。

「したがって――」

裂帛の気合とともに、信長は虎図屏風に圧し切り長谷部を振るった。青光りを放ちながら翻る剣先は虎の脳天にめり込み、屏風そのものをも二つに分かった。屏風が音もなく倒れるのを眺めていた信長はその冷たい目を源四郎へと浴びせた。

「わしにとって貴様は未だ凡百の絵師の一人よ。貴様ごとき小者が天下を語る不遜もあれど、それもまた、此度の公方様との合作により赦免する。だが」

くるりと振り返った信長は、圧し切り長谷部の先を源四郎に向けた。

「次に、これ程度の腕で随一の絵師と自負し、天下を語るとしたら——。貴様を斬るぞ」

圧し切り長谷部などよりもはるかに鋭い言葉が、源四郎の首元に深々と刺さる。

しかし——。

源四郎の胸はひどく弾んでいた。

まずい場面だというのはいちばん源四郎自身が分かっている。しかし、口元の緩みを抑えることがどうしても出来なかった。

「何がおかしい」

「いえ、おかしいことなどございませぬ。——ただ」

「なんだ」

「超えなければならぬ壁が目の前に立っていることが、なんと面白きことだと思いましたるゆえ。天下のみならず、まずはあなた様を超えねばならぬのですね」

信長は、少しだけ口角を上げた。呆れているのか、それとも笑っているのか。まるで分からない表情の作り方だった。

「わしのみならず、天下を超えると申したか。絵師風情が」目を見開いた信長は声を張り上げた。「天下を超えたくば、まず、わしを超えてみせよ。狩野源四郎」

帰り道、源四郎は独り、薄曇りの空を見上げながら歩いていた。

前は人でごった返していた京の町だったが、信長がやってきてからというもの、皆家に閉じこもってしまっている。かつてのように活気のある京の町は戻ってくるのだろうか。

いや。戻さねばならぬ。

と――。

不意に風が吹き、薄雲が二つに割れた。その間から一筋の光明が降り注ぎ、源四郎の目前を真っ白に染め上げた。源四郎の目前に、天下への階(きざはし)が現れたかのようであった。

光の中に、人影が現れた。

その姿は、かつて己に遠い唐国の物語をしてくれた人のようでもあり、己の絵を優しく見守っていた老人のようでもあり、生涯仕えようと心に決めた主のようであり、ずっと後ろに従ってきてくれた一の弟子のようでもあった。かつて別れた人たちの姿が、幾重にも重なって源四郎の前にある。その人影は、源四郎に向かってゆっくりと手を伸ばす。まるで、こっちに来いと言わんばかりだった。

懐かしさに源四郎は手を伸ばす。あと少し手を伸ばしたところに、懐かしい人たちの手がある。

ややあって、源四郎はその手を振り払った。

「まだ、そちらには行けませぬ」

なぜ？　そう言いたげに、懐かしき人々は首をかしげる。

源四郎は、ぽつりと、しかし力強く応じた。

「遼遠たる天下が、わしを待っております」

光の中の人影は、悲しげに微笑み、光の中に身を溶かしていった。

薄れてゆく懐かしい人々を見送り、只一人しかいない道の真ん中で、源四郎は口を開く。

「もしも独りになってしまったとしても行かねばなりませぬ。それが、わしなのだから」

天と地の間に、わしがある。そして、天下をも超えていく。その先にあるのが、只一人でしか座ることの出来ぬ頂きだったとしても。

源四郎は、雲間から光が降り注ぐ、人っ子一人いない京洛に向かい、ゆっくりと歩を進めた。

この作品は2014年10月学研M文庫より刊行された『洛中洛外画狂伝　狩野永徳』（上・下）を合本し、加筆修正したものです。

本書のコピー、スキャン、デジタル化等の無断複製は著作権法上での例外を除き禁じられています。本書を代行業者等の第三者に依頼してスキャンやデジタル化することは、たとえ個人や家庭内での利用であっても著作権法上一切認められておりません。

徳間文庫

洛中洛外画狂伝 狩野永徳

© Yaguruma Yatsu　2018

2018年2月15日　初刷

著者　谷津矢車

発行者　平野健一

発行所　株式会社徳間書店

東京都品川区上大崎三―一―一
目黒セントラルスクエア　〒141―8202

電話　編集〇三(五四〇三)四三四九
　　　販売〇四八(四五一)五九六〇

振替　〇〇一四〇―〇―四四三九二

印刷　本郷印刷株式会社

製本　東京美術紙工協業組合

ISBN978-4-19-894294-6　(乱丁、落丁本はお取りかえいたします)

徳間文庫の好評既刊

鈴木英治
明屋敷番秘録
斬

空き屋敷を調べる明屋敷番には、裏の任務があった。それは公儀の転覆を図る者には、容赦ない鉄槌を下すというもの。此度、明屋敷番を率いることとなった旗丘隼兵衛は、青山美濃守をかどわかさんとしている者どもを捕らえるために、渋谷村の黒い家を訪れた。そこで、撓る剣を操る黒装束の男に襲われて……。相次ぐ裏切りの中、隼兵衛は任を果たすことができるのか！

徳間文庫の好評既刊

青山文平
鬼はもとより

どの藩の経済も傾いてきた宝暦八年、奥脇抄一郎は江戸で表向きは万年青売りの浪人、実は藩札の万指南である。戦のないこの時代、最大の敵は貧しさ。飢饉になると人が死ぬ。各藩の問題解決に手を貸し、経験を積み重ねるうちに、藩札で藩経済そのものを立て直す仕法を模索し始めた。その矢先、ある最貧小藩から依頼が舞い込む。三年で赤貧の藩再生は可能か？　家老と共に命を懸けて闘う。

徳間文庫の好評既刊

澤田瞳子
関越えの夜
東海道浮世がたり

東海道の要所、箱根山。両親と兄弟を流行り風邪で亡くしたおさきは、引き取られた叔母にこき使われ、急峻を登る旅人の荷を運び日銭を稼いでいる。ある日、人探しのため西へ赴くという若侍に、おさきは界隈の案内を頼まれる。旅人は先を急ぐものだが、侍はここ数日この坂にとどまっていた。関越えをためらう理由は……(表題作)。東海道を行き交う人々の喜怒哀楽を静謐な筆致で描く連作集。

徳間文庫の好評既刊

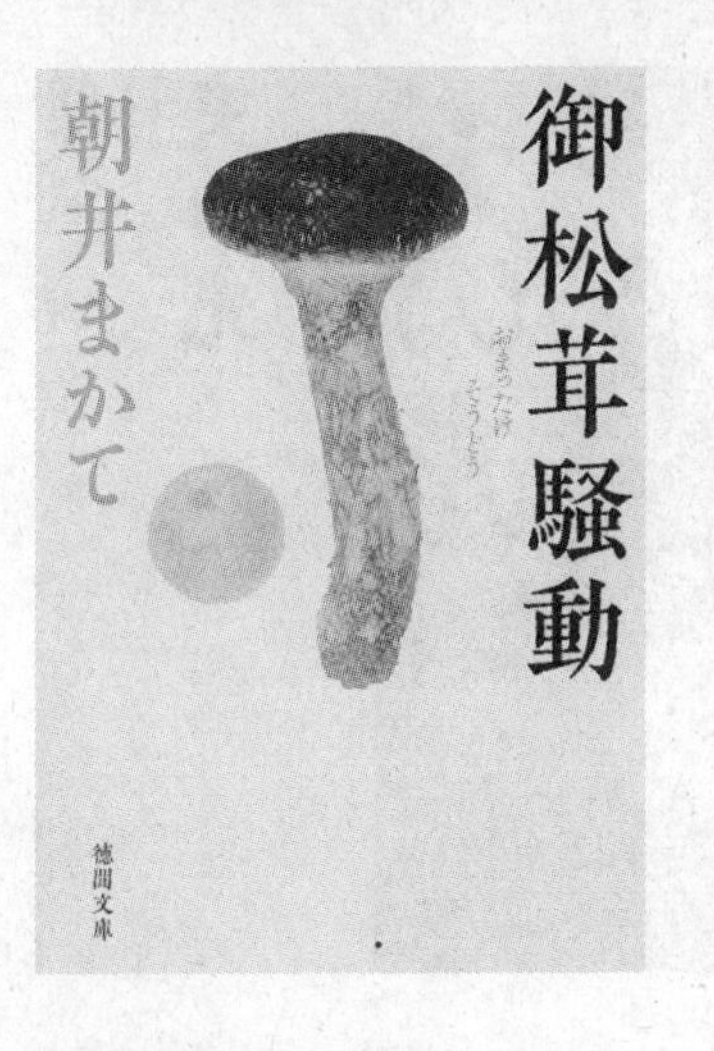

朝井まかて

御松茸騒動

「御松茸同心を命ずる」――十九歳の尾張藩士・榊原小四郎は、かつてのバブルな藩政が忘れられぬ上司らに批判的。いつか自分が藩の誇りを取り戻すと決めていたが、突如、「御松茸同心」に飛ばされる。松茸のことなど全くわからない上、左遷先は部署ぐるみの産地偽装に手を染めていた。改革に取り組もうとする小四郎の前に、松茸の〝謎〟も立ちはだかる！　爽快時代お仕事小説。

徳間文庫の好評既刊

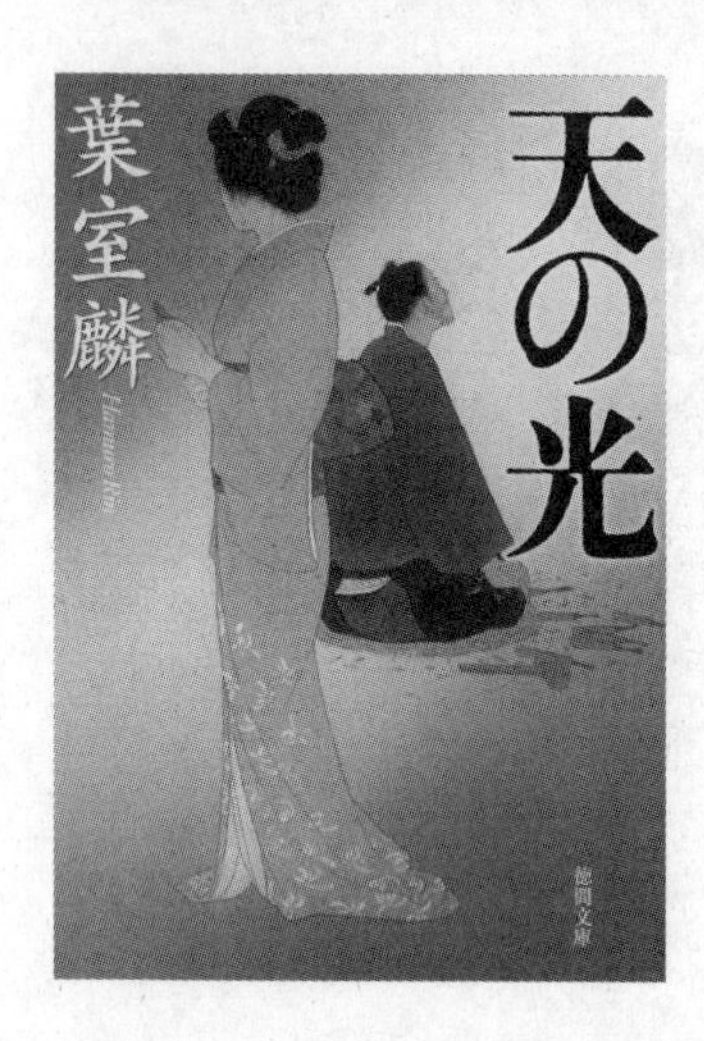

天の光

葉室麟

博多の仏師・清三郎は木に仏性を見出せず、三年間、京へ修行に上る。妻のおゆきは師匠の娘だ。戻ると、師匠は賊に殺され、妻は辱められ行方不明になっていた。ようやく妻が豪商・伊藤小左衛門の世話になっていると判明。お抱え仏師に志願し、十一面観音菩薩像を彫り上げた。しかし、抜け荷の咎で小左衛門は磔となり、おゆきも姫島に流罪になってしまう。おゆきを救うため、清三郎も島へ…。